世纪星空

酱子贝 著

图书在版编目（CIP）数据

世纪星空 / 酱子贝著. — 武汉：长江出版社，2023.12
ISBN 978-7-5492-9272-1

Ⅰ. ①世… Ⅱ. ①酱… Ⅲ. ①长篇小说－中国－当代
Ⅳ. ① I247.5

中国国家版本馆 CIP 数据核字（2023）第 254586 号

世 纪 星 空 / 酱子贝 著
SHIJI XINGKONG

出　　版	长江出版社
	（武汉市解放大道 1863 号　邮政编码：430010）
市场发行	长江出版社发行部
网　　址	http://www.cjpress.cn
责任编辑	李剑月
印　　刷	北京盛通印刷股份有限公司
	（地址：北京市大兴区亦庄经济技术开发区经海三路 18 号）
版　　次	2023 年 12 月第 1 版
印　　次	2024 年 1 月第 1 次印刷
开　　本	880mm×1230mm 1/32
印　　张	9.25
字　　数	321 千字
书　　号	ISBN 978-7-5492-9272-1
定　　价	42.80 元

版权所有，侵权必究。如有质量问题，请与本社联系退换。
电话：027-82926557（总编室）027-82926806（市场营销部）

目录

CONTENTS

第1章	第2章	第3章
001	005	014

第4章	第5章	第6章
020	027	033

第7章	第8章	第9章
040	047	053

第10章	第11章	第12章
058	065	071

第13章

076

目录
… CONTENTS

第 14 章　080

第 15 章　086

第 16 章　092

第 17 章　097

第 18 章　102

第 19 章　107

第 20 章　113

第 21 章　121

第 22 章　134

第 23 章　137

第 24 章　141

第 25 章　145

第 26 章　149

第 27 章　153

第 28 章	第 29 章	第 30 章
157	*163*	*168*

第 31 章	第 32 章	第 33 章
172	*178*	*183*

第 34 章	第 35 章	第 36 章
188	*193*	*199*

第 37 章	第 38 章	第 39 章
204	*208*	*213*

第 41 章	第 41 章
220	*225*

目录

CONTENTS

第 42 章	第 43 章	第 44 章
230	234	238
第 45 章	第 46 章	第 47 章
246	248	251
第 48 章	第 49 章	第 50 章
255	261	265
第 51 章	第 52 章	第 53 章
269	274	279
第 54 章	第 55 章	
283	285	

 第1章

当事人都傻了,更不用说不明真相的观众们。

【超了!超老鼠了!现在的新主播火药味都这么重的吗?】

【不是……怎么回事啊,1老板(给打赏的人)刚走就被挤下来了?我不允许!】

【你不投,我不投,小言何时能出头!送出一颗小星星!】

【你们真搞笑,老鼠粉丝是以为稳了才没继续刷热度的好吗?过一会就被压回去了。】

直播间人数噌噌往上涨,因为全屏禁言会减少弹幕,从而减少热度,小房管决定勤勤恳恳,一个个禁言。

喻延从没收到过这么多礼物,他听见语音那头传来敲门声,紧接着是一道陌生的女声:"易总,这是今天的会议记录打印版,电子版我已经发到您邮箱了。还有……"

"知道了。"易琛打断她,敛目,看着手机上的通话,"我这还有事。先挂了,你好好播。"

"……好。"喻延应完,又急急道,"晚上再说!"

易琛笑着嗯了声。

秘书抱着文件,心里头的好奇泡泡都快从眼底溢出去了。虽然她职业素养很高,但八卦是人的天性。

易琛挂了电话:"继续。"

秘书赶紧收回心思,老老实实地把今天收到的晚饭邀请念出来,名单里不只有生意上的朋友,甚至还有某经纪人、某娱乐圈小花、某导演……

最近易达有意开拓娱乐市场,消息才发出去没几天,上门的人络绎不绝。

对方报告的同时,易琛目光仍放在旁边的电脑上。

男生不知道说了句什么,然后直接开了全屏禁言,老老实实地继续玩游戏,其他的一律不管。

当晚,喻延刚回到家,那个叫"一言堂"的群聊又给他弹了个语音。

一进去就听见露露道:"小言,你太牛了,快给我沾沾'欧气'。"

喻延委婉地提醒她:"你直播间里有八个'守护'。"

"你也不看看我直播了多少年,这么多年了就八个'守护',我都说不出口,"露露道,"延延他爸是什么来头啊?"

团团:"哎,把1都给挤下去了,也不知道1明天来了,会不会继续往上顶,想想就觉得刺激!"

喻延道:"不会的。"

"那可说不准,我看1老板的面相,就知道他是个不服输的人!"

喻延问:"你在哪儿看了他的面相?"

"心里。"

"……"

"这延延他爸是不是来给你'击杀王'名次的?"团团问,"我看他把你顶到第一后就没刷了。"

这也没什么好隐瞒的,喻延点头:"嗯。"

"啧,亏了。"团团道,"你就不该参加,那种小奖项根本配不上你,你如果参加的是年度最佳主播,没准一发狠,真冲到第一去。"

闻言,喻延忍不住打开 APP 看了眼年度最佳主播的争夺情况。

排名第一的是 LOL 那位退役选手,热度……700 万。

喻延还以为自己看错了,来来回回数了三遍。

的确是七位数。

比赛才到这个阶段啊,就 700 万了?

"小言,既然电脑没了,那来一块玩会儿手游?"团团道,"我手游版吃鸡比端游强一百倍,绝对可以带你翱翔。"

喻延没玩过手游版吃鸡,这么一听还真有点兴趣。

"好……"

他话还没说完,上方突然弹出一条信息栏来。

【1：到家了？】

"……很晚了。"他话在嘴里拐了个大弯,"我明早还要去网吧,下次吧。"

然后赶紧挂了这边的语音,切到微信。

小主播：嗯,刚到家。

1：哦。今天看不看延延？

他看着对方断断续续输入了两分钟。

小主播：……要看的。

视频接通,喻延跟往常一样,偷偷往小猫后头瞟,发现男人今晚与以往不同,不再是一身干练的西装打扮。

藏蓝色的睡衣,衣袖被稍稍卷上去一些,露出了颇有力量的手臂,手里还捧着一只小猫。

喻延很快收回目光,道："我先还你两万……剩下的等月底领工资再一起还你,可以吗？"

"还什么。"易琛道,"之前不是说过了？给你就收着。"

"可这次太多了,"喻延道,"……我收着,心底慌。"

"那就慌着。"

"啊？"

"你得记着,我对你有多关照。"易琛道,"等以后再不搭理我时,才会良心不安。"

"……"

易琛笑着,摸了摸猫咪的耳朵。

他已经想好了。

小主播想跟他深交那就深交吧,都这个年代了,交网友也不是多稀奇的事。

转账信息已经率先发来,易琛拒收,慢条斯理地问："明天电脑就回来了？"

"……后天才回来。"

"那明天？"

"继续去网吧吧。"

又去网吧？

想起今天网吧里那缠人的小姑娘,易琛拉开抽屉,找出从公司带回来的文件,翻了几页,找出需要的资料,然后把上面的地址勾选出来,目光注意到某个信息框里,挑了挑眉。

次日，喻延是被敲门声吵醒的。

他眯眼看了看时间，才早上八点。

他揉着眼睛打开门，疑惑地看着面前抱着大箱子的送货员："……这是？"

"你好，恭喜你中了我们公司特等奖。"送货员笑道，"这是我们的奖品，超高配主机一台，请您签收一下。"

"……"

喻延一顿，警惕地看着他，摆手，"我没参加什么抽奖，你送错了吧。"

"没送错，之前你购买了我们公司产品，默认进入抽奖名单。"

喻延道："我购买的时候都仔细看过，没有什么抽奖环节，你走吧。"

"可是这……"

喻延不再继续听，直接关上门，把人和主机都关在了门外。

小主播：天上怎么会掉馅饼呢？绝对是诈骗团伙。

刚听闻主机被退回的易琛：……万一真的是中奖呢？

小主播：不可能。肯定用了两天就会被通知付款。还好对象是我，换作是那些独居老人，没准就上当了。

小主播：现在的骗子太可恶了！

1：……

第 2 章

把主机退了后，喻延想着在家待着也没事儿可干，揣着手机早早出门去了网吧。

公交车上，手机不断在振动，讨论组里聊得热火朝天。

团团：我怎么觉得你的消息挺靠谱的？我给管理员发了消息，他也是半小时没回我了。这人之前估计把我放在"特别关注"那一栏，每次消息几乎都是秒回的。

露露：拜托，我的消息什么时候错过？你没发现现在实时榜单改了吗？

羊羊：是改了，我的热度掉下来了。

团团：还能掉下来？这是什么操作？

羊羊：不知道，我不打算管了，爱怎么样怎么样吧。

喻延这才后知后觉地发现，大家的群备注全都是叠字。

团团：可我没掉啊……

团团：小言的掉了！掉了好多我的天！

原本打算翻一下聊天记录，没想到却瞧见自己的名字，喻延敲了个问号过去。

喻延：我才看见，在说什么？

团团：露露说今天星空 TV 大整顿，要重点整治数据造假和恶意竞争，现在管理员全都不在，估计是开会去了……你在哪儿？什么时候开电脑？你主播赛上的热度直接减了二十多万……

喻延一愣，回复：我马上到网吧。

他用手机打开直播平台，果然，他的热度凭空消失了二十多万，回到了昨天的数据。

在心底算了算，这好像……刚好去掉了 1 昨天给他刷的热度。

他抿了抿唇，打开管理员 03 的对话框，上面的在线状态是"离开"。

005

他突然想起之前公告的事还没找管理员问清楚，因为公告对他而言其实不是什么大事，就一直搁着忘记了。

yanxyan：在？我的主播赛热度直接掉了20万，请问是系统卡顿了吗？

对面迅速回了一条信息，是离开状态时的自动回复。

他皱眉，继续问。

yanxyan：还有之前的公告是有时效的？为什么突然消失了？

直到他到了网吧，都没收到对方的回复，喻延犹豫片刻，没急着开播，而是去看了其他主播的直播间。

第一个看的自然就是老鼠的，对方果然也掉了数据，不过只掉了十多万，现在名次居然还反超他冲到了前头。他想了想，又去了香蕉的直播间，发现香蕉的热度居然一分没减，甚至还有要超越第一名那位LOL（英雄联盟）主播的趋势。

虽然他参加比赛纯粹是为了首页榜单，但平白没了二十多万的热度，换谁都得急。

导致他开直播的前半个小时，一直没怎么说话，还反复用手机APP刷新直播页面，想看数据bug（漏洞）有没有恢复过来。

【小言今天怎么了？一个劲地看手机。】

【主播的比赛热度怎么又掉回二十七万了？我记得昨天不是都快五十万了吗？】

【科普一下，星空TV这两天在内部整顿，这主播数据造假，被官方清理掉了！造假主播"实锤"了。】

【前面的有毛病？你说官方内部整顿就内部整顿？公告出了吗？消息哪儿来的？】

【真的假的？真的数据造假了吗？为什么啊，明明直播内容也可以吸引人……】

"我没有造假。"喻延道："可能是平台内部BUG了，很多主播的热度都掉了。"

说完，刚好一局游戏结束，他退回到大厅，准备开第二局。

一个组队邀请弹了过来，是卢修和。

喻延点了同意，对方的游戏人物刚进来，喻延就问："今天不玩LOL（英雄联盟）了？"

卢修和道："唉，别提了，我伤心着呢。"

"怎么了？"

"我跟她吵架了。"卢修和道,"我难受了一晚上,到现在都没睡着觉,干脆起床打游戏了。上 LOL(英雄联盟)我又触景伤情……"

喻延对朋友的私事不是太感兴趣,嗯了声:"开沙漠图?"

"都行。"卢修和却急需找一个人诉苦,不用问就自己全把苦水倒了出来,"我们昨晚聊天的时候,聊到了前任这一块……她给我发了她前任的照片。嘿,别说,贼帅!看起来个子也很高,特像一男明星。"

喻延:"……"

"但你说说,我怎么能直接夸情敌呢?"卢修和道,"于是老子就使劲儿地骂,上至那顶鸭舌帽,下至那双破运动鞋,把她前任从头到尾都批评了一遍。"

"谁知道我才骂完,她转身就跟我翻脸了,到现在都不愿意理我,我都道歉了一晚上了!"

喻延领着一把喷子(霰弹枪)一把 AK(自动步枪)横扫拳击馆,问,"捡到枪没?我这有把 SCAR-L(突击步枪)。"

"我有枪。"卢修和丝毫不受游戏干扰,道,"小延,你说她是不是还喜欢她前任啊。如果真是这样,那我算啥呀?"

喻延:"……我不知道。"

"我真的特别喜欢她,聊天虽然都是冷冷淡淡的,但游戏里的每一个细节我都能看出来,她是真的在意我……特别傲娇的一个姑娘。"

喻延一顿,终于被勾起了好奇心:"游戏里的什么细节?"

【小言言情感课堂开课啦!】

【我怎么觉得主播这朋友这么有喜感呢……】

【这道题我会——你一定没他前任有钱!】

"很多!闪现挡技能,闪现'救命奶','她这么高冷一人,还为了我跟队友吵过架呢'。"

喻延问:"这不是游戏的正常操作吗?"

卢修和脱口而出,"你有时救 1 都不救我。"

喻延立刻道:"他是新手,所以才比较照顾他。"

卢修和哦了声:"那我也是个小菜鸟,你背上的 98K(吃鸡游戏里一把很厉害的武器)给我呗。"

"……"

喻延打开物品栏,反复看了几眼刚捡到的 98K 和八倍镜,犹豫了足足半分钟,然后咬咬牙,语气极其不舍及心疼,"给就给……你过来拿。"

【?】

【我怎么觉得你这样做特别违心呢?】

【可以掩饰,但没必要。】

"算了,你拿着吧。"卢修和叹了口气,"我现在心情很糟,打不好。"

喻延松了口气,生怕卢修和反悔,赶紧捡回地上的98K。

卢修和还算是很有自知之明的,他操作比平时都要迟钝许多,靠着喻延才好不容易从拳击馆出来,转眼就被对面楼上的人一枪爆了头,还未反应过来就被打死了。

他们开的双排,这下就只剩下喻延一个人了。

这下那些进行了"能吃鸡"竞猜的水友(网友)们就不服了,纷纷开玩笑着说要让卢修和赔。

卢修和道:"对,怪我,我没看到那儿有个人,但我是不会赔的。"

"没事。"喻延躲到旁边的房子里,吃了个止痛药,抽空看了眼弹幕,"跟他双排,我都是当作单排打的。他没有发挥失误……这就是人的正常水平,你们当作平时一样猜就好了,吃鸡本来就是件靠缘分的事。"

卢修和:"?"

虽然知道喻延这是在帮他说话,但他怎么总觉得听起来不大对味儿呢。

与此同时,星空TV部分管理层正在紧急召开会议。

他们昨天突然收到风声,说是顶头上司要开始查管理层和某些主播之间的小猫腻。这事儿一出,管理层直接慌了大半——跟主播合作,私底下既有油水进账,明面上自己的业绩也能好看一些,大多数人都没能抵抗住这种诱惑。

但慌是慌,天还没塌。

毕竟他们的头儿星空TV负责人,私底下就做了不少破事儿,上面要真算起账来,他们都还得往后退。

会议开了几个小时,最后负责人沉着脸做出决定——仔细检查每一个主播的数据,筛选后,把可疑数据全部删掉,先应付过这次突击检查再说。

散会后,其他人纷纷离开办公室,最后只留下两个人。

待人走完后,管理员03才一脸害怕地问:"哥,这下怎么办?我们不会被查出来吧?"

"不会,你别慌。"负责人道,"如果真是大事,怎么会让我来查?到时候我报告随便写写，往上一交，这事儿不就过去了？"

管理员闻言松了口气："你说得也对……"

"不过这事正好给我提了个醒，总部那边开始着手管理平台了，我们以后做事都要小心点。"负责人沉吟片刻，"这次主播赛结束后，你去跟香蕉说，短期内别太张扬，首页榜单我们也按实时数据给。"

"没问题，香蕉现在人气起来了，就算不搞别的，应该也能上首页的，这您放心。"

管理员说完，顿了顿，"就是他那个远方亲戚……"

"那个就别管了。"负责人皱眉。

"可香蕉刚刚给我发了条信息，说是让我们想办法保保他。"管理员道，"那个老鼠其实也算是个可塑之才，而且之前我们也答应了，会给他拿那个'年度击杀王'的奖项，现在如果反悔……会不会不太好？"

负责人皱眉道："那个奖项啊，我都忘了。那个小破奖，他要就给他吧，我记得他和第二名的差距挺大的啊？"

"昨天被超了。"管理员低声说，"被那个 yanxyan。"

负责人表情纠结："……他怎么也来掺和了。"

那个主播颇受大老板的青睐，他们心里都有点数。

"其实……"管理员见他沉默，道，"我刚刚来之前，把 yanxyan 的数据也删掉了。"

负责人一怔，下意识道："你疯了？你去动他干什么？"

管理员："不是，你别着急，你听我说。那个 yanxyan 昨天一次性收到好多热度，刷热度的是个小号，到时候他如果问起来，我可以说是系统后台错误操作，没法还原。"

负责人："那二十万热度就这么没了，他能认？"

"那主播我观察过，人挺好说话的。"管理员道，"我再想办法给他一些补偿，肯定没问题！而且我们之前交给总部的账号，也不一定都是那位易总在用，易总平时多忙啊，哪有空天天跑直播间去晃悠？"

负责人一听，觉得也算在理。

许久后，他才犹犹豫豫地松口："……那行。"

喻延收到管理员回复的时候，刚赢了一把。

没办法，对面是二人满编队，两套三级头甲，还打得特别小心，他撂倒其中一人时，血量就已经见红了。

弹幕里又在责怪卢修和，卢修和嗯嗯啊啊，全部应下，还嬉皮笑脸地跟水友们聊了起来。

喻延笑了声，刚要开下一局，就见私聊框那不断在闪烁。

管理员03：公告时效是一周。

这句话被水友们瞧见了，弹幕立刻闹腾起来。

【我都说了吧！时效过了，不是bug，那些人脸疼不疼？】

【下次我看看谁再说我家宝贝开挂！】

喻延拿起手机，决定用APP跟对方聊。

yanxyan：那二十万比赛热度呢？

管理员03：是这样的。我们平台近期正在进行整顿，专门针对虚假数据。

yanxyan：？

yanxyan：我的不是虚假数据，是我粉丝昨天一次性投出来的，你可以查一下后台。

那些大主播都拥有自己的忠实粉丝，热度第一名的那位LOL主播，甚至还有投了上百万热度的粉丝，这些都是正常操作，绝对称不上数据做假。

管理员03：我们查过，那个号是个小号，而且ID跟你的昵称非常相似，是可疑账号。

喻延一愣，管理员话里的意思，不就是怀疑那是他自己的小号？

管理员03：不过我们只是暂时扣掉了你的比赛热度，礼物的分成和直播间积分都会保留下来。

yanxyan：你们凭什么扣掉我的比赛热度？

yanxyan：说那是我的小号，你们有什么证据吗？只凭名字相似就判我数据造假？这个判决我不认。你要怀疑是我的小号，大可以查IP。

管理员03：IP说明不了什么，万一是他人操作呢？

喻延捧着手机，心里头的火气一阵一阵往外冒。

yanxyan：反正这事我不接受。这么大一家直播平台，弄出这种乌龙来，我觉得很可笑。

管理员03：你先别急着生气，这样吧，我把你的事向上头反馈一下，比赛数据八成是改不了了……不过如果真是系统出现错误操作,我们一定会给你相应的补偿。

管理员03:年底的主播盛宴上有全程直播,我们可以给你多安排一些镜头和话题,那个可比击杀王这个小奖项要好得多。

虽然不知道主播盛宴是什么,但喻延几乎是考虑也不考虑。

yanxyan:我不稀罕。

yanxyan:我粉丝给我投的票,就为了把我刷到第一,你们凭什么不分青红皂白就全部扣除?按你们这么说,那些大主播,比如香蕉——他的直播间这几天收了多少个大额礼物?你们怎么不扣他的?再说,送礼物怎么能算是虚假数据?平台内部的恶意篡改,那才叫作虚假数据。

yanxyan:你们这是黑幕!是暗箱操作!

yanxyan:你这是想拿好处来封我口?

连续收到这么多条质问,管理员半天都没能回答上来。

他没想到,平时一向好说话的男生,现在却这么咄咄逼人,而且句句都说到了点上。

今天一天他都在闷头瞎忙活,愁了一天,心情本来就不好,现在还被这么质问,自然没法伺候着了。

管理员03:反正事情处理结果就是这样,你要好好配合,我还能把你的情况通报上去,看能不能给你争取一些补偿,不配合就只能按正规情况处理。再说,如果你的数据没有问题,系统怎么会判断你造假?

喻延看完这条消息,整张脸都冷了下来。

【小延怎么了?突然不说话了?】

【表情也有点奇怪,凶凶的,哈哈哈。】

【……我看他打字的力道,都快把屏幕戳破了吧。】

"我没事,大家等我两分钟。"喻延余光扫了眼弹幕,抽空安抚了一下水友。

然后继续打字。

yanxyan:我是当事人,我当然清楚我有没有数据造假。这件事你们必须给我一个说法,要么拿出我刷数据的证据,要么把我的热度还给我。我给你一天的处理时间,明天如果我的热度还没有还回来……

喻延深吸了一口气。

yanxyan:那我们就微博上见,把所有事情摆在明面上,让大家一起判断对错。

发完这句话，他直接关掉对话框，不打算再和对方纠缠下去。

话说到这地步，他和这位管理员的关系算是彻底崩了。

一介小主播，招惹到平台管理层，下场是什么可想而知，就算真闹到了微博上，风头一过去，自己照样在对方手下办事，到那会儿他就是砧板上的肉，任人宰割。

怎么想都不划算。

但这口气，他也是怎么咽都咽不下去。

比赛他不在乎，有没有黑幕，他也不关心，他从来没想过要去依赖公平二字。

但是他的粉丝不能受委屈，给他砸上去的热度，别人不能说拿走就拿走。

易宅。

易琛坐在餐桌前，一言不发地吃着面前的美食。

家庭聚餐是他最不喜欢的场合，那些亲戚旁支太烦，贪得无厌的嘴脸实在难看。

"多吃点。"易母知道他不喜，也不为难他，"今晚在老宅睡吗？"

易琛摇头："不，要回去。"

"行，一会儿我让尤婶给你包点饺子，你带回去。"易母起身，"我去和你二姨说说话。"

"好。"

易琛吃了几口就没了胃口，他拿出手机，随手给小主播发了条信息。

1：在直播？一会一起玩游戏。

对面回得有些慢。

小主播：……没有。

小主播：今天没开直播，下次再一起玩吧。

1：没去网吧吗？

小主播：没，那网吧太贵了，我没舍得去。

小主播：……下次吧，行吗？

易琛笑了声，刚回了个好，耳边就隐隐约约传来一道熟悉的声音。

"房管你看着，先全屏禁言一晚上吧。"

他一挑眉，转头看去，就见易冉正坐在身后，捧着手机专心在看直播。

音量太小，他转身，不确定地问："你在看什么？"

易冉抬头，道："看小延直播啊，他今天打得好凶，这都吃了好几把鸡了……"

易琛皱眉。

不是说没开直播?

易琛拿出手机,不动声色地问:"是吗,他为什么要开全屏禁言?"

易冉早已经从弹幕里了解清楚情况了,忙道:"哦,是这样。他参加了个主播大赛,然后昨晚收了一个小号很多的礼物,给他刷了几十万的热度。今天那热度莫名其妙被平台撤销了,下面就冒出一堆捣乱的人,说他数据造假,还贴出那个小号的各种信息,非说是他开的小号之类的。"

"……"

"他就全屏禁言了。"

易冉发现他说一句,他哥的脸色就沉一分。

"不就二十万吗,这些管理员也太大惊小怪了吧?"易冉说完,问:"哥……这事你不知道?"

毕竟星空TV是自家的产业,出这么大事,那小主播居然也没来找他哥帮忙吗?

半晌,易琛面无表情地拿起桌上的纸巾擦了擦嘴,然后起身,语气冰冷:"现在知道了。"

他拿起手机,看到小主播刚发来的表情包。

是一只小鸭子,正笑眯眯地比着"OK"。

简直怎么看怎么令人生气。

第3章

喻延起了个大早,在去拿主机的路上,打开手机看了眼。

昨天那条半威胁消息发出去后,管理员03到现在都还没回复,比赛热度也仍跟昨天一样停留在二十七万。

看来对方并没把他的威胁放在眼里。

这也正常,他昨晚回去后仔细想了想,他做的事无异于以卵击石,他就是那颗傻鸡蛋。

不过他也不是一时冲动,他和星空TV有合同,上面固定工资明码标价,只要他每月直播到规定时长,那小几千块还是能让他保持温饱的。

剩下的事,就以后再说了,他还年轻,有手有脚,那群人再怎么给他穿小鞋都饿不死他。

抱着主机回家,他先是用其他软件测了一下主机性能,确定自己的电脑零件没被商家调包。

然后打开文档,预先把要发的微博内容编辑出来,写好后复制到微博里。

【yanxyan:大家好,我是星空TV旗下的一位主播,有些事需要借助微博平台,询问一下星空TV的各位管理层。我们平台最近正在进行一场主播赛,某位粉丝为我添了二十多万的比赛热度。但昨天,平台没有跟我进行任何沟通,也没有给我发任何通知便扣除了我二十多万热度,理由为"投礼物的ID疑似主播小号",但除此之外,管理员并没有给我解释,也未出示任何证据,直接宣判我数据造假,对此我觉得并不合理(直播平台是允许粉丝为喜欢的主播打榜送礼物的)。

我尝试跟管理员沟通,但对方表示这件事已经尘埃落定,不可能再更改。无奈之下,我只能依靠微博询问管理员03除外的星空TV管理者,这件事到底合不合理，公不公平？

期待回复。】

他把昨天的聊天内容全部截了图，给其他主播的名字打上马赛克，然后在十点整时准时发布。

篇幅太长，一开始他这条微博只收到了几个赞，都是那些先赞再看的粉丝。

五分钟后，评论终于渐渐增多。

喻延咬了口油条，打开评论区看了眼。

【什么情况？昨天直播时不还好好的吗？谁敢欺负我们家小言！】

【前面的晚上没在直播间吧？昨晚直播间跟打仗现场似的，八点之后直接全屏禁言了一整个晚上……支持小言维权。】

【星空TV内部真的很乱，要不是几年前就签了一堆大佬，现在早倒了。】

【"那些大主播，比如××"这里马赛克的名字是谁？】

喻延看了前面几条就没看了，他几口把早餐吃完，正准备开直播，卢修和的电话就先过来了。

"兄弟，你要是被绑架了就给我吱一声。"

喻延笑了："吱。"

"你还有心思开玩笑！"卢修和道，"你怎么一声不吭就去发微博了啊？有什么事是不能好好沟通解决的……再说了，就算沟通不了，也没必要跟平台闹翻啊！你以后怎么办？"

"不怎么办，没事的，你不用瞎操心。"喻延问他："上次的考试过了没？"

"……聊得好好的，提那个干啥？"卢修和闷闷道，"挂了。"

"没事，还能补考。那你今天玩不玩游戏？"

提到这个，卢修和语调一下就飘了起来："玩，不过我去玩LOL，我和我宝贝和好了，她说她不喜欢她前任，就喜欢我。嘿嘿！"

最近他们聊两句，都能聊到卢修和的网恋对象身上。

喻延失笑，反正还没到直播时间，配合道："她是哪里人？"

"晋城的。"卢修和笑得更开心了，"我跟她说好了，年底就去找她！"

1也是晋城人。

喻延一怔，也不知道为什么脑海里突然蹿出这个念头。

卢修和说："行了，话题都说歪了……那边有没有给你回复啊？我看转发都过千了，好几个电竞博主都转发了。"

"没有。"

卢修和安慰他："那就再等等？我觉着要是闹大了，官方一定得出面的，不然他们这主播赛成啥了都。"

喻延应了声好，两人又说了几句才把电话挂了。

他们通话的短短几分钟里，手机消息已经被塞满了，全是团团和露露发来的，内容无非和卢修和说的一样，都在担心他。

他一一回复过去，发现某个被他屏蔽的群消息正不断在跳动。

老鼠：yanxyan，你发那聊天记录是什么意思？故意黑香蕉哥？

冒泡看热闹的人很多，这消息已经被顶到了最上面。

老鼠：他当然不敢回复，尿货一个，敢做不敢认。

团团：他哪儿黑香蕉了？你指出来我看看。

老鼠：他打的马赛克就是香蕉的名字。

yanxyan：老鼠，你眼睛能透视？透过马赛克看到了香蕉的名字，是吗？

老鼠：是不是你自己心里清楚，我都看到聊天记录了。

yanxyan：你在哪儿看到聊天记录的？那聊天记录除了微博外，我没发给任何人，意思是管理员03特地私聊给你发了我和他的聊天记录？那你们关系可真好。

这话一出，群里立刻就安静了，其他主播也都不凑热闹了，明眼人都能看出来，香蕉确实有点关系，但他们没证据，又没胆量说。

不能说，不代表没有瞧不起。

yanxyan：老鼠，还有，就算我说的是你香蕉哥，他要是不承认随时过来找我，跟你有什么关系？

羊羊：哈哈哈。

在看戏的人都没想到羊羊会出面，不过羊羊和香蕉一向不对付，想想也正常。

羊羊起了个头，其他那些看不惯香蕉的主播也忍不住了，屏幕上猝不及防刷出来十来条"哈哈哈"。

等了十分钟，还没见老鼠回复，喻延索性把群关了，开直播。

他的微博转发量已经到了五千条，这让他有些意外，毕竟他微博粉丝也就那么小几千个，平时一条微博评论也就一百多条。

直播间里已经有不少人在等着了，一见他来就立马刷起了屏。

【垃圾平台凭啥扣我宝贝的热度！】

【我就想问问那聊天记录里说的是不是香蕉。】

弹幕里大多都是担心他的，平时那些黑子在此时此刻居然全都消失得无影无踪。

少了那些阴阳怪气的小号，喻延还觉得挺不习惯的。

"聊天记录里说的是谁不重要，我发微博想说的重点也不是他，大家就不用再问了。"喻延打开游戏，开了一把单排雨林图，想也不想就跳去了训练基地。

直播到下午两点，鸡都吃了两把了，管理员03的消息仍是没来。

他不急，弹幕的观众倒是急死了，隔几分钟就会有人问他有没有收到管理员03的信息。

一局游戏结束，喻延拿起手机看了眼。

不是看平台私信，而是看微信。

1的对话框虽然没了置顶，但仍是他微信上的头一个联系人。

自从昨晚他发了个鸭子表情包过去后，对方就再也没回复过，上边还停留在他早上发的那句"今天我也不开播了"。

他不是故意要骗他，只是弹幕里实在不友好，昨晚还有人把这号扒了个底朝天，所以在事情没处理好之前，他决定先瞒着1。

他犹豫了下，又发了个表情包过去。

再抬眼时，弹幕上密密麻麻，已经炸了锅。

【星空TV发微博了！】

【真的假的？我去看看！】

【真的！直接转发的小言微博，说什么我还没来得及仔细看！】

喻延一愣，用电脑打开了微博界面，果然在首页刷到了星空TV的官博回复。

他做了个深呼吸，才慢吞吞点开这条长微博。

【星空TV官博：各位水友们，还有yanxyan，抱歉让大家久等了！我方经过仔细调查和多个会议后，对本次事件作出以下回应：

1. 扣除yanxyan比赛热度，是公司管理员03的个人行为，公司其他管理并不知情；

2. 系统调查证实，ID为"延延他爸"的水友是普通用户，我们核实本账号主人为易某，并非yanxyan的小号；

3. 我们近期正在严查虚假数据及主播恶意竞争，发现公司内部有多名管理假公济私。对此我们表示强烈的谴责，目前已经开除相关管理人员，并决定追究其法律责任；

4. 我们在检查过程中，发现以下几名主播存在数据造假嫌疑，此行为已经违反了签署的合同条约,我们将扣除以下主播的虚假数据,并对其进行罚款警告。

对于这次事件的受害者 yanxyan,我们将恢复该主播的比赛热度,并做出相应的补偿。】

"……"

喻延瞪大眼,有些没反应过来。

他心底想了很多种结局,官方会打太极,给他盖黑锅,甚至直接不予回应……就是没想过,官方不仅还他真相,还对相关人员进行了惩罚。

他有些蒙,点开了微博下面的违规主播列表。

排在第一位的就是香蕉,虚假数据足足有两百万。往下一看,果然找到了老鼠的名字,也刷了十来万的虚假热度。

他来来回回又看了两遍,捕捉到了公告里面的几个字眼——易某?

1原来姓易吗?也是,毕竟是同音……

等等。

官博说,他们"核实"了账号的主人……是已经找到1那边去了吗?

1已经知道这件事情了?

他想到什么,心底一慌,赶紧重新打开微信,连着发了好几个哭泣表情过去。

这一回,对方终于有了回应。

1:?

瞧这冷冷淡淡的问号。

喻延:……星空TV的官方联系你了吗?

1:嗯。

果然,这官方也太不上道了,自己公司内部的矛盾,怎么可以去打扰普通水友?

喻延抬手,赶紧给他拍了张年度击杀王的实时榜单:你之前送的热度,官方已经退回来给我了……

1:不是说没开直播?

喻延:……

1:还骗我?

喻延:……对不起!

1:打算瞒着我,让我送的热度打水漂儿,让我吃闷亏?

喻延心一跳,想也不想,打字飞快——

喻延:怎么可能!

喻延：我绝对不会让你吃亏的！

喻延：我原本还打算，他们要是不还我热度，我就上他们总公司去闹。

1：……怎么闹？

这他倒是没想好。

喻延：拉个横幅，坐在他们公司门口哭。

得把自己说得可怜一点。

1：……

喻延：哭到他们老板出来。

易琛坐在床头，神色慵懒，实在没忍住，笑着揉了揉眉心，之前的疲惫全然消散。

星空TV当初成立时，公司拨的款还算可观，趁直播业还未大火，低价签了一大批人气主播，后来在宣传方面也花了不少钱，才让星空TV走到了如今这个地位。但那点钱放在其他大项目上就完全不够看，易琛接手时也没怎么上心，不知道平台内部已经黑透了。

两个相同水平的主播，让哪个上首页大推荐？

刚刚起步的小主播，怎么快速上有点名气的榜单？

这些破事儿里通通都是猫腻。

整顿迫在眉睫。他私下已经让人去查平台管理人员和主播之间的关系，不过人数太多，直到前两天才拿到反馈资料。

昨晚他紧急召开会议，持续工作到深夜，把人员调整名单和平台日后发展计划初步拟定后，才回了家。

今天也是难得的，一觉睡到了下午。

手机又振了振。

小主播：我说的都是真的……你别不理我。

1：以后再有这种事，都得老实告诉我。

小主播：都是平台内部的事，告诉你也没用，还给你添堵。

1：？

[小主播撤回了一条信息。]

小主播：……我说，我以后什么都说。

 第 4 章

事情发生得太突然,半小时后,喻延的手机再一次被消息轰炸,叮咚叮咚响个不停。

由于在直播,他也不好一一回复,干脆弄了个自动回复,打算等到晚饭时间再回消息。

谁知因为他迟迟不冒泡,待晚饭时间时,讨论组里的话题已经变了。

团团:小言后台这么牛,我要是嫁给他,以后是不是可以跳起来横扫整个直播间的讨厌鬼了?

露露:你还是靠边儿吧。我是香蕉前任,这种"打脸"剧情还是该我来比较好使。

羊羊:那你们看我有希望吗?

喻延看完聊天记录,有些无奈,又忍不住想笑。

喻延:你们别多想,我没有后台。

团团:事情都到了这个地步,你说或者不说,都已经不重要了。

露露:我们懂的。

喻延:真的没有……他们是私底下去找了那位水友,才相信我没有开小号刷热度的。

团团:平台又不是闲着,不会平白无故去打扰水友的,归根结底,还是你比较厉害。

喻延百口难辩,鼠标往下一挪,发现居然有十来条好友申请,全是通过那个主播群添加的。

其中甚至还有老鼠和香蕉,他几乎是想也没想,直接拒绝了。

讨论组里还在调侃,喻延放弃跟他们沟通,打开微博,发现给自己的评论也

很奇特。

【他，技术超群，对枪三十六计包你三天学会；他，直播时长每日长达12小时，你再也不用在深夜里买醉；他，星空TV天选之子，你无须担心自己喜爱的主播受人诋毁！一劳永逸的选择，尽在yanxyan的直播间。】

这条评论短短半日内被点赞了六千多次，直接蹿到了他的热评第一，怪不得今天下午直播间里突然涌进来这么多观众。

他又看了几眼下边的评论，看评论时不小心点进了某个粉丝的微博里。他正要退出，就被对方刚转发的一条微博吸引去了目光。

【电竞直通车：小道消息。星空TV开除了七名管理人员，目测内部要大换血。被开除的好几个人都收到了星空TV的律师函，据说他们高层直接带了一个律师团去跟他们开的散伙会，其中几个管理员开完会都是哭着出来的。在此，我忍不住想说一声，yanxyan牛。】

什么？

不是。

yanxyan怎么牛了！

yanxyan不牛！

这种消息算不得真，喻延看完后在心底吐槽两句，压根儿没放在心上。

吃完饭，他开游戏之前，特地看了眼手机。

他想问1玩不玩游戏，但他刚刚才骗了他，不好意思问了。

正犹豫着，直播间突然弹出一个嚣张的大马车。

【延延他爸进入了直播间。】

【这是公告里的那个水友！】

【这特效，我还以为是1来了……】

【1好几天没来了，在这期间，1是不是又去看别的女主播了？】

【没有，1的号刷完热度后就没上线过，等待的姐妹们都要哭了。】

【易某在吗？】

易某："……"

易琛看到小主播正好还停留在游戏开始的界面上。

【延延他爸：带水友吗？】

喻延心一跳，应得飞快："带，你来吗？"

【延延他爸：我上号。】

弹幕里立刻有水友嚷着也要来，喻延道："下次再抽水友。"

今天微博上的事闹得这么大，他怕水友上来，专挑不该说的说，他又不太擅长圆场，索性拒绝。

【没意思，我还是怀念主播初出茅庐那会儿，平易近人，和蔼可亲。】

【难过的是我既想跟小言一块玩游戏，又想小言多拉来几个老板。】

"不是……"

粉丝争论起来，喻延完全招架不住。他慌乱片刻，决定道："下周行吗？下周一整周，我都抽水友。"

水友们得了逞，弹幕里尽是欢呼。

他们疯狂发弹幕表白，没发现主播打开了好友列表，并十分熟练地邀请了自己的某位好友。

直到那个穿着白衬衫短裤的人物出现在游戏里时，大家都还没回过神来。

平平无奇的游戏人物头顶上，挂着一长串数字字母——Yii11c。

刚进来，他ID旁边的小麦克风就亮了起来。

"听得见？"

喻延道："听得见……我们开随机四排吗？"

"嗯。"

水友们傻眼片刻，终于有人反应过来——

【延延他爸是1？】

喻延正打算无视。

"是我。"易琛扫了眼弹幕，道："我记得你。"

上回说他脏的人就是这ID。

【！】

【等等等等！我有点晕，意思是你自己开小号刷热度，把自己之前的号给顶下来了？为什么？】

【而且这小号的名字……】

"那你就别说了。"易琛道："被封了，就找你算账。"

喻延："……"

这时，一号队友突然开了麦，问："有人吗？"

二号："有，我们跳哪儿？"

一号："机场，开干。"

二号:"OK!"

这两人三言两语就把地点定了。

喻延用直播间里的语音道:"你跟我一起跳C字楼吧,跳2号楼,我们走一起。"

"好。"

两人落在2号楼,喻延捡起把UZI(冲锋枪),装弹专心听脚步。

易琛走了两步,察觉到有些不对劲。

他的屏幕左侧有一个橙色的标志,上面还带着个感叹号,他起先还没明白是什么,直到他点F键开门,三秒钟后面前的门打开,他才明白过来,自己的延迟特别高。

原本想跟小主播说一声,却听见外面传来一阵枪声,紧接着,右上方弹出了击杀信息。

"死一个,房子里还有个人。"喻延快速舔(捡)包装弹,"我舔了几个药,你躲着……我清完楼就送去给你。"

易琛一挑眉,语气轻松:"那我就在这个房间里等你。"

【?】

【几日不见,1老板最近躺鸡(游戏术语,意思是躺赢吃鸡)躺得越来越熟练了……】

喻延应了声好,正准备上二楼找人,结果刚从房间出来,在一楼走廊跑动时,他还顺手点了个跳跃。

就在游戏人物跳起来的那一刻,耳边响起一道沉闷的枪声,他紧跟着趴在地上。

【Lqy777以M24爆头击倒了你。】

易琛当即起身:"我来扶你。"

"别。"喻延皱眉,看着这个眼熟的ID——这ID刚刚拿着把UMP9疯狂在爆头刷屏。"别扶,对面这人可能是挂,你躲着,等队友来接你。"

易琛:"没事,你等我。"

说完,他打开门就准备去扶,谁知又是一道枪声响起。

【Lqy777以M24淘汰了yanxyan。】

"真的是挂。"喻延道,"你快跑,翻窗从后面走——"

话音刚落,面前的人忽然蹲了下来,紧跟着是一顿捡道具的声音。

易琛低笑了声:"不急……"

易琛舔完包的同时,身上挨了一枪,掉了大半血。

他没再迟疑，转身跳出窗外，耳边立刻响起车子的引擎声，是队友开车过来了。

"三号快往我这跑，我们溜。"一号道，"这777开挂，二号、四号都是被他爆的头，你……"

话还没说完，猛然传来一阵铁片的撞击声。

往他这跑来的人也不知道怎么的，停也不带停，直接往他车头撞了过来。

【MXMBLX11以载具撞倒了Yii11c。】

【队友误伤。】

喻延："……"

一号也蒙了，半天才跳下车来，蹲下扶他，顺便丢出一个急救包。

"不是，兄弟你这是干啥？碰瓷儿呢？"

【哈哈哈，这是真碰瓷。】

【警察叔叔就是这个人！】

易琛卡得跑不动，他起身捡起包，给自己打满，一声不吭上了车。

两人开车去了野区，路上，一号道："兄弟我们分头搜，搜完我再来接你。"

看到这儿，喻延起身："我去下厕所。"

回来时，他观战的游戏人物正朝一栋大房子那儿跑去。

他坐下来，仔细一看，赶紧叫住他："1，等等，这房子的门被人开过。"

易琛脚步顿了顿，开镜一看，确实有几个房门被人开过。

"嗯。"他转身，"我换个地方。"

"别，你再往后就出毒圈了。你先往前跑，顺路把那几个没开过门的房子搜一搜，注意看有没有人。"

"好。"

易琛提着枪，小心翼翼地走进房子，怕被偷袭，他集中注意力，搜了近半分钟。

走到某间房时，他看向窗外，忽然一顿。

喻延听见他轻轻地"啧"了声，然后转身，头也不回地跑出了这栋楼房。

喻延一愣，问他："怎么了？"

易琛抿唇："……这楼被搜过。"

"我知道，不过那人没搜干净……"

"被我搜的。"

"？"

"刚刚我在这儿下的车。"易琛道，"……然后不知怎么的，看着地图跑了会，又逛回来了。"

喻延听出了他语气里的沉重，试着安慰道："野区很多房子都长得一样，你是不是认错了？"

没想到这个安慰，让对方语气更凝重了："外面路上的三倍镜，是我刚刚丢的。"

"……"

【哈哈哈，我要笑死了，我亲眼看着他绕地图一大圈，然后又跑回了这里，哈哈哈。】

【又回到最初的起点……】

【那些年搜过的野区……】

喻延忍住不笑都快忍不了。

发弹幕的都是魔鬼吗？

十分钟后，野区之旅再次被那位777终结，游戏结束后，易琛语气不悦："我今晚很卡，延迟特别高。"

喻延嗯了声："看出来了，不然你检查一下网络？"

"我网络不卡，是游戏的问题。"易琛道，"已经掉了，玩不了了。"

喻延嘴角的弧度霎时间拉了下来。

他们这才玩了一局！

他正想着怎么挽留，就听1说："不然我们换个游戏？"

喻延一愣："好啊……你想玩什么？"

易琛看了眼之前一块下载的游戏大礼包："魔兽世界，英雄联盟，炉石传说。"

喻延问："你会玩哪个？"

"都不会玩。"

"……"

"我可以学。"

喻延犹豫再三道："那英雄联盟吧？不过那个游戏新号只能打人机，你等等，我去给你借个号。"

"不用。"易琛快速结账，"满级是三十级？我买好号了。"

"……"

这是什么可怕的效率。

喻延打开LOL，问他，"买的号叫什么名字？"

易琛扫了眼，账号叫……冰冷玫瑰独自开。

他深吸一口气,问:"你叫什么名字?"

"菜是我的错吗。"

易琛快速买了张改名卡,半晌,他道:"好了。"

话音刚落,喻延的游戏界面就弹出了一个好友申请。

【不是你的错申请添加你为好友。】

第 5 章

喻延也没仔细看就点了通过,直到对方进入房间,他俩名字并排到了一起。

菜是我的错吗。

不是你的错。

"……"

喻延轻轻地、不着痕迹地倒吸了一口气。

【你们这是干什么?】

【你是吃鸡主播,不是 LOL 主播好吗?……LOL 我也看!冲呀!】

他正准备开匹配,一个对话框弹了出来。

【好好好抱就抱:?】

【好好好抱就抱:匹配吗?一起。】

1 是新手,碰见那些想赢的队友很容易挨骂,喻延想也不想就同意了。

很快,两人同时进入了房间,另一个就是"小仙女要抱抱 QAQ"。

"小延,我看到星空 TV 那个微博了,哈哈哈贼酷!"卢修和一进来,就忍不住先带了波节奏。

喻延:"没什么酷的,开吗?"

"开呗,等会。"卢修和看清队友 ID,登时乐了起来,"这个'不是你的错',是不是你那个……"

"是我。"易琛道,"怎么了?"

卢修和:"……"

卢修和:"这是 1 老板?"

"嗯。"易琛浑然不觉,在界面上操作了一下,"下面这两个位置选项,我

027

该怎么选？"

"你以前没玩过，先选辅助和补位就好。"喻延道。

卢修和问："那我和我宝贝岂不是要分开？"

【小仙女要抱抱 QAQ：没关系，我可以去打野，你打中单？】

【小仙女要抱抱 QAQ：我们中野联动。】

卢修和："行呗。"

【小仙女要抱抱 QAQ：你朋友是主播？】

"对，星空 TV 的。"卢修和道，"大神主播，特别厉害——当然比起我还差一点。"

喻延没说话，给自己选了个 ADC（普通攻击持续输出核心的简称）的位置，受卢修和影响，LOL 这个游戏现在在他心目中满满都是"狗粮"味。

卢修和最后又拉了个好友进来，说是他网吧里的某位常客，人很好，不骂人。刚好凑成了一队。

进入选英雄界面，易琛看着眼前密密麻麻的英雄人物，问："我玩什么？"

卢修和问："1 老板之前没玩过？那这号是谁的？"

易琛道："没玩过。刚买的。"

"新号上面应该只有免费英雄和本周限免英雄吧？"喻延看了眼限免名单，正准备帮他挑一个简单易懂的。

易琛道："我所有英雄都有。"

"？"

"刚买的。"

喻延哑口无言。

英雄用现金买特别贵，除了想专攻某英雄又苦于没有金币的玩家外，极少人会用现金去买。

他刚刚就很好奇："你怎么知道在哪儿买改名卡和英雄的……"

"冲点券和改名卡是查的。"易琛道，"剩下的……'商城'两个字就在游戏首页，很显眼。"

这游戏要是没有改名卡，他得跑去重新买个号。

【有钱人都对充值购买流程有天生的感知力。以前我不信这句话，现在我信了。】

"不然你玩琴女（游戏角色）？琴瑟仙女。"喻延道，"QWER 键，四个技能连滚就好了，比较适合初学者。"

"嗯。"易琛想也不想，在搜索框里打出这个名字，直接选定。

他眯眼一看，眼前的游戏人物穿着性感，他在皮肤里选了选，挑了那个背景看起来非常酷炫的五杀皮肤，直接点击购买。

进入游戏，喻延操控着卢锡安（游戏角色）往野区跑，并在地图上标了个点："1，来这儿……一会帮完打野，你就跟着我走，我们去下路。"

易琛问："就我们俩？"

"嗯，他们走其他的路。"

易琛："好。"

"宝贝你二级就来帮我抓人。"卢修和玩的是个火女（游戏角色），"我闪现晕他，你要接上哦。"

【小仙女要抱抱QAQ：嗯嗯。】

一想到卢修和一平头大老爷们宝贝宝贝地叫，还特地放柔了声音，喻延就觉着特别好笑。

另一个开黑的朋友也笑了："小和，你怎么这么腻歪？小小年纪搞什么不好搞网恋，小心我告诉老板去。"

卢修和喷了声："你懂什么。我年底就去晋城找我宝贝，到时候就不是网恋了。"

网恋？

这个词有些新鲜，易琛操控着琴女跟在小主播身后，问："你要来晋城？"

"对啊，听说那边可好玩了，我还没去过呢。"卢修和说完，"1老板，该不会你也是晋城的吧？"

"嗯。"

"真巧！小延，那干脆年底你跟我一块去晋城呗？我去找我宝贝，你找1老板，咱们可以住一间房，省钱。"

喻延一怔，野怪适时跳了出来，他上前点了两枪："……你奔现，跟我和1有什么关系？"

"1老板给你刷了这么多热度，你可以去请人家吃顿饭，感谢一下他嘛，还能顺路去晋城玩……"说到这，卢修和突然话头一转，"哦不，我忘了，你也快有网恋对象了，你那网恋对象是哪里人？"

【谁？谁的网恋对象？】

【我天天看小言直播，我怎么不知道他在网恋？】

【跟谁网恋？女水友？】

029

【宝贝你千万别网恋！网上的"萝莉音"和"御姐音"全都是假的！假的啊！只有粉丝用心给你堆砌起来的热度才是真的啊！】

弹幕助手里立刻飘出一堆问号。

喻延头疼道："我没……你别乱说。"

"哦，对不起，我嘴快，我自掌嘴。"卢修和亡羊补牢道，"你没网恋！"

"……"

喻延又点了几下野怪，转身想走，跑到一半发现穿着黑色大裙子的琴女并没跟在自己身后。

他把视角切到后面，发现琴女还站在原地，一直在平A（普通攻击）面前的野怪。

小仙女像是怕野怪被她打死，一直站在旁边等着，但由于野怪血量不多，还是被琴女给打死了，野怪身上的BUFF(增益系的各种魔法)也转移到了琴女身上。

【小仙女要抱抱QAQ：？】

"对不起。"喻延赶紧道，"他是新手，还不会玩。"

【小仙女要抱抱QAQ：我二级过不去了，没红不好抓。】

卢修和："没事，那你拿了蓝BUFF看看有没有机会。"

易琛回过神来，看着自己脚下的红BUFF，这才转身往下路走去。

"1，游戏开始时的野怪都是给打野的，他们得升级拿BUFF才能抓人。"喻延给他解释。

易琛不轻不重地嗯了声："你……"

刚发了个你字，之后就再没了声。

喻延："嗯？"

易琛看着技能解释，半晌才道："……没事。"

琴女这英雄确实好上手，他玩了十分钟就大致了解了英雄技能，但了解英雄技能不代表能用好。再加上卢修和和他的小女友段位都不低，匹配到的也都是白金、钻石分段的人，本身就不好打。

游戏进行到十三分钟，他们已经被对面下路双杀了两次。

屏幕第二次暗掉，喻延抿唇，打开商店买装备。

他太久没玩LOL，带新手确实有些吃力。

这时，屏幕上突然跳出信息。

【我的辅助第一可爱（所有人）：琴女小姐姐在吗？你的ADC，来跟我一

块玩吧，绝对把把带你赢。】

易琛盯着看了好几秒，才反应过来对方说的是自己。

【我的辅助第一可爱（所有人）：我连咱们的情侣名都想好了，你就改个"我的 AD（物理输出）宇宙最帅"，我这儿提供网恋奔现结婚一条龙服务。】

喻延打开对话框，刚打上一个滚字，上面却率先跳出了队友的消息。

【不是你的错：滚。】

他一顿，把消息删掉："1，设置里可以关掉全屏聊天。"

"关了。"易琛说完，顿了顿，"你看，网上遇到的，大多都是这类人。"

喻延愣了愣，没明白："啊？"

"所以你在网上……交友，得小心。"

喻延虽然没明白，但乖乖应了声："好。"

喻延打了一晚上 LOL，直到房管提醒他别长时间直播与板块不符的游戏，才停了下来，一看，也刚好到下播时间了。

他跟水友们道了别，刚关电脑，面前的手机忽然振动起来。

1 弹了个语音过来。

怎么不是视频了？喻延盯着屏幕看了半天，才慢吞吞接起来。

他问："猫今天不在？"

易琛挑眉，半晌才反应过来："它刚吃饱，睡了。"

喻延拿起手机，坐到床上："平时都是你照顾它吗？"

"没。"

"那是……你女朋友？"

"我没女朋友。"

"哦。LOL 我玩得不好，没法带你，不然你重新下载吃鸡试试？应该是客户端损坏了。"

"已经好了，是加速器的问题。"

"那就好……"

易琛轻敲桌面，突然丢出一句："你在网恋？"

"啊？"喻延一愣，"我没有。"

"那卢修和今天说的是谁？"

"他……他乱说的。"

易琛眉头微松："那就好。"

喻延:"怎么突然问这个?"

"没怎么。"易琛淡淡道,"怕你学坏。"

"……网恋不是学坏吧。"

"怎么不是?"易琛道,"网络上的人,只会给你看到他想给你看的那一面,就依靠声音和文字,你能分辨出坐在电脑对面的是个什么样的人吗?"

"……"

易琛:"还有人专门通过伪装自己来骗财骗色。你甚至连对方是男是女,在现实有没有男女朋友都无法确定。不说网恋,你就是交网友,也要谨慎一点。"

喻延顿了顿,低声道:"可我们……也是网友啊。"

易琛一愣。

喻延:"虽然你给我刷了热度,但我从来没有伪装过什么。"

"……"

第6章

周末一过,刚到工作日,立马就有人拖家带口,带着一家子冲到了易达。

电视剧里那些拦不住强闯客人的剧情都是演的,这一家子气势汹汹,却还是被前台拦在了大厅。

会议室,工作人员正战战兢兢地在汇报工作周报,时不时才敢偷偷瞟一眼坐在前头的老板,对方敛目看着手中的文件,也不知道到底有没有把他的汇报听进去。

气氛正凝重着,响起了一道隐隐约约的振动声。

易琛终于把视线从文件上挪开,拿起手机看了一眼,便直接挂掉,关机。

"忘了关机,抱歉。"他道,"继续。"

"没没没事!"没想到突然收到大老板的道歉,员工吓了一跳,"要不您先接个电话?我们等一会也行。"

"不用。"他皱眉,"继续。"

员工立马不敢再说什么,继续汇报。

待两小时后会议结束,他一出来,秘书便凑了上来:"易总,外面……"

他抬眼:"还在?"

秘书一愣,没想到自己都还没汇报呢,对方就知道了:"对,还在。"

"嗯。"易琛把文件丢到她手上,"我们得换一家安保公司了。"

秘书不敢多问,也不敢应,闭着嘴跟在他身后。

她压根不知道她老板话里的意思是真换还是假换,就像之前星空TV大换血那事儿一样——她老板见到资料的那一刻,轻描淡写地说了句:"都换了吧。"

她原先还以为自己听错了,星空TV内部比较复杂,要动,不是一时半会儿就能搞定的事。没想到当晚,他们连续开了三个大会议,第二天整顿名单就这么出来了。

听说那名单里，还有姓易的在，关系户说开就开了，这会儿大老板的亲戚还在楼下等着呢。

回了办公室，易琛直接拿出手机，把会议期间疯狂骚扰他的号码拖到了黑名单里。

刚操作完，电话再一次进来了。

这次的电话没法挂。

他把文件丢到桌上，走到窗前，接起道："妈。"

易母声音温柔："在干吗呢？"

"刚开完会。"

"嗯，我打电话来，就是跟你说说你三姨他们的事。"

"妈。"易琛淡淡道，"我们不说工作。"

"……行吧。"易母道，"不说工作，那官司那边，我和你爸都觉得，既然是亲戚，官司就算了吧。自家人告自家人，说出去也不好听。"

易琛答道："再说吧，得等那边把他偷拿的数额全部算出来，再说别的。"

"行。你今天要去外省吧？要多注意休息，车上少看电脑文件，容易晕车。知道吗？"

挂了电话，易琛转身下了楼。保安收到了警告，这会干活可勤快，早把人赶走了，清净得很。

车子已经在外面等着，虽然平时他喜欢自己开车，但碰到跑长途，他宁愿把路上的时间用在别的地方。

司机见他出来，忙出来帮他开门，易琛把资料往车里一丢，正准备坐进去，却像是感应到了什么，回头看了一眼。

什么也没看见。

司机叫了声："易总？"

易琛收回目光，转身坐了进去。

上了高速，他翻了两页资料，刚开完会，看得有些累人，只扫了几眼就合上了。他犹豫片刻，拿出了耳机。

直播间里的人正处于决赛圈，忙中不忘跟他打招呼："1，吃午饭了吗？"

他正准备打开键盘回一句，一个陌生号码切了进来，他向来不接陌生号码打来的电话，干脆直接挂了。

"这后面的车怎么回事啊？"司机看了眼后视镜，小声嘀咕，"高速路，还敢跟得这么近……"

易琛戴着耳机，道："那就让他先过去。"

司机依言打方向灯，离开了快车道，松了些油门。

后面的车却想也不想，跟着变道，油门踩得跟方才一样深，距离实在是太近，没几秒就跟上了前车的车屁股，看着近在咫尺的车子，后车司机一时间愣住，踩刹车却再也来不及——砰，前车被狠狠一阵撞击，直接翻了个身，侧立在高速公路上。

易琛再睁眼时，眼前是一片白。

"哇，我是神仙下凡吗，刚来你就醒了？"莫南成刚把手中的花放下，就见床上的人正盯着他，"你等会儿啊！我去叫医生来！"

好友出去的这会儿，易琛默默地感受了一下。

四肢还在，身子哪里都不疼，就是头有点晕。

没什么大事。

值班医生进来的时候，见他已经坐了起来："你先躺着吧，这几天尽量别乱动。"

"嗯。"易琛开口，才发现自己嗓子有些干涩，"我被撞得怎么样？"

莫南成在一边听着，是真心实意地觉得自己这朋友牛。

哪有人刚遇到车祸，起来就冷静地问自己被撞得怎么样的？难道人医生还能说，被撞得很有水平，给你个满分十分？

没想到医生还真就点了点头："还行。系了安全带，车祸也不严重，没伤着哪儿，连血都没见，就是有些脑震荡。"

"嗯，那我多久能出院？"

"再观察观察，今晚如果没什么脑出血的状况，明天就可以出院了。"

医生出去后，莫南成咂咂嘴："这就完了？"

"不然？"易琛睨了眼身旁的花，满脸嫌弃，"把这东西带走。"

"干吗呀，多好看。"

"那你拿去，送给你女朋友吧。"

"……"

莫南成决定不再继续这个话题，他坐到一边："易冉守了你一下午，刚走，眼睛红红的，看起来可惨了。你爸妈给我打电话，说是已经订了回国的机票，画展音乐会啥都不看了，今晚就到。"

易琛往后一靠，嗯了声。

莫南成凑上前："还有，你知道撞了你的是谁吗？"

"易升。"

"……这你都知道？！"莫南成叹道，"说是被你开除，还接了张律师函，被逼急了，就想找你当面谈谈，没想到你们突然刹车，他没控制住就撞上来了。现在还在局子里呢。"

"那就让他在里面待着。"易琛一挑眉，想起什么，"我睡了多久。"

"没多久，也就……"莫南成看了眼表，"七八个小时吧。"

"我手机呢？"

"这儿。"莫南成从兜里拿出来，递给他，"振了一下午，我屁股都给振麻了。"

易琛不搭理他，打开之后，直接忽略掉各种工作信息和未接电话，点开了微信。

果然，最前头的人发了好几条信息来。

小主播：怎么突然走了？

小主播：今晚一起玩游戏？

小主播：今晚可以看猫吗？当然如果你忙的话就算了。

虽然信息不多，但隔了几个小时就有一条。

他隔着屏幕都仿佛能感受到对方得不到回复的失落。

抬头看了眼时间，已经十二点了，小主播应该已经下播了。

1：不忙，不过今晚可能没法给你看。

对面几乎是秒回。

小主播：为什么？它又睡了吗？

1：我在医院。

小主播：？

小主播：出什么事了？

1：出了个小车祸。

他想了想，又打开键盘：没受伤……

字还没打完，对方的语音就弹了过来。

莫南成听见了，一怔："大晚上的，谁给你弹语音……小主播？"他瞪大眼，"是满阳那个……"

易琛道:"你先回去吧。"

"哎,我在这儿守了大半天,就让我走啦?"

"这次谢了。"易琛道,"改天请你吃饭。"

莫南成喊了声:"行呗,那我明天再来,明天想要什么花?"

易琛拿起旁边的花丢到他手上,轻嗤一声:"滚吧,大晚上,别吵到其他病人休息。"

人走后,易琛才接通语音。

"怎么车祸了?伤着哪儿了?严重吗?你在医院?"喻延语气紧张,"有没有人守着你?"

不知怎的,原本刚醒还有些倦,听到这声音,他反而清醒了许多。

易琛笑了声:"没事,刚要回复你。只是脑震荡,明天就能出院。"

喻延长长地松了口气,像是浑身脱力一般:"……那就好。"

半天,他又喃喃,"太好了。"

听出他的情绪,易琛皱眉:"怎么吓成这样?"

"没有,没吓着。"喻延回过神来,"以后在路上一定要小心,你该不会在开车的时候看直播吧?"

易琛笑了:"你觉得呢?"

对方沉默了。

易琛一怔,道:"当然不是,你别多想。是司机开的车。"

见他还不说话,易琛无奈一笑,"是不是要我现在叫司机过来给我作证你才信?跟你真没关系……你在哪儿?周围怎么这么吵。"

喻延原本还躺在被窝,看到车祸这字眼,心神不宁的,这会儿已经站到门外吹冷风了。

他摩挲着手指,道:"我开了窗,所以有风声。"

易琛把枕头立起来,靠着道:"嗯,这两天恐怕都不能玩游戏了。"

"没关系,你先把伤养好。"喻延说完,忽然想起什么,压低声音问,"病房里还有其他人吗?我刚刚会不会吵到他们休息了?"

"没有,独立病房。"

"那就好。"喻延道,"那我挂了,你好好休息?"

怎么就要挂了?

"我刚醒,现在还睡不着。"易琛说。

"哦……那再聊会？"

易琛从鼻子里轻轻应了个嗯。

喻延转身，走下楼梯，忽然想起什么："今天我直播间来了一个新管理员，28号，好像刚上任的。"

"对你好吗？"

喻延笑了："他是来监管我直播内容的，对我好做什么？就感觉……话少，办事比较干脆吧，一来就给我发了好几个文档，说是公司新定的规矩，我到现在都没看完呢。"

"很多？"

"嗯，又臭又长。我有时真恨不得跑到老板面前提意见，我就播了小半个月，意见都能给他提上一箩筐。"

易琛说："……那你怎么不去提？"

方才的紧张焦虑在三言两语中全然消散，喻延语气轻松了许多："我不敢，我在他手底下吃饭呢。我就敢在你面前发发牢骚。"

听见细碎的脚步声，易琛问："出门了？"

"嗯。"

"这么晚了，出去做什么？"

"去买包烟。"

易琛拧眉："你抽烟？"

看他直播这么久，还真没发现他有这个习惯。

"嗯，以前喜欢抽，最近很久没抽了。"

父母刚走那段时间，他没烟很难撑下去，到后来是因为没钱买烟了，这习惯也就被他丢掉了。

但今晚他觉得心痒痒，就特别想来一根。

易琛实在想不到他叼起烟来是什么模样。

"既然都很久没抽了，那就干脆戒了，别买了。"

喻延也不是非得抽，他笑："那我现在去买什么？"

"酸奶。"

喻延乖乖地去便利店买了瓶酸奶，问他："买了，你要检查吗？"

易琛直接开了摄像头："检查。"

喻延一愣，他只是随口一说，没想到对方真就开了摄像头。

那边是一片白，白墙、白被单和白帘子，隔着屏幕仿佛都能闻到消毒水味。

他把酸奶放到镜头前。

他突然……好想知道1长的是什么模样。

之前不愿意看，是害怕自己心目中的形象会破裂。

现在想看，是想记住一个完完整整的1。

不然往后他想起1，就只能想到对方的声音和西装，这算什么。

"1……"

那头，门突然被打开，查房护士走了进来，手里还拿着一支手电筒："怎么还没睡？你刚出车祸，现在要好好休息。"

易琛："嗯，聊完就睡了。"

"有什么话不能明天再说的？快睡吧，我给你倒杯水，你看你声音哑的。"

"好。"

护士走后，易琛喝了口水，问："你刚刚想说什么？"

"啊……没什么，我是想说……你能把你地址给我吗？"

地址？

易琛一挑眉，小主播这是……想来探望他？

这个要求有些出乎他的意料，至少现在他还没做好跟小主播见面的准备。

他不太擅长应付比自己小太多的人，小主播如果要来，他肯定不能像对以前那些人那样对他……

喻延这回没被沉默击退，见他不应，又问："行吗？"

易琛深吸一口气："我发在微信上，你记着。"

第7章

易冉听说他哥醒了，连外地都不去了，原先他还打算跟那群狐朋狗友去浪几天，这会儿得到消息，想也不想就退了机票，刚睡醒就一把鼻涕一把泪地闯入了医院。

谁知病房里头干干净净，空无一人。

易琛一大早就直接回了易宅，易母让人给他做了一桌的菜肴，嘘寒问暖了大半天都没真正放下心来。

"真的没有哪里不舒服？全身检查也做了吗？来，多吃点鱼。"易母边给他夹菜边道。

正说着，她的手机忽然响了起来，她只看了一眼就直接挂了，"把你撞成这样，还敢来向我求情，门儿都没有。"

易琛依言吃下鱼肉，没吭声。

"虽然是小伤，但这段时间就别去公司了吧，先在家里好好休息。"易父道，"你房间我已经让人打扫过了，这几天就先住家里，出了什么事也方便照应。"

易琛道："出不了什么事，我回去住。"

"你回去，妈不放心，就先在这儿住下吧。"

易琛顿了顿，道："过几天有个朋友要过来，我住这儿不方便招待他。"

"朋友？"易母还真想不到谁能请动她儿子来亲自招待。女人的天线太敏感，她眨眨眼，问，"男的女的？"

"男的。"

"哦。"易母小小失落了一顿，"那你招待客人，跟住家里也不冲突。你还能请他来家里吃顿饭，妈亲自下厨。"

易琛仍然拒绝："不用。"

易母还想说什么，外面传来车子的引擎声，没多久，易冉就风风火火地进来了。

"哥！你出院怎么也不跟我说一声，我去接你呀！"

易琛道："不用你接。"

"这话说的，人小冉有这心已经难能可贵了。小冉，来，坐下吃饭。"易母道："你这几天不是要去外地吗？"

易冉对他哥还真有感情，毕竟从小崇拜到大，他喝了口汤，道："琛哥都撞成这样了，我哪还有心思去，我打算这几天住他家照顾他。"

易母点点头："……那倒也好。"

易琛本准备拒绝，听见母亲松了口，他一挑眉，没再说话。

吃完饭，两人一块上了易冉的车。

易冉发动车子："哥，我得回家拿几件衣服，早知道会有这事，我前几天就不回家住了，搬来搬去真麻烦……"

易琛打开手机："不用。"

"啊？那我这几天穿啥？"易冉眼睛一亮，"哥，你要给我买衣服？"

易琛睨了他一眼："不用你来照顾我，送我回去。"

"那不行，我都答应伯母了。"

"家里没地给你住。"

易冉莫名其妙："不是有客房——"

"有人住了。"

哦，那是有点棘手。

易冉转动方向盘，正准备想别的办法。

半晌，他一怔，喊出声来："等等，谁？！"

易琛被这声音吵得心烦，皱眉："你属喇叭的？"

"不是，哥，谁要住你家客房啊？"

从易琛买那栋房子出去独居起，除了自己，易冉还真没见过其他人在他哥家留宿过。上回成哥劈腿被人堵，他哥都不肯收留成哥呢！

易琛道："关你什么事。"

"你要不说，"好奇心最终战胜求生欲，易冉头一回敢威胁他哥，"我，我就告诉伯母，让她逼你回家住。"

易琛看着他，冷冷地笑了声："易冉，你出息了。"

易冉："哥，你说呗，我保证不说出去！"

这事本身也没什么好瞒的，就易冉这人，要是不告诉他，他没准还能做出来家里堵着看人的傻事。

易琛收回目光，淡淡道："小延。"

话刚说完，他就听身边的人重重地吸了一口凉气。

"哥。"易冉睁大眼，"小延要来找你啊？"

于是他顿了顿，又问，"你和小延关系已经这么好了？上次在满阳也是，都帮他订房……"

"他喝醉了，我送他回酒店。"易琛打断他，"仅此而已。"

易冉点头："那他这回是干吗来了？"

问到这，易琛半晌才轻飘飘应了句。

"他急着探望我。"

莫南成原以为，当初病房里那句"下次请你吃饭"就是个客气话，毕竟他这兄弟忙得很，最近又接近年底，十天八天都找不出空当儿来。

没想到昨儿刚说完，今天就被叫了出来。

"不是，吃饭就吃饭，为什么非来这家店？"莫南成拿着菜单，把自己整张脸都给盖住。

易琛："这不是你给你女朋友开的？"

莫南成纠正他："前女友。"

"……"

虽然没说出口，但好友的眼里已经写满了"渣男"二字。

莫南成觉得冤枉："那我怎么知道，她跟我的爱好差别那么大……"

"闭嘴。"易琛打断他。

莫南成点完餐，问："行吧，找我什么事啊？"

易琛语气硬邦邦的："感谢你。"

"……"莫南成浑身都觉得不自在，"不……不用谢。"

"还有。"易琛进入正题，突然拿出一个本子，"来晋城旅游，有什么地方可以去？"

莫南成傻了："哈？"

易琛重复了一遍。

莫南成为难地想了半天："……酒吧，会所，高尔夫球场？"

易琛咬重音量："游、玩，场所。"

"你是说旅游景点？千万别去，又热闹又没意思，专坑外地人的。晋城这地方，就是娱乐业发达，来了不玩可惜了。"

莫南成刚想问他是谁要来晋城旅游，就见易琛抿了抿唇，道："他还小，去那里不合适。"

"小？"莫南成道，"谁？多小？"

"二十多。"易琛道，"一个朋友。"

哪个朋友能有这种殊荣？莫南成皱起脸，一脸震惊："20？兄弟，比你小了快一轮。"

易琛抬眼，语气不善："一轮？我请个家教给你补补数学？"

莫南成笑了声："行……小男生嘛，我也不太懂，他平时喜欢什么你不知道？照他喜欢的来不就行了。"

喜欢打游戏。

除了游戏之外……他还喜欢什么？

"对了。"莫南成想到什么，轻轻打了个响指，"星空那个什么，年度盛宴，你给我个邀请函呗。"

"嗯，来做什么？"

"我前两天去你那儿看了看，发现一个特可爱的女主播，叫什么团团……听说视频滤镜特假，我呢，就想去看看真人。"

"那你别来了。"易琛道，"祸害别人去，别动我公司员工。"

莫南成："……"

次日，星空 TV 主播大赛终于落幕，获奖名单挂在首页上，点击主播名字还能直达主播间，是拉人气的好机会，不少主播为了这个获奖名单纷纷改变了直播时间。

早上九点，这个获奖名单上只有一个主播未开播，房间叫"yanxyan 直播间：十一点见。"

粉丝们大感委屈。

043

【别的主播早上八点,获奖名单一出就上赶着开直播了!我喜欢的主播却雷打不动,非要十一点才开播!】

【骄傲使人退步,懒惰使人连退十步!】

【恭喜小言斩下老鼠,喜提年度击杀王!】

喻延得知这个消息的时候,正和团团在某间店铺吃早餐。

"唉,我就知道我不该参加什么年度最佳主播,在别的奖项那儿分一块肉都是好的。都怪她们总是怂恿我,我怎么可能打得过 LOL 分区那尊大神嘛……"女人穿着吊带背心和短裤,扎着两个小小的马尾辫,俏皮可爱,她懒懒地划动着手机屏幕,"不过还好,香蕉被扣了热度之后直接掉到我后边了,看着真爽。"

团团是昨天来的满阳,喻延平时受了她这么多照顾,自然是该请别人吃顿饭的。

喻延道:"第二也很厉害了。"

"那是。"团团朝他眨眨眼,"你更厉害,虽然是小奖项,但听起来洋气呀。"

喻延笑了声:"谢谢。你几点的飞机回去?"

"下午三点。对了,昨天谢谢你陪我爬上去啊……我自己的话肯定没那毅力,这么多层台阶呢,看得我眼睛都晕了。"团团道,"年度盛宴就在下个月,你会来吧?等你去了晋城,我一定好好招待你。"

喻延确实收到了年度盛宴的邀请,但他还没想好要不要去。

他道:"好,如果有机会的话。"

两人长相出众,往餐厅一坐,身边的人都在偷瞄。

团团已然习惯,只要没被直播间粉丝认出来就好。

吃完早餐,团团拿出她的美颜手机,弯眼道:"来,我们合张照。"

她要去跟那群人炫耀,她可是和小言见过面的人了!

喻延嗯了声,他没有自拍的习惯,只知道抬眼看镜头。

"哎呀,是自拍,又不是直播,你这……"团团失笑,干脆起身,挤到了喻延旁边的位置上。

喻延一怔,想后退一些给她腾点位置,团团却一仰头,靠到了他的肩膀上:"笑——"

喻延下意识扬起了嘴角。

"好了!"拍完照片,团团满意起身,盯着手机看了几眼,认证道:"特帅,真的。要不是立下了誓言,我绝对追你了!"

喻延一噎,告饶道:"……你就别开我玩笑了。"

把团团送走，喻延松了口气。这儿离他家不远，还不到开播时间，他决定步行回去。

手机冷不防响了一声。

1发了张照片来。

喻延点开一看，是一台电脑，曲面屏显示器，全封闭水冷式机箱散发着蓝色光芒，机箱里面甚至还放着一个三级头手办，在灯光的衬托下显得特别酷炫，还有某大牌的全套顶尖配件，整体看起来就价格不菲。

这是易琛刚让人专门配的电脑，配件无一不是顶配。

他就从没有过让小主播去酒店住的念头，毕竟工作不能落下，让他住酒店，他又得三天两头往网吧跑，不方便。

而且人住在他眼皮子底下，他比较放心。

小主播：你换电脑了？

1：嗯，刚配的。喜不喜欢？

喻延有些茫然，这跟他喜不喜欢有什么关系？

但既然对方都这么问了。

小主播：喜欢，颜色也很好看。

易琛满意了，转身走出客房，坐到沙发上，面前的手提电脑里是助理刚发来的一组文档：《晋城旅游景点盘点》《晋城吃喝玩乐指南》《论晋城不得不吃的三大美食》。

他随便点开一个，里面图文并茂，讲解极为细致。

1：喜欢吃辣吗？

小主播：嗯？很喜欢。你呢？

1：还行。

他拿出黑皮本子，把上面辣味推荐度高的餐馆都记了下来。

1：喜欢小动物？

小主播：……一般般。

动物园水族馆，不去。

1：运动？

小主播：不太喜欢。

怪不得这么瘦。

游泳馆安排上。

面前的纸张很快被写了大半，易琛拿起来看了眼，还算满意。

吃喝玩乐，全都计划好了。

他正准备问对方什么时候来，手机上突然推送出一条微博消息。

他随手点开一看。

【小团团：从满阳祈福回来啦！见到了又帅又可爱的小延延（对，是延不是言！），还一块爬了山、吃了饭，特别开心！南齐寺长居雾里，名不虚传，爬得累死人了。yanxyan，下次等你来晋城，我一定好好疼！爱！你！】

他之所以能看到这条微博，是因为他的特别关注转发了它。

他吸了口气，点开那张照片。

男生笑得虽然不太自然，但胜在颜值高，白齿这么一露，特别赏心悦目。

女人靠在他肩上，笑得尚算可爱。

易琛视线往下，一眼就看到了热评第一。

【好般配！你们两个在一起了？！】

易琛拧眉切回微信，刚要问，电话忽然响了起来。

那头的人礼貌道："您好，是易先生吗？这里是顺丰，我这有一个您的快递，已经送到您家门外了，请问现在方便签收吗？"

两分钟后，易琛从快递员手上接过一个小盒子。

寄件人那儿工工整整地写着"喻延"。

他沉着脸，三两下把盒子拆开，层层包装下面，是一个小小的长木筒。他打开最上面的小圆盖，往里一看。

一张小巧黄色符纸躺在里面，旁边还落了些寺庙里的香灰，纸上有一个不太完整的印章，印着两个小字。

"平安"。

第 8 章

易琛盯着平安符看了半会儿,目光触及快递盒子上贴着的单子,一个想法浮了上来。

他给木筒子拍了照,发过去。

小主播:已经收到了?里面有没有破损?

1:……没有。

小主播:好,那我去给快递员一个五星好评。

1:你要地址,就为了给我寄这个?

小主播:对。

小主播:啊,那个……原本想给你寄点特产的,又想起你之前来满阳出差,应该已经买过了。

易琛说不上自己现在是什么心情。

他原本觉得应付没正式见过面的网友是很棘手的一件事,所以起初小主播找他要地址时他是想拒绝的。但回过神来,地址已经顺手发了过去。

然后他就想着,既然小主播要来,那干脆趁这段时间,让他吃胖一点,男生太瘦不好,也不健康。好在瘦是瘦,不矮,脸蛋上肉还挺多。

还能顺便给他更新一套直播设备,之前用的被水淋了,性能肯定会变差许多。整天坐在电脑前,锻炼也是必要的。

结果,小主播不仅没来,还跟别人去爬山吃饭,拍合照。

对方久久没回复,喻延打开直播间,看到在里面等着自己的几千粉丝,吓了一跳。

平时他没开播的时候,等着的僵尸号能有几百就已经很多了。

他原以为大家都是来恭喜他得奖的，感谢的话刚准备说就看见铺天盖地的评语。

【你和团团在一起了？！这是什么时候的事？我天天看你直播，我怎么一点苗头都没瞧见！】

【古有韩信暗度陈仓，今有yanxyan与团团暗通款曲。】

【怪不得团团三天两头在直播间里夸你，敢情你俩早一起玩上了，吃我一剑！】

喻延瞪大眼，看了半天，解释道："没有。你们别瞎想，我和团团没在一起。"

【都发恩爱合照了还狡辩？】

"不是恩爱合照，只是一起吃饭的时候顺便拍了一张。"喻延失笑，"她来南齐寺祈福，我是本地人，就招待招待她，只是朋友，你们别瞎猜了。对，我保证没玷污你们女神……我也没被玷污。不是，我一大男人，能被怎么玷污？"

说完，他刚准备打开游戏，发现私信那头正不断闪动着。

管理员28：yanxyan你好，本平台诚挚邀请您参加十月八号由星空TV主办的星光年度盛宴，举办地点在晋城。住宿费、来回车费和机票由本公司报销。

【年度盛宴又开始了，总感觉现在时间过得特别快，上一回年度盛宴参加的都是明星，跟看颁奖晚会似的。】

【小延会去吗？】

这是群发消息，喻延也不着急着回，他关掉消息，道："还不知道……应该不去吧。"

打开游戏，他再次拿起手机看了眼，1还是没回复。

他往上翻聊天记录，想看看自己是不是哪句话说错了。

小主播：……或者你有特别喜欢吃的特产？是哪种，我去买给你？

1：我不吃特产。

易琛坐在沙发上，看着面前的电脑和笔记本，觉得自己现在的模样，跟易冉也差不多了。

仔细想想，对方确实没说过要来晋城的话。

不来正好，省得他操这么多心。

易琛把本子和电脑丢到一边，他转身进了客房，沉默半晌，又掏出手机。

1：谢谢。

1：跟女朋友去祈福，还顺便给我求了个平安符，有心了。

小主播：？

小主播：不是……我跟朋友去的，我没女朋友。

1：除了南齐寺，还去哪儿了？

小主播：就去了那儿。

1：你好不容易跟人见一面，没带她去到处玩玩？

不知怎么地，喻延觉得1虽然回了这么多个字，但看起来……似乎心情不好。

小主播：没有……我不太会接待人。这次是刚好要去寺里，所以才一起的。

1：好好好，去那儿做什么？

小主播：求平安符。

易琛挑眉。那他的意思是，要去求平安符，所以才去的寺里？

小主播：我之前就听说那里的符咒特别灵，你嫌木筒重的话，可以把符纸取出来放在钱包里。

小主播：虽然是有点迷信……但宁信其有不信其无。

1：你给我求了平安，给自己求了什么？

对面大半会才回复。

小主播：……我忘了。

1：给自己求的什么都忘了？

小主播：不是，我忘了给自己求了。

"……"

男人紧皱着的眉头终于松开了些。

客房里不只电脑是新的，他还让清洁工来打扫了一遍，墙上也贴好了游戏的地图海报，手办也都在电脑后面摆着，就连床单什么的都换了。

他捏着那张平安符看了半晌，丢进了钱包里，刚准备合上，又顿了顿，再次打开钱包，把符纸一角的皱褶抚平。

1：这符，效果怎么样？

小主播：我也不知道，南齐寺之前都是听说，这次是第一次爬上去。

1：你怎么不亲自送来给我？用快递寄，显得不太诚心。

喻延一愣。

他就从没想过自己送去。

他和1平时聊天都束手束脚的，更不用说面对面。

小主播：我求的时候挺诚心的……应该没关系吧？

1：嗯。我先试试，如果灵验的话，我再去还愿。

小主播：好。

1：到时候你会陪我爬上去吧？

喻延的指尖在屏幕上方乱晃，半天都没想好要怎么回。

小主播：会的。

1：嗯，作为报答，你年度盛宴来晋城，我接待你。

"……"

【在这儿等了半天了，主播都没开游戏，是给我们直播玩手机吗？】

【主播的表情，来来回回换了十来遍。】

【应该是得了奖，高兴傻了吧。大家理解一下，他马上就开游戏了。】

没等喻延回复，手机又是一振。

1：哦，好像已经有人接待你了，不需要我接待了。

这是有史以来，1发表情最多的一天。

小主播：不，不是。

喻延都不敢说自己没打算去，怕1觉得自己是在敷衍他。

小主播：那到时候就麻烦你了……

主意改变得太突然，直到晚饭时间，喻延收到管理员发来的第二条信息，才后知后觉地明白过来自己答应了什么。

管理员28：yanxyan你好，这次平台年度盛宴，希望每个主播大赛的获奖主播尽量到场，届时我们会在现场颁发奖杯。

水友们说得没错，年度盛宴今年还真变成了颁奖现场。

他之前不打算去是嫌麻烦，怕耽误直播时间，少赚钱。

现在既然已经答应了1……

yanxyan：我知道了，我会去的。

把身份证号码发给管理员登记，方便平台订票安排酒店后，喻延把外卖盒丢掉，正准备继续开游戏，微信猛地振了振。

易冉：小延，你还在直播？带我一个？

喻延：好，你上号。

易冉已经很久没玩游戏了，这段时间他和家里人和好，零用钱得到了保证，成天只顾着在外头瞎浪。

"小延。"易冉一进房间就嚷嚷，"听得见吗？"

"听得见。"喻延道,"开雨林,随机四排,行吗?"

"都行都行。我这段时间没怎么上,手生,双排我可带不动你。"

喻延笑了,径直开了游戏。

易冉不是谦虚,他本来水平就一般般,隔一段时间未碰游戏,技术真的会退步很多。他们跳的是训练基地,易冉捡枪的速度比别人还快,却还是被隔壁房子的人摁倒在了地上。

"这人是挂吧!"易冉气道,"三枪都打在我头上,还玩什么。"

"你们距离不远,三枪击中头也不是不可能。"喻延清完所在楼房附近的敌人,问,"那人穿什么颜色的衣服?"

"黑吊带,黄裙子,好像还戴了个眼镜。"易冉骂道,"显眼得很。"

喻延舔完包,往易冉被击杀的区域跑去,刚准备进屋,二楼突然蹿出一个人影来,对着他就是一阵扫射。

正是杀了易冉的人。

血量被打掉了不少,刚落地,大家物资都不多,喻延就算舔了两个盒子,身上还是一个急救包都没有。他蹲到墙角,刚打上一个绷带就听见身后传来下楼的脚步声。

"这人还挺会玩的。"喻延换了把S686(游戏中的枪支名称),"生或者死,就看这两发子弹。"

刚说完,左侧窗户传来脚步声,喻延立刻站起身来,并快速按空格跳了起来,躲掉了对方用M16(游戏中的枪支名称)打来的三发子弹,转身盲开一枪,没中。

他并不着急,反倒往后退了两步,靠着墙卡在了对方的攻击盲点,待敌人挑好角度再次开枪时,他听准枪声,再次起身回头。

砰——

【你以S686击倒了nilly919。】

喻延笑道:"帮你报仇了。"

"太牛了。"易冉道,"小延,你什么时候到晋城啊?我请你吃饭,我们吃完饭直接去网吧开黑怎么样?我觉着你往我身边一坐,一定能有什么加成BUFF。"

喻延有些意外,他才刚答应1,易冉就知道了?

"可能十月二号去吧。"

易冉一愣:"这么久?不是说你急着过来吗?"

喻延也愣了："谁说的？"

"我哥啊。"

他哥？1说的？

喻延傻了傻眼，登时明白了。

怪不得1今天说话这么古怪。

1难道以为自己要去晋城找他？

"不然你早点过来。"还没等他反应过来，易冉继续道，"上回我哥在，我也没法跟你好好打招呼，这次好酒好菜给你补上……"

"不是，等等。"喻延更糊涂了，"上回？哪回？"

"就满阳那回啊。"

喻延半晌才问："……满阳哪回？"

【你们在猜谜语吗？我都要听晕了。】

【我没记错的话，这个老板的哥哥好像是1？主播要去找1了吗？】

易冉道："就上次你同学聚会喝多了，我哥送你回去那次。说来我们可真有缘分，我当时一眼就认出你了，看你当时喝得挺多的，后来没事吧……"

第 9 章

易冉见他不说话，道："小延，N方向楼顶有个人你看见没？"

喻延躲到房子里打药，半天才挤出声音，"看见了。"

【是你请假去同学聚会那次？啊啊啊！1和小延居然见过面了，我要晕过去了！1老板长什么样啊？】

看到这条弹幕，喻延舔舔唇，心说我也很想知道1长什么样。

但他全都忘光了，关于那一晚，他只记得自己抱着马桶，满脸狼狈，吐得天昏地暗。

其实那事一直挂在他心头，没法放下去，酒店毕竟一晚上好几千，不把这钱还了，他心底一直不太安稳，但那条朋友圈都发了这么久了，还是没找见人，后头再问那几个同学，也都说记不清楚了。

易冉这么一说，事情好像就都说得通了。

1在满阳出差，就是这么巧跟他来到了同一家酒店，自己天天露脸直播，被认出来也很正常，1见他喝醉，大发同情心，想办法把他从那群同学那儿拖出来……

喻延摸到一把M24，装上倍镜，朝对面房子某个墙角后快速开镜，直接爆头。

那晚过后，1是怎么说的来着？

说他在当天晚上就回了晋城。

还让他以后少喝酒……然后一周没怎么搭理他。

喻延越想，心越沉，手上动作却比以往都快很多，几乎都是见到人之后的下意识反应，三十发子弹连着撂倒了两个人后，他换弹舔包，完全无视了易冉的惊叫声。

这时，一号开麦了："四号，你有点东西啊。"

喻延低头舔包，一号快速朝他跑来，打开盒子一看，东西已经不多了。

"四号,有没有多的药啊?给点呗。"

喻延没应声,坐上旁边的摩托车,独自疾驰而去。

【队友请求互动,主播残忍拒绝。】

【你身上三个包呢,就不舍得给队友一点啊?】

喻延心不在焉,连平日最喜欢的翻车技巧都不玩了。

"我给他留了半座城,包够他用了。"喻延道。

易冉问:"那你现在去哪儿啊?"

"度假村。"

"去那儿?"

刚清完训练基地,房子都还没搜两栋呢,怎么就要去度假村了?就这把的航线来说,这两处绝对是地图里打得最热闹的地方了。

但看他这疾驰着的摩托车,一点回头的意思都没。

原来这就是高手的世界啊,易冉心道。

喻延单排的时候也偶尔做过这种事,打完最激烈的地图区域,就去下一个激烈的区域,那几次是纯属为了直播效果,在多人排位的游戏中他顾及队友,从没这么做过。

但他现在脑袋乱糟糟的,只想靠游戏转移自己的注意力,不想闷头搜房子。

快到度假村,喻延抿唇问他:"易冉,那次你们什么时候回的晋城?"

"第二天早上就回去了。"提到这儿,易冉就忍不住打了个哈欠,"大清早的,我困都困死了,要不是没钱,我就自己开间房继续睡了。"

"那晚……确定看到的是我吗?"

"是啊,你穿着白T恤,旁边还坐着个女生……"易冉话说到一半,惊觉不对,"不是,啥意思啊?"

喻延摇头:"没事,我随便问问。"

这会儿,天堂度假村也已经打得差不多了,只剩下不同队伍里的几个玩家。

他开辆摩托车去,引擎声这么招摇,无异于一个驰骋在大草原上的活靶子。

【我的天,我日日夜夜守在这个直播间是为了什么,就为了看这种我自己体验不到的刺激场面!】

【刺激场面?主播一下车,不出两分钟绝对就地死亡。】

【前面的是新来的吧,你看着,我觉得主播起码能活五分钟。】

喻延挺直背脊,握紧鼠标,刚下车,右边就传来一阵枪声,子弹全打在了他身边的地面上。

　　他躲也不躲，抬起AKM，十来发子弹就把在房顶上躺着的敌人打翻了，对方已经没有队友，跳出击杀信息。

　　他打开地图看了眼圈，天堂度假村就在正中心。

　　他想也不想，把子弹补满后转身对着开来的摩托车一阵扫射。

　　砰——

　　摩托车直接被打至爆炸。

　　【？】

　　【这是什么情况？它辛辛苦苦把你送来，你就这么把人家炸了？】

　　【坐下，正常操作，这叫"担心敌人不知道我在哪儿，我先跟他们招呼一声"。】

　　"只是把车炸掉。"他道，"省得别人骑着它跑了。"

　　他转身，蹲着摸进旁边的楼，到房顶把那人的包给舔了，AKM换了把满配M416，趴在那人原先的位置上，四周看了看。

　　半分钟了，没人。

　　易冉道："该不会这就剩刚刚那人了吧？"

　　他刚说完，喻延就听见一道似有若无的声音。

　　因为听得不清楚，他不太确定是什么声音，只知道是从他身下的房子里传出来的。

　　他打开全屏麦。

　　"还有人吗？"他声调平平，仿佛在跟人问好，"我这儿就一个人，你们队伍人还多的，可以出来杀我。"

　　弹幕上立刻刷满了问号和666。

　　很快有人接受了他的互动请求。

　　"真的假的？兄弟，玩个游戏而已，别耍诈啊。"

　　"不要诈。"喻延道，"真的。"

　　大多数水友都以为他是为了节目效果故意搞笑，只有其中一小部分粉丝觉着奇怪。

　　【小延的表情怪认真的……】

　　【得奖高兴坏了？觉得自己能打死整场游戏其他九十六个人了？】

　　【太猖狂了，要我跟你一局游戏，我非用手榴弹炸你三百六十次。】

　　敌人也觉得他怪有趣的，说完立刻就动了起来，脚步声迅速传到喻延的耳机里。

055

果然,有个人就在他身下的房间,刚刚听见的估计是对方换弹或者丢东西的声音。

他装满弹,直接跳到了阳台,里面的人一个右侧身露出头,打了他两枪。

喻延快速蹲到窗户后边,枪声落下后三秒,借着视角看到对方露出了头,他连急救包都不打,探头就跟对方对打。

【你以 M416 击倒了 Lovepeace81。】

他不急着把人补死,而是躲到了门后,给自己打急救包。

楼下响起了匆忙的脚步声,两个人。

他卡在门后,任那个击倒的人在自己面前爬啊爬。

【先把人补死啊,不缺这几发子弹,在这儿不是暴露视野了?】

喻延充耳不闻,拿出一个手雷,拉开引线,在心底倒计时。

易琛进入直播间的时候,只听见砰的一声,主播顶着手雷爆炸散发出来的重重烟雾,直接冲到了楼下,打了敌人一个猝不及防。

【你以 M416 淘汰了 Rrrros98K。】

【11 杀。】

"我!"游戏里传出其他人的声音,像是敌人开了全屏麦,"兄弟,你怎么骗人啊?"

喻延把状态补满:"我没骗人,我是一个人。"

"你一人顶两队,这是犯规知道不?"

喻延没说话,因为弹幕助手里跳出了 1 进入房间的系统提示。

"哥,你来了!"易冉观战了半天,也瞧见他哥进了直播间,忙打招呼,"玩游戏吗?"

易琛等了半会,没听见小主播的声音,才问:"还有位置?"

新电脑配完还没用过,刚好可以趁这会儿试试。

易冉:"有位置啊。"

既然已经有人答了,喻延当然乖乖闭嘴。

半晌,易琛语气轻飘飘的:"有?"

喻延一顿,闷声道:"……有。"

这局游戏,他就躺在某栋楼房楼顶,以一人之力,生生防住了整个度假村,直到队友的到来。

最后,三人聚集在一起,借助度假村决赛圈顺利吃了鸡。

游戏结束,易冉立刻给他哥发了个邀请。

"哥。"易琛进入游戏房间，就听自己那堂弟语气激动，"你不是说小延要来晋城吗？我刚刚问他，他怎么说不来了？"

易琛一怔，下意识看了眼自己身边的游戏人物。

黑肤女人一言不发，从稳定站立变成了准备状态。

【啊啊啊我喜欢的两人要见面啦！】

【楼上不知道前情？他们已经偷偷见过面了嘻嘻嘻。】

易琛感觉不对，皱眉问："什么？"

"就你在老宅跟我说的事儿啊。"易冉道，"还有上回，我跟他说金座那次我也在，他愣是不信。"

易琛沉默，在心底盘算着该怎么才能合法地把易冉丢到海里喂鲨鱼。

易冉觉得那是件津津乐道的事，地球这么大呢，他们都能机缘巧合地遇见，多有缘分啊。

但他怎么觉得除了他之外的两人，都没啥讨论激情呢？

这诡异的安静持续到了进入游戏界面。

倒计时十秒时，易冉才问："那个，我们跳哪儿？"

没得到回应。

直到倒计时结束，众人登上飞机。

地图的Ｐ城顶上才堪堪出现一个黄点。

一个冷漠的黄点。

易琛切到直播间看了眼，确定主播的麦克风是开着的，屏幕里的人正襟危坐，从表情里看不出他在想什么，脸色与平时无异。

就是不说话。

易琛刚进直播间，情况还没完全摸清楚。跳伞时，他想了想，控制着降落伞，朝黄图标的一号队友那儿凑去。

就在他靠近的一瞬间，以前回回都要跟自己跳在一起的人突然一个左斜飞——两人在空中交错，远离，背道而驰。

要是人物飞行也有轨迹，水友们大致能看到一个大写加粗的"X"。

易琛："……"

第10章

　　喻延落地就捡了两把S686，连翻两栋楼都没有其他的枪，他干脆作罢，直接往不远处的脚步声方向跑去。

　　易冉跟他哥跳在一块，原本是想欺负易琛是新手，搜房没他快，趁机独占这一片没人的房屋的。

　　没想到他哥别的没怎么学，就捡东西练得贼溜。

　　易琛跳进房子，率先捡起枪，易冉紧跟其后……把子弹给捡了。

　　易冉："哥……"

　　易琛未应，倒是游戏人物突然转过身，对着他举起了枪。

　　"……"

　　虽然清楚里面没子弹，易冉却还是觉得瘆得慌。

　　惹不起惹不起。

　　他把子弹丢到地上："我走，我走行吗？"

　　易琛理都不理他，捡起子弹装弹，易冉在他装弹空当儿里赶紧溜了，生怕他哥记仇，两枪把他崩了。

　　捡的是把UZI，冲锋枪易琛不太会用，但有总比没有好，放在身上当作装饰也能唬唬人。

　　他游戏时间还不到五十小时，知道怎么用狙爆头已经很不错了。

　　喻延提着两把喷子（游戏中的霰弹枪），把旁边房子里的两个敌人给清掉了。

　　他从包里舔出一把AKM，打开地图犹豫了一下，不知道该往哪儿走。

　　他好想去1那里，又特不好意思。

　　同学聚会那晚的事对他来说，基本上是完全未知的。

他只知道结果。

1不仅大清早就离开，事后还瞒下了这件事……就连酒店钱都不想要了。

这个行为怎么看都很奇怪，他虽然没有多少和网友见面的经历，但想想也该知道，绝对不是像他们这样。

只有一种可能，那晚发生了什么事。但喻延不怎么喝酒，没有醉酒经历，根本不知道自己醉了之后是怎么样的，酒品会不会特别差，有没有乱说话或者瞎闹腾。

他唯一有印象的，还是自己抱着马桶……

想到这里，他就忍不住臊得慌，一股羞耻感在心底蔓延。

……他难道吐在1身上了？

喻延在原地傻站了半天，越想越糟糕。

他以后恐怕再也不想喝酒了。

【怎么站着不动了，我卡了？】

【我这儿也不动了。】

【不是卡了，小延又开始发呆了……】

易冉跑去了隔壁的房子，终于摸出了一把手枪："哥，你那有没有多的枪啊？"

易琛道："没有。"

"那不然你把那把UZI给我？反正你也不会用冲锋枪。"易冉道，"我拿手枪跟你换。"

易琛语气淡淡："你拿命换可以。"

易冉闭嘴了。

砰——

一道枪声响起，喻延回过神来，火速辨认出枪的种类，想也不想就往声源处去。

"别去。"二号路人就在他附近，见他往那边靠去，立刻报消息道，"那边落了一个队伍，四个人呢。"

"应该只剩两个了，刚刚跳出了几个击杀信息。没事，我去把这个打死就回来。"

二号刚刚见识他一个人打倒对方三人，心底已经把他当作是这局吃鸡的唯一希望了，当然不可能让他自己一人去，果断选择跟在他身后。

喻延很容易便找到了声源，在某栋大楼楼顶的遮挡物后面。

他正准备绕后去赌一把，刚好看见队友从马路对面过来，与此同时，对楼的人也发现了马路上的人，立刻探出了一个脑袋来开镜。

喻延抓住时机，抬枪扫射。

但距离太远，十来发子弹只收到了一次击中反馈，对方中弹后立刻缩到了遮挡物后。

"一号，你悄悄上楼顶，我来跟他对。"二号跑到喻延身边道。

"好。"喻延快速到楼房后门，把鞋脱下，稍稍隐藏一些脚步声。

知道再不快点，对方的队友恐怕就要来了，打起来他不一定能占便宜，喻延火速赶到顶楼，在窗户旁边等待对方冒头。

两边僵持了半分钟，对方终于忍不住，却不是要骂二号，而是转身想跑。

喻延看到他背上那把 98K 正闪闪发着光。

他一皱眉，快速翻窗而下，直接冲进了旁边的房子，刚好听见对方急匆匆下楼的脚步声。

他的脚步声早已出卖了他的位置，喻延半蹲着身子，正要往上，身边忽然传来一道开门声，他一怔，快速转身开枪。

果然，房子里还有敌人的队友在，一直躲在房子里，一点脚步声都没露，在他把身边人打倒的同时，楼上下来的敌人也立刻朝他开了枪。

易冉觉得自己就跟在过年似的，不远处枪声都赶上鞭炮声了。

他眼见着喻延的血量不断变少，直至变成细微一条红色血条，枪声还在继续，他都跟着紧张起来。

【yanxyan 以 AKM 击倒了 H3391。】

【yanxyan 以 AKM 淘汰了 H3392。】

杀完这两人，喻延只剩下一丝血，他松了口气，正准备打包，就听见来自二号队友的脚步声。

他干脆地中止了打包的动作，转身朝某个盒子跑去，飞快舔走里面的 98K 和六倍镜。

这时，已经被淘汰的人忍不住，开全屏麦问他："大哥，我跑都跑了，我认输了，你怎么还追过来了？我们好歹两个人，你等等队友再一起来打，给我点面子不行吗？"

这人话里带着口音，听起来特别搞笑，喻延终于难得地扯了扯嘴角，丢下一句："匹夫无罪，怀璧其罪。"

那人："……"

二号上来时，喻延已经舔完包离开了。

易琛搜完了一片房区，正准备换个方位继续搜，就见一号正吭哧吭哧地向他跑来。他一挑眉，步子停了下来。

两人在楼房中间的小过道碰了面。

喻延正准备上前，看清1的装备后，登时就顿住了。

只见对方手里抱着把SCAR-L（特种部队战斗突击步枪），背上还有把锃光瓦亮的M24，上面甚至装着个八倍镜。

易琛刚要上前，面前的人忽然转了个头，眼见就要跑走。

"你等等。"易琛叫住他。

喻延停下脚步。

易琛："98K丢过来。"

喻延一愣："你不是有M24了？"

M24以前是空投枪，后来改成了随时可以搜到的了，因为命中率比较高，已经取代了98K在地图狙击枪里的龙头地位。

"我就要你背后那把。"易琛顿了顿，问，"你跑过来，不就是要拿给我？"

他说得理所当然——这附近都房门大敞，也没枪声，小主播没道理会往这儿跑。而且对方的路线，明摆着就是要来找他。

喻延原本打算闷头丢下枪就走的，没想到就这么被戳破了。

"M24比98K好，"怕对方不懂，他解释，"你就用那个吧。"

刚说完，噔的一声，他面前的地上多出了一把M24。

易琛丢下枪，语气里带着催促。

"快点拿下给我。"

"……"

喻延丢下98K，转身就跑。

易琛盯着他落荒而逃的背影，没忍住笑了："回来，M24捡走。"

那人顿了顿，又回过头，捡枪，再转头跑。

易琛给98K装上子弹，跟在他身后。

小主播去哪儿，他就去哪儿。

连着跟了大约四个房子吧。喻延终于忍不住了："你……你还缺什么东西，我给你吧。急救包，扩容……握把有吗？"

易琛慢悠悠道："不缺这些。"

"那你搜这儿。"喻延说，"我去城边。"

061

"不，带我一起。"易琛语气揶揄，说的却是，"刚刚枪声这么多，我有点怕。"

易冉还以为自己耳朵出了毛病，他就从来没想过有朝一日，他能在他哥嘴里听到"怕"这个字。

喻延哑然，只得道："……那你跟着吧。"

五分钟后，地图缩圈，他们得跑毒（玩家必须在规定的时间内跑到安全区内，否则将中毒慢慢掉血最后死亡）了。

水友们突然发现，原本哪儿打得厉害往哪儿冲的人，这会儿跑起毒来却畏畏缩缩的。

"我们沿着圈跑啊？"易冉问，"直接开车杀去G港呗？"

喻延说："那里人多。"

他打开地图，千挑万选出一个位置还算不错的野区房子，"去这儿吧？"

二号道："我觉得圈一定是刷在G港的，你们三排？那两个是新手吧？一号，不然我们去G港，让他们躲着，我们杀人。"

喻延原本也是想去G港的，但他身后的人说到做到，从换枪之后就一直在跟着他。

他没那么大本事，在半决赛圈打起架来不一定能顾及其他人。

"就去这个野区吧。"喻延道："尿一会，这局肯定吃鸡。"

喻延说到做到，这一局他们在缩圈之前，一路占据了山峰的最高点，借着山峰的遮挡一连灭了两个队伍，成功吃鸡。

打了一晚上，大部分时间里，喻延身后都跟着一个气势十足的跟屁虫。

好不容易折腾到下播时间，喻延关掉直播后，重重呼出一口气。

他傻坐在椅子上，打开手机备忘录，找出之前记下来的酒店费用，给1转了过去。

半天都没得到回复，转账也没被接收，喻延觉得就这么等着也挺煎熬的，干脆把手机丢到床头，进浴室洗澡。

温水顺着头发落至脚底，喻延有一下没一下地洗着头，脑袋里正胡思乱想着。

1应该是嫌他麻烦吧。

明明不会喝酒，还非要喝个烂醉，酒品一定也不怎么好，喝醉后胡言乱语撒酒疯，脏兮兮地吐个不停。

他脑补了一下自己的醉鬼模样，十分懊悔，还有种出师未捷身先死的挫败感。

太糟糕了。

躺回床上，他拿起手机看了一眼，1还没回复他，转账也没接收。

倒是易冉的消息先来了。

易冉：小延，明天继续？

喻延回了个好字，易冉的头像忽然一变，变成了一张自拍。

他点开看了眼，自拍里的男生浓眉大眼，跷着个大大咧咧的二郎腿，非常阳光。

喻延盯着看了半天，心想1和易冉是兄弟，两人会不会长得有几分相似？

要说他得知聚会那晚遇到的是1后，觉得最憋屈的事就是，他都已经这么惨了，却把1的长相忘了个干干净净。

越想，他就越不甘心。

喻延：易冉，你那有没有1的照片？

易冉一愣，这大半夜的，延延要他哥照片干吗？

易冉：你等等。

易冉翻出他哥的微信号，直接发了条消息过去。

易冉：哥，你那儿有没有自拍啊？

知道这么问，易琛大概率不会回，易冉想了想，又发了句。

易冉：延延找我要的，他不好意思亲自找你要。

易琛刚洗完澡出来，拿起手机，眯着眼把之前收到的信息全都看完。

喻延握着手机平躺在床上，盯着天花板，静静地等易冉发照片，期盼看到照片之后，能连带着回忆起一点那晚的细节。

手机猛地振动起来，他快速拿起一看——

"1给你发起了视频请求"。

"……"

这是要给他看猫吗？

换在平时，喻延一定想都不想就接了，但今天知道的事给他的冲击太大，他还没想好要怎么谈及这个话题。

一分多钟后，视频通话请求自动挂掉，他刚松了口气，对方紧接着又弹了视频请求过来。

来来回回几次后，喻延心知今晚怕是躲不掉，一咬牙，在第五次视频请求弹过来时点了接听。

反正也不可能永远躲着的。

视频界面跳了出来，他一抬眼，看清屏幕里的情景后，刚刚在短短几分钟里打好的腹稿,这一刻立马被他忘了个一干二净。

今天视频里又没有猫。

只有1。

完完整整、有鼻有眼的1。

男人眉眼深邃,轮廓分明,挺鼻薄唇,看起来比常人多了几分凌厉。

他就这么隔着屏幕,用审视的眼神看着喻延。

喻延张嘴半天都说不出话来。

是那天在金座,坐在隔壁卡座穿着黑色卫衣的男人。

半晌,他才找回声音,他做了个吞咽的动作,哑声道:"你……怎么……"

"照片有什么好看的?"易琛打断他,挑眉,"你想看什么表情的?"

第11章

喻延从床上坐直身,握着手机,下意识道:"随便,都可以。"

易琛一顿,声音上都染上了笑意:"你还来真的?"

"不是。"喻延回过神来,"我……不看照片了。"

以后什么事都不能和易冉说,这卖队友也卖得也太快了,喻延在心里自省道。

易琛"嗯"了声:"挂了这么多视频,手指累吗?"

"……不累。"喻延看着手机里的人,有些不知所措,硬着头皮解释,"我还以为是看猫。今天有点困,就想着早点睡,才挂的视频。"

易琛也不揭穿他:"小傻?这几天没什么精力照看它,送到我妈那儿去了。"

听见猫的新称呼,喻延问:"它不是有名字吗?"

易琛:"这不是撞名了吗?"

喻延原本还没明白过来,看到他嘴角噙着的笑后,立刻懂了。

……敢情是撞了自己的。

"……我不介意。"

他刚说完,屏幕里的人忽然抬手,用指腹揉了揉太阳穴的位置。

喻延脱口问:"不舒服吗?你怎么这么快就出院了?"

"没什么大事,就是有点脑震荡。现在床位紧俏,医生不让我占着。"

喻延当了真,皱眉:"哪家医院?这是对病人不负责。"

易琛一挑眉,笑了:"我开玩笑的。而且我不是还有你的平安符吗?"

"那东西也不知道灵不灵验,我们还是不要太迷信。如果不舒服,一定要及时去医院,拖久了就不好了。"

这人爬了半天山给他求了个符,现在却教育他不要迷信。

易琛:"灵验。"

他拿起手机起身,一路走到厨房,随便找了个地方把手机立了起来。

喻延只看到屏幕一阵乱晃,平稳下来后,入目的便是一个半开放式厨房。

里面的人正在折腾咖啡机。

喻延问:"这么晚了,还喝咖啡?"

"习惯。"易琛洗干净杯子,突然道,"在满阳那天……"

来了。

喻延想说的话立刻消失在嘴边。

易琛只开了个头,没继续往下说。

他不知道小主播了解到哪个程度了,说多误事。

语音里沉默了十来秒,喻延觉得自己就像在刑场上,头上还悬着一把大刀,要掉不掉的,让人特别难受。

片刻,喻延先绷不住了,他抿唇,语气十分诚恳:"那天聚会,和同学太久没见,我一下忘了形,喝多了,有些断片……"

他一咬牙,问:"那晚……我是不是吐在你身上了?"

易琛:"……"

见对方沉默,喻延忙道:"实在抱歉,我要知道自己酒品这么差,就少喝点了……把你衣服弄脏了吗?我,我现在出干洗费还来不来得及?不,我直接给你重新买一件吧。"

易琛一脸饶有兴味,仍是没说话。

喻延心里一沉,完了,那晚的事态可能比他想象得还要严重。

"难道……"他为难道,"我吐到你脸上了?"

除了这些,他实在想不到自己到底还能怎么惹着 1 了,能把人逼得大清早就坐飞机回家。

易琛:"什么都不记得了?"

喻延犹豫片刻,老实道:"记得一点。"

"嗯?"

"就,"他很不好意思,"我抱着马桶。"

易琛笑了。

他回到书房,把咖啡往手边一放:"没吐我身上。"

"啊?"喻延一怔,"真的?"

"嗯。"

喻延心底一喜，紧接着又愁了。

"那既然没有……"

易琛丢出想好的借口，语气十分镇定："怕你醒了闹着还钱。"

"？"

"那些酒。"易琛道："平时那些礼物钱，你退不掉是因为微信转账需要另一方确认。"

喻延一愣，回想起那晚在金座时，服务员送上来的酒。

他都忘了这一茬儿了！

"那事后我问你，你也没承认。"喻延道，"那会你也不在我面前了。"

这小主播，还挺不好糊弄。

易琛说："既然都不打算让你还，这笔钱干脆就不提了。"

喻延皱眉，把他的话捋了半天。

易琛静静等着，心里想着这套说辞还有没有别的漏洞。

半晌，喻延才道："……那我现在知道了，这些酒钱还是要还给你的。"

蒙混过关。

易琛翻开文件，嗯了声："那天那些是你的初中同学？"

了却一桩心事，喻延松了口气："嗯，大家都很久没见了。"

想起那天听见的话，易琛语气略沉："谨慎交友。虽然是多年未见，但既然相处不来，就没必要逼着自己去受罪。"

喻延愣了愣，半天才明白过来对方指的是李航。

"嗯，他以前其实没这么刻薄。"说到这儿，喻延想到什么，没再继续，他看着屏幕里的人，问，"你还不睡吗？"

"不急，他们……平台给你订的几号飞机？"

"还不知道，应该是十月二号的。"

易琛皱眉："这么迟？"

"不迟了，活动是十月三号。"喻延道："酒店和机票他们都报销，好像邀请了蛮多主播的，去得早了，酒店方面花销应该会很大。"

不缺那点酒店钱。

易琛摩挲着指尖，还准备说什么，只听手机"噔"了一声，视频界面骤然消失。

喻延正说得好好的，手机界面突然一黑，他一怔，点了两下屏幕，上面立刻

067

跳出提示充电的图标。

居然没电了!

他捧着手机,愣了几秒钟,然后连忙凑到床头,把充电线连上,手机立刻跳出一个充电的图标。

三分钟后,他盯着仍旧黑乎乎的屏幕,心想当初怎么没买那款充电五分钟、通话两小时的手机。

好不容易开了机,上头跳出几条消息。

1:?

1:睡了?

1:晚安。

喻延想弹视频的指尖紧跟着停了下来。

对方都说晚安了,他再弹视频过去,是不是太奇怪了?

喻延:刚刚手机没电了。

1:嗯,一点了,睡吧。

喻延盯着这串字看了几秒,半晌才慢吞吞地回了好字。

他现在怎么可能睡得着。

他把手机放回床头,总觉得自己还没真正缓过神来。

终于见到1了。

跟他想象中一样……不是,比想象中还要好。属于成熟男人的五官,说话时的懒散表情,就连泡咖啡时的随意动作,都很帅。

想起在金座时,他还盯着1看了大半天,他们甚至还对视了几秒。

那时1在想什么?

他和视频中差别不大,对方应该在当时就认出他了,并听见了他和李航的对话,为了让他在同学面前不要太尴尬,所以才以粉丝的名义,送了一桌的酒来?

喻延翻了个身,把脸埋在枕头里。

这人也太好了。

他正想着,手机猛地又振了声。

喻延嗖地抬头,快速拿起手机一看。

易冉:小延,我记错了,我好像没我哥的照片。那不然我改天偷拍一张给你?

喻延还记着对方告密的仇,犹豫片刻,决定不回了。

消息发了半天都没收到回复,易冉想了想,再次打开他哥的微信聊天界面。

易冉：哥，你睡了吗？

消息发出去的一瞬间，一个红色感叹号弹了出来。

[1开启了朋友验证，你还不是他（她）的朋友。请先发送好友验证请求，对方验证通过后才能聊天。]

卢修和得知喻延要去晋城后，简直乐坏了。

"小延，平台给你安排的什么酒店？是大床还是双床？"卢修和问，"如果是双床，能不能收留收留我？我付你一半酒店钱。"

【你怎么网恋奔现还要跟小延挤在一起？】

卢修和看到这条弹幕，难得地害了羞："不谈那些。"

喻延道："还不知道，是双床的话就来吧，不用给钱。"

卢修和压着声音："爱死你了！走，玩吃鸡，我宝贝今天有事不能上网，我能陪你一天，就当抵债了。"

【躺鸡还说是抵债？要无不无耻哈哈哈！】

另一头，莫南成打完球回来，大汗淋漓，直喘粗气。他走到观众席，拿起水喝了一口，看旁边正戴着耳机看手机的人："兄弟，好不容易组一场中年篮球赛，你真不上去打会啊？你以前篮球不打得挺好的？"

"不打。"易琛淡淡道，"我是伤患。"

莫南成笑了："得了吧，就那点小伤……你怎么又在看直播，对了，那人不是说要来找你吗？怎么还没到晋城？"

"过段时间才来。"

"行吧。"莫南成忽然想起什么，"还有……你那年度盛宴请了哪些明星来？如果我前女友在，我就不去了啊。"

易琛道："目前只定了一个。"

"一个？"莫南成有些意外，"以前不都是大牌扎堆的吗……谁啊？"

"左桢。"

"左桢？那个男偶像？Pz组合的队长？"莫南成咋舌，"你该不会是想请人过去唱歌跳舞吧？"

"不是。"

"那他是哪儿入了你的法眼了？"

易琛白了他一眼："他以前是职业队员。"

"……什么玩意儿？是我想的那个职业队员吗？电竞选手？"

"嗯。"易琛道，"到时现场有几场游戏比赛。"

"哦，挺好。不过那左桢不是发微博，说马上要单飞专注演电影了吗？"莫南成道，"我有个朋友之前想找他拍一部电视剧，啧，左桢那边据说连信息都没回，笑死我了。"

"不知道，据说只是初步沟通，那边就答应了。"

"也是，哪个明星傻了，才会拒绝你的邀请。"

"不是我，是活动负责人邀请的。"易琛道，"邀请函你收到了？"

莫南成："收到了，不过我不打算去。"

易琛凉凉地瞥了他一眼："怎么，制作邀请函不需要成本费？"

"……"莫南成道，"唉，我正伤心呢。我不是说想去追那个叫团团的女主播嘛，谁知道昨天微博突然跳出一个什么鬼热搜，说是她跟另一个男主播在一块了，没劲。"

第 12 章

易琛一挑眉，问："是吗？跟哪个男主播？"

莫南成说完正准备继续上球场，听到他这么问反而有些意外，在他印象里，易琛对这些事从来都不感兴趣的。

"不记得了，我看看啊。"他掏出手机，边打开微博边问，"你难道认识团团？"

易琛言简意赅："一起玩过游戏。"

"什么游戏？我去学，我们一块玩。"莫南成找出热搜，现在已经蹦到第17位了，"你看，就这个。"

易琛扫了眼，紧接着就顿住了。

"团团 yanxyan，甜！"

易琛道："点开。"

莫南成把手机给他："你先看着，我去打球啊，他们等我呢。"

易琛不搭理他，接过手机，点开热搜里的第一条微博。

【电竞快车：星空 TV 的娱乐区一姐团团和吃鸡新人男主播 yanxyan 在一起了？水友们扒出两人的各种交集。据说是团团开小号玩吃鸡，遇见了 yanxyan，yanxyan 还帮她骂了队友。最近俩人见了面，孤男寡女，还一块去了南齐寺祈福……放张合照，这新人男主播长相在星空 TV 算是拔尖的吧，貌似技术也很好。】

下面的图片，正是团团之前在微博放的两人合照。

这条微博评论和点赞都不多，易琛点开看了眼。

【是长得不错，但我记得这男主播好像被质疑过开挂？】

【团团，娱乐区一姐？你别逗我，星空 TV 比她好看的女主播一抓一大把。】

【前面的好久没上网了吧？yanxyan 没开挂，官方澄清公告了解一下？】

别的易琛没细看，他一眼就看到了某条掺杂其中的热评。

【今天营业了吗：这张照片是真的有点般配，先存图。热搜都出来了，难道他们真在一起了？】

营销号发的东西怎么能信。

把莫南成的手机放到一边，他拿起自己的手机，果然，弹幕里也已经有人在问了。

小主播戴着耳机，一脸茫然："热搜？什么热搜？我和团团？我没装傻，我真不知道你们在说什么……等打完这局我再去看看吧，确实不经常看微博。"

易琛的眉头刚松了一些，就见一阵特效跳了出来，屏幕上显示：小呀么小团子进入了直播间。

【团团来了！难道要现场秀恩爱了吗？！】

【跟着团团过来的。这新人主播是不是想抱我团大腿啊？自己故意搞的热搜吧？我每天都看团团直播，怎么没看出她在谈恋爱？】

团团没看弹幕，进来就问："小延，吃鸡有位置没？"

"有。"喻延抽空道。

"下一局带我。"团团道，"我才买了一套新衣服，结果每次都落地成盒被别人捡走，太烦了，你一会保护保护我，让我多穿一会。"

喻延笑了声："行，那你先上号等我。"

莫南成刚丢了个三分投篮，正准备原地休息两分钟先吹自己一波，就见台阶上坐着的人突然站了起来。

他一怔，把球丢给身边的人，喊道："你去哪儿？"

"回去。"易琛头也没回。

"哎，等会，你急着回去干吗，这两天不是不去公司吗？"莫南成道，"而且你没开车过来，怎么回去？"

"出租车。"

毕竟是自己叫出来的人，身上还带伤，莫南成也不好意思让他独自离开。

反正也已经打到第四节最后两分钟了，他干脆道："不打了不打了，就剩这点时间，我们比你们多二十来分呢，这回算我们赢啊……易琛，你等我，我送你！"

车上，莫南成开着车，问："你真认识团团？那热搜是真的吗？她真跟那个男主播在一块了？"

易琛道："没。"

"真的?"莫南成一喜,"我就说……那男主播长得是还不错,但看起来还是嫩得很。"

易琛睨了他一眼:"你最近还学会嚼舌根了,年纪大了?"

莫南成道:"我就随口说说嘛。我起初也觉着这消息不太靠谱,但后来又想想,团团还是挺有魅力的,小男生基本都抵挡不住,也正常,没准还真让他给追上了呢……"

"他不喜欢团团。"

莫南成一愣:"你怎么知道?"

易琛他打开窗,透了点新鲜空气进来,莫南成太骚包了,车里全都是汽车香水的味道,刺鼻。

"哪这么多问题。专心开车,我不想再出第二次车祸。"

篮球场离得不远,开车没二十分钟就到了家,易琛打开电脑,直接进入直播间。

"小延小延!快来救我,这两人追着我呢!"团团尖叫道。

"我们后面还有一个队。"喻延道,"卢修和去你那儿了。"

团团实话实说:"我看到了,但他来,我总觉得没什么安全感。"

"你怎么还看不起人呢,"卢修和不服了,"我虽然玩得没小延好,但也不菜好吧。你放心,我一定打倒他们。"

喻延正专心应对着后面那个队伍,刚杀掉一个人,就见右上角跳出两条击杀信息。

团团和卢修和都被身后那两人打倒了。

卢修和:"……失误,真的是失误,我手雷丢偏了。"

团团叹了声气:"我就知道。我不管,以后我都要跟在小延后面,这样就不容易死了。"

喻延没应,闷头专心打着游戏。他现在被前后夹击,情况不太妙。

僵持了两分钟,他被敌人群起而攻,不过还好,临死前他换掉了敌方两人,算是破坏了他们的游戏体验。

退出游戏,看到弹幕后,他才发现易琛来了。

【延延他爸:有位置吗?】

已经是五分钟前的消息了。

自从主机被水淋过后,电脑的性能真的退步了许多,喻延现在开直播都屏蔽了礼物效果,连带着直播间老板的进房特效也屏蔽了,水友们送的礼物,他得打完一局游戏后出去才能看到并感谢。

他赶紧看了眼,确定1还在直播间后方松了口气:"有,有一个位置,你来吗?"

【延延他爸:嗯。】

【团团和小延公布恋情了。】

喻延看到这条,轻轻皱了眉:"什么公布恋情?"

"哎呀,我都把这事忘了。"团团道:"我俩的恋情上热搜了。"

"……热搜?微博那个?"

不是,等等。

喻延蒙了,"恋情?我俩的?什么时候的事,我怎么不知道?"

说话间,一个游戏人物很快加入了房间,并不疾不徐地变成了准备状态。

"巧了,我也不知道。"见易琛来了,团团立刻表明立场,"弹幕别胡说。"

喻延打开微博,看了一眼,有些疑惑:"热搜里的第一条微博,评论和赞都这么少……怎么上的热搜?"

团团:"买的。"

Yii11c旁边的小喇叭动了动:"你买的?"

他语气平平,听起来却让人莫名有股凉意。

团团赶紧否认:"我不是,我没有,你别误会啊!我是女主播哎,靠老板打赏吃饭的,我傻了才会去公布恋情呢。这热搜八成是看不惯我的人买的,今天我微博评论区下面简直是大型脱粉现场。"

太真实了。

易琛却不满意:"看不惯你,跟他有什么关系?"

团团:"……可能因为我和小延关系好?"

易琛不说话了。

进入游戏,他们一阵商量,决定跳在上城区。

大家都集中跳在中间的楼房,团团刚落地就听见附近枪声四起,立刻尿了:"这把上城区怎么这么多人。小延,你捡到枪了没?我这边好像两队伍起来了,要不你来把他们人头都收了……顺便救救我。"

话音刚落,易琛紧跟开口:"我没枪,隔壁有人,我中了一枪。"

"我来了。"喻延想也没想,快速装弹朝1那边跑去,"团团你先找个地方躲着吧。"

团团委屈地缩在角落,举枪对着门,"好吧。"

清完上城区,就该跑毒了。

团团跑到半路,看到路边的车,一喜:"这里有辆大跑车,小延快来。"

易琛:"我看到辆摩托,今天有后空翻看吗?"

"……有的。"喻延直接转了个身,跑了半天,坐到了摩托车的驾驶座上,"团团,你会开车吗?不会的话让卢修和开。"

于是观众们就看着主播载着大老板,一路找高坡玩后空翻,嚣张地进了圈。

而团团那边。

砰。

车子撞到树上,两人掉了血,卢修和道:"哎哟……之前一直在 LOL,太久没吃鸡了,开车都有点手生,你谅解谅解。"

团团:"……"

顺利进入第二个圈,四人集合,蹲在了一个房子里。

喻延下了车,道:"1,来……跟我来。"

两人鬼鬼祟祟到了旁边的小木房子,喻延噔噔噔地往下丢东西:"多的配件,你看看有没有缺的?"

易琛挑眉,嗯了声:"我看看。"

一声沉闷的枪声响起,团团还没反应过来,自己的人物猛地被击倒在地。

她刚想说什么,又是一声枪响,旁边的卢修和紧跟着跪倒。

团团看着还在旁边房子的两人,语气沉重:"1老板,我明白了,小延跟你关系好,小延跟你天下第一好,就是现在情况比较紧急,你看能不能先让他来救救我俩?"

第13章

四人排了一晚上,最后还是卢修和说他的小宝贝上线了,队伍才原地解散。

喻延关掉直播后,又重新用检测软件,检查了一遍自己的硬件。

主机的硬件确实没被修理师掉包。

但最近电脑总是莫名其妙会出现卡顿,尤其是他开了礼物效果后,偶尔一波比较秀的操作,基本就能被礼物和弹幕卡得连山体都显示不出来。但不开礼物效果,跟观众互动也不方便。

喻延犹豫了下,决定再包容它几天,实在不行,也就只能换一台了。

回到床上,他正准备去看看网络刚上线的某部大电影,目光扫到微博,他想了想,抬手点了进去。

还好,热搜上已经没有他的名字了。不过这次热搜的影响还是很大的,光一个下午的时间,他的微博从一万多粉丝,蓦地涨到了四万,连带着评论也多了不少。

质问的人这么多,不回应似乎也不太好,他点开团团的微博看了眼,对方晚上的时候刚发直播提醒,内容还是"小延救我!点击进入直播间",他们原本就在风口浪尖上,她这标题一出,网友们心里似乎更笃定了两人有情况,他们在直播间里的否认澄清反而没什么人关注。

他几乎没犹豫,回到自己微博,挑出热评第一的评论"听说你和团团在一起了",直接点了个转发。

【yanxyan:没有在一起,我和她只是朋友,下午直播有解释。】

他本意是想澄清,直到点了转发,才发觉自己挑出来的评论似乎……不太合适。

果然,没几分钟,评论区就被女孩们的评论淹没了。

"弥补了我今天没来得及看直播的遗憾。"

"我不允许任何战友不看今天的直播！"

"这热搜来得莫名其妙的，而且小延都在直播间澄清了一下午了，微博上怎么个个都捂着耳朵装听不见？"

转都转了，喻延只能硬着头皮看评论，很快就被其中一个ID吸引去了目光。

会注意到这个ID，是因为下面有许多粉丝回复。

"大神居然也来了！"

"蹭蹭大神！大神超棒！"

喻延眉头一皱，发觉事情并不简单。

难道这就是那位X站剪辑大神？

他想也没想，没做一点心理准备，就点进了这条微博。

虽然写明了是小号，粉丝量却高达五千多，看来确实是一位大神。

喻延往下一划，看到了对方的置顶微博。

【小号，更新时间全凭心情，分享随意。暴躁老姐，不接受任何写作指导！】

可以，大神就是大神，说话非常"高冷"。

喻延继续往下看，最后一条微博是前天晚上发的，但并不是视频剪辑，而是一个网页链接。

喻延：？

喻延做了个深呼吸，他这是点进了什么微博？

退出保命，退出保命。

喻延正处于震惊状态，所以手机突然响起来时，他下意识一抖。

【1发起了视频请求。】

喻延更慌了，仿佛干坏事被当事人抓包，吓得他直接关掉了微博的APP。

易琛等了近一分钟，对面才终于接了起来。

他眼一扫，刚要开口，就发现视频对面的人有些不对劲。

半晌，他确定不是光线问题后，悠悠问："发烧了？"

喻延一顿，头摇成了拨浪鼓："……没有！"

"那脸怎么这么红？"

被他这么一提，喻延才发觉自己脸上烧得慌，这窒息感，还真像是发烧了。

他看了眼右上角小框里的自己，脸已经红透，连着脖颈也是。

这要强行说自己没事，似乎又不太合理。

077

他犹豫片刻,撒谎道:"好像是有点发烧。"

"刚刚直播时还好好的,怎么现在就发烧了。"易琛道,"小孩子吗?病痛来这么快。去买点药。"

一个谎要用无数谎来圆,喻延道:"我已经吃过了。"

易琛倒没多想,嗯了声:"今天热搜的事……"

喻延忙说:"热搜已经没了。"

易琛看他语气随意,似乎是真没什么顾虑:"团团今天的解释你信吗?"

喻延:"信……吧?怎么了?"

"没人会傻到给自己对手提升知名度的。"易琛道,"她确实损失了些粉丝,但因为这次热搜,肯定也引来了不少新粉丝。"

"但是……有什么必要?"喻延不解,"这种情况,离开的一般都是真心喜欢她的男粉,这不是得不偿失吗?"

"这些我不清楚。"易琛道,"总之你注意一些,谨慎交友。"

喻延觉着易琛真有什么能看透人心的超能力。

一周后,团团的事再次闹到了微博,同样是疑似恋情曝光,不过这回没上热搜,对象也不是喻延,而是一个三十多岁的富商。

有了上回的经验,这次根本用不着团团出来辟谣,粉丝就已经在她微博下面帮她解释了一通,这事都还没掀起波浪就已经结束了。

知道这件事的时候,喻延正在视频看猫。

易琛揉着猫脑袋,嗤笑一声:"她应该是知道自己要被曝恋情了,才拽上你给粉丝们做心理铺垫。"

喻延点头,松了口气:"原来是这样,还好。"

还好?

这人是怎么回事,被人利用了,还一点不生气。

易琛挑眉,语气冷了些:"你好像很喜欢跟女主播上热搜?"

"不是。"喻延解释,"因为这个热搜,我微博一下涨了好几万的粉丝,直播流量也变多了,虽然不是我本意,但我确实也变相得了些好处。无缘无故落到头上的好事,我受着也不太舒服。"

"好事?"

"……"

易琛把猫丢到桌上,语气如常:"她能混到娱乐板块第一,肯定不是靠稀烂的游戏技术，你这么笨，别以后被人卖了都不知道。"

"不会，我小心着呢。"喻延道，"我知道，天底下没有免费的午餐……我以后会注意的。"

易琛从鼻子里发出个嗯，顺着他的话道："没人会无缘无故对你好。"

挂了视频后，喻延正打算去洗澡，平台管理员发了消息来。

去晋城的机票已经订好了，周五上午九点出发。

第14章

周五是九月二十六号，距离盛宴足足还有一周的时间。

机票信息三天内发到了所有受邀主播的手中，主播群里因为这件事，终于又小小地热闹了一番。

"看来今年平台的收成不错啊，居然包了一周的酒店。"

"是不是邀请名单里的主播变少了？"

"不少，据说比去年还多了几十个……去年除了解约了和不播的，就只有两个人没被邀请。"

说到这，群里安静了片刻。

然后大家纷纷心照不宣地发出各种嘲讽表情包。

喻延看到这儿的时候还茫然着，不知道他们在打什么哑谜，直到打开官方宣传的微博才明白——盛宴邀请名单上没有香蕉和老鼠。

群里继续讨论着。

"今年好像没请多少明星，所以预算宽裕了？"

"你们都错了，是因为星空TV和酒店的主页上面都有个大大的易达LOGO。"

"有没有XX本地的，对一下机票时间，一样的话搭伙一块去呗。"

下面很快有其他人回应，其中就有满阳的。

喻延没参与讨论，跟陌生人结伴同行，他会觉得不太自在。

一个QQ窗口振动弹了出来。

团团：小延，你几点的飞机？我去机场接你呀。

喻延：不用麻烦……我打车就好。

团团：没关系。我们不是说好了，等你来晋城我接待你，到时候把行李放好，我带你去吃好吃的。

　　团团：露露和羊羊也在，吃完我们还打算去KTV，行程都计划好了，就差你了。

　　喻延犹豫片刻，刚想拒绝。

　　团团：我们这次是专程为了欢迎你，你不来，我们就只能原地解散了。

　　喻延：……好吧。

　　他把机票信息发过去，然后开了直播。

　　播到晚上，1和卢修和一块来了，这回卢修和还带上了他的小宝贝。

　　"小延，吃鸡她不太会，一会要是坑了，你担待一些啊。"卢修和道，"水友们也口下留点情。"

　　喻延嗯了声，输入ID，把卢修和的小女友拉了进来。

　　很快，一个黑肤爆炸头男人形象进入了界面。

　　和喻延的黑肤爆炸头女人站在一起，像极了一对情侣。

　　卢修和一愣，紧接着问："宝贝，你怎么是这个游戏形象？"

　　卢修和的小女友顿了顿，半分钟后，人物摇身一变，成了绑着马尾辫的女性形象。

　　喻延点了准备，卢修和又道："小延，你把航班号给我，我跟你买同一班，我们一块过去。"

　　喻延看了眼，道："CZ3……"

　　"这些在私聊里说。"易琛道。

　　"嗯？"喻延反应过来，道："这些应该没关系吧……"

　　【刚打开旅游软件想偶遇小延的我失望了。】

　　喻延拿出手机，"我私聊发给你。"

　　进入游戏，卢修和抢先标了个点："跳这儿吧，人不多，物资还多。"

　　喻延说："好。"

　　在降落伞打开的一瞬间，易琛瞥了眼身边的人，问："这次不跑了？"

　　人物落地在1旁边，喻延摇头，很没底气地否认："……我没跑过。"

　　话落，喻延把旁边的枪留给易琛，转身跑进房间，翻了大半天才翻出一把维克多。

　　卢修和："小延，我订好票了，到时候一块去机场挑座位哈。我这儿还能买接机服务，你住的酒店叫什么？我叫辆车来接我们吧。"

　　喻延一愣，道："不用，有人接机了。"

"谁？"

喻延张了张口，想起之前的热搜，他没继续往下说。

"谁？"这一次是易琛问的。

喻延犹豫了下："就，一个朋友。"

他继续问："男朋友女朋友？"

"女性，朋友。"

易琛想起团团之前发合照的那条微博，心底有数，冷笑一声没再说话。

这人自己不吃教训，他有什么好气的。

心里是这么想的，易琛看到手边的笔，只觉得怎么看怎么不顺眼。

他拿起笔，不太温柔地丢到笔筒里，发出一阵声响。

这里人确实不多，喻延连搜了大半个城，才终于听到一声枪声。

"抱歉，是我宝贝的枪走火了。"半响，卢修和道，"无事发生，继续搜。"

搜完后，众人聚集在一辆跑车前分赃。

喻延边丢边道："扩容、倍镜、M24，都有……"

话还没说完，1就已经直接坐上了车。

他一愣，切换视角仔细看了几眼，对方背上的确只有一把M16和UZI："你不要吗？"

"不。"

"……"

卢修和从大老远跑来，问："什么？M24和倍镜？几倍？"

喻延快速捡起地上的枪："没有，你听错了。"

卢修和顿时无语。

上了车，喻延开了一路，经过野区时看到了另一辆车。

"我们开两辆车吧。"喻延道，"安全一些。"

一般一队人跑毒都喜欢开两辆车，防止在途中发生什么意外，造成一车四命会丢，直接结束游戏。

卢修和跳下车："行，宝贝……"

车上很快有人跟在卢修和身后下车，但不是那个绑着马尾辫的人物角色。

易琛下了车，头也不回地往那辆车跑。

"……"

大家都静了一瞬，卢修和半天才道："那个，1老板，不然你坐小延的车？

比较安全。"

易琛道:"不用。"

但我只想载我的宝贝啊。老板你这么有钱,怎么一点眼力见儿都没呢。

卢修和心里这么想,却不敢说出来。

喻延抿唇,在卢修和不知所措时跳下车。

"你开这辆。"丢下这句话,喻延强行坐到易琛所在的车子上,踩下油门就走。

看着后座的人,喻延决定没话找话。

"1,你……你吃饭了吗?"

男人的声音不咸不淡:"九点了。"

意思就是吃了。

"快十月了,晋城那边是不是已经降温了?"

"嗯。"

"那我过去是不是得穿厚一点?"

"随你。"

"……"

【强行尬聊,最为致命。】

【我咋觉得今晚气氛不大对。】

【你们一看就是上课没好好听讲,没听见小延刚刚说吗,自己落地了有"女性"朋友来接,赶紧做笔记!】

弹幕还在热热闹闹聊着,喻延却没注意,他想到一个不太尴尬的话题,忙朝1丢了过去:"我认识一个宠物店的老板,他那有很多猫罐头,都是正品,要不要给……小傻带一点?"

易琛没想到这人来晋城,想到关于他的第一件事,居然是那只猫。

好。

非常好。

"不用。"

喻延道:"猫玩具或者猫……"

易琛刚想让他不要再说猫了,就听到一阵剧烈的枪声——远处有一队人在扫射他们的车。

喻延立刻转了车头想走,不料对面的那队实力不弱,他的车本身就开不太快,刚掉了个头,砰的一声,车子瞬间爆炸,火光四射,屏幕紧跟着变灰。

【MMXLEE 引爆载具淘汰了你。】

"……"

卢修和惊了："小延，你车炸了？"

喻延观察力强，老远就能看见敌人，他跟喻延一块玩了这么多把，还真没见他因为车子被扫爆死的。

"我的错。"喻延道，"我只看到两个人，以为没问题，才想着冲过去。"

解释完，喻延就看到 Y11iic 前面的图标突然从 X 变成一个断掉的插头——对方直接退掉了游戏。

紧跟着，弹幕助手跳出来一条消息。

【延延他爸离开了直播间。】

"没事，"卢修和道，"看我力挽狂澜，带你吃鸡。"

喻延切到观战的画面，拿起手机。

喻延：怎么退了，不玩了吗？

1：嗯。

喻延：刚刚是我的失误……不然再来一把，我一定认真打。

1：有事，不打了。

"……"

喻延决定正视问题。

喻延：团团说她们为我安排了一场欢迎会，人都叫齐了……我不太好意思不去。

1：嗯。

喻延：……

喻延：你是不是生气了？

气他不听劝，在发现被利用之后，还愿意继续跟对方接触？

1：没有。

硬邦邦发完这句话，易琛决定晾他一会。

他翻出衣服，正准备进浴室，进去之前点亮手机看了眼。

好，这人还不回他了。

敢不回他，不敢拒绝那个女主播。

真是出息了。

1：你不用跟我解释。

就易冉，他那傻呆痴憨的堂弟，他都没精力管着，别人怎么样就更不关他的事了。

　　这么想着,他手指却敲得极重。

　　1:反正我说的,你也不会听。

　　从浴室出来,他用浴巾随意搓着湿发,发现手机上果然有消息提示。

　　他紧皱的眉头好不容易松了一点,点开一看。

　　"易总,年度盛宴的名单已经安排好了,照您说的,酒店都给主播们空了一周。场地也已经布置完毕,活动流程、会场设计已经发到了您的邮箱。接待您的人员也都已经安排妥当,是刘经理,到时候他会主动联系您。"

　　易琛黑着脸,回复:"我没说要去。"

　　消息刚发出来,手机忽然一阵振动。

　　小主播:我刚刚去跟她说了,让她不用来接机。

　　小主播:开播以来,她很多方面都很照顾我……热搜这件事虽然有些过分,但也没有损害我的实际利益,所以我才没拒绝的。

　　小主播:我叫了接机服务。

　　易琛看完消息,眼底的不悦终于减了不少。

　　他其实不反对小主播的正常社交,这年头,大多成年人友情里,都会掺杂不少利益关系,他和莫南成就是如此。

　　但是吧。

　　孤男寡女,普通朋友,爬山祈福,热情接机。

　　可以。

　　但没必要。

　　小主播只会继续被利用。

　　他切回刚刚和助理的聊天界面。

　　1:18××××××,让负责人到时联系我。

　　刚打电话给刘经理传达老板不去现场这个消息的助理:"……"

　　"好的。"

　　只要你按时开工资,什么变色龙,我都能供着。助理苦笑。

第15章

去晋城前一天，喻延接到喻闵洋的电话，让他明天回去吃饭。

喻延这才想起来明天的出行计划还没跟喻闵洋提过。

"晋城？"喻闵洋问，"怎么也不提前说一声，你婶婶学了大半个星期的菜谱，就为了明天给你做顿好吃的。"

"对不起。"喻延道，"我忘了说，我回来了第一时间过去您那儿。"

他是真的忘了，毕竟在父母去世之后，他就没了凡事跟家人报备的习惯。

"算了，没事。"喻闵洋道，"那你注意安全。还有，既然是平台活动，一定会见到很多工作上遇见的朋友吧。你记得买点满阳特产带过去给人家，也是礼数。"

喻延道："好。"

喻闵洋犹嫌不足，又说："这样吧。我今天下午刚好有空，带你去特产市场看看。"

于是，出发日，卢修和看着喻延腿边的大行李箱，惊道："小延，你这该不会偷偷藏了个人在里面吧？"

"……我能藏谁？"

知道行李箱里装着的东西后，卢修和道："对哦，我怎么没想到。小延，去了酒店分我一点特产吧，我跟你买，成吗？我带一点给我宝贝。"

"行，"喻延问，"你什么时候去见她？"

"还没定呢。"

喻延一愣："你都要去晋城了，见面时间却还没定下来吗？"

卢修和有些不好意思:"她很忙,这次也是我非要来的,得等她哪天有空了,我们才能见到。"

"……"喻延虽然没经历过网恋,但接触的网友多了,也明白一些,他犹豫了下,还是问了,"你们在一起的这段时间里,你给她花过钱吗?"

卢修和一听,立刻懂了他的意思,急道:"没有没有……买过几个皮肤,还都是我用送礼系统强制性给她的。"

喻延点头:"那就好。"

到了机场,两人一同排队去取票。

卢修和说:"看看你是什么座位,我去机子上挑个跟你相近的位置。"

喻延把身份证递给柜台工作人员,对方核实证件后,电脑上立刻跳出信息,工作人员看清内容后,有些疑惑地抬头,看了几眼排了大半天经济舱队列的喻延。

喻延:"怎么了?"

"啊,没事。"工作人员快速办好手续,把机票双手递上。

跟卢修和的机票不同,他的机票上还贴了一张红色的小卡片,上面写着"XX机场贵宾室"。

"您好,我们查到您的航班由于天气原因,起飞时间推迟了一个小时。等待期间,您可以移步贵宾室稍作休息。"

卢修和蒙了:"那我的机票上怎么没有这个小卡片?"

工作人员:"因为这位先生的机票是头等舱。"

卢修和:"……"

卢修和:"星空TV公司福利是不是太好了?我现在去开直播来得及吗?"

喻延最后还是没去贵宾室,选择和卢修和一块坐在了普通候机厅。

他们刚坐下来,喻延的手机就亮了。

1:刚刚在开会,登机了没?

喻延:还没,飞机延误了一个小时。

1:嗯,贵宾室里有电脑,闲着无聊可以用。不过那儿的电脑带不动吃鸡游戏。

喻延:你怎么知道我的机票能用贵宾室……

易琛一顿,很快便回复。

1:星空TV不一向很大方吗?

喻延:有吗?还好吧。

这表情有些好笑,易琛嘴角刚扬起来,办公室的门就被敲响了。

秘书走进来："易总，您的下一场会议在十分钟后，市场部的员工们都到齐了。"

"知道了。"

最近接近年底，公司上上下下都忙得焦头烂额。

1：在晋城这几天打算做什么？

喻延：开直播呀。

今天赶飞机，只得请假，但他不可能连请一周的假，直播时长规定也不允许他这么任性。

1：又去网吧？

喻延：嗯，也只能这样了。

易琛看了眼时间，起身准备前往会议室。

1：登机了告诉我，晚上如果有空，我请你吃顿饭。

喻延：别……

喻延：我请你，行吗？地点你定。

1：好，那晚上见。

"晚上见"，喻延盯着这三个字，反复看了许多遍。

"你在看什么啊？看了一个多小时了。"卢修和揉揉肚子，"等都等饿了，我去看看有没有泡面卖，咱们吃一盒？"

"我不吃，你去吧。"

卢修和很快泡了碗面来："我就知道晋城那鬼天气飞机要延误。只能先泡碗面应付着了，下了机再去吃好的。晚上我们去吃点什么？我听说晋城有个小吃街，口碑特别好。"

"晚上我请1吃饭。"喻延顿了顿，"你要去吗？"

"我啊……"卢修和正在手机里和小女友抱怨飞机延误和泡面的事，看到对方的回复，他眼底一亮，"我不去了，我宝贝说她知道什么好吃，说给我订外卖来。"

喻延越听越觉得奇怪，具体哪里奇怪，他也说不上。

但他一心都在今晚的晚餐上，也没再细想。

到了晋城，已经是下午七点的事了。

他下了机，忙给1发消息。

喻延：我到了，不过还在等行李，等去了酒店，估计得八点了……会不会太晚？

谁想直到回到酒店，都没收到对方的回复。

酒店很豪华，平台给他预订的居然还是套房，两个房间。

"我的天，小延，你知道这房间平时多少钱一晚吗？"卢修和拿手机一搜，惊了，"不行，这就是一半我也付不起呀，我还是自个儿出去找个宾馆吧。"

"不用给钱，你住着吧。"喻延心不在焉地整理行李，又看了手机一眼，上面倒是有信息，不过都是那个讨论组的消息。

收拾好行李，卢修和的外卖到了。

足足三个大塑料袋，把菜品往客厅桌上一摆，桌面几乎都快放不下，大鱼大肉，高汤甜品，应有尽有。

卢修和倒吸一口气，一脸为难，又掩不住高兴，他在手机上跟小女友掰扯了好一会，才道："小延，都这么晚了，你不去吃晚饭了吗？干脆和我一块吃吧。"

喻延摇头："不用……"

刚说完，手机骤然响了起来。

他眼前一亮，穿上拖鞋，跑去了阳台。

语音刚接通，他就听见那边重重呼出一口气。

"抱歉，开会开得晚了，原本给你发了信息，才发现手机没电，没发出去。"男人的声音带了些疲倦，"等久了？"

"没有，我刚收拾完行李。"喻延问，"你最近……好像很忙？"

"嗯，过了这两个月会好很多。"易琛揉揉眉心，这才顾着把手上的文件整理放回柜子，他看了眼时间，已经八点半了，"吃饭了吗？"

"还没。"

易琛在心底计算了一下路程，他从公司过去，最少也得半小时。

小主播在机场耗了一天，肯定又累又饿。于是他道："我让人送吃的去酒店，想吃什么，房号多少？"

喻延一愣："那你呢？你吃了吗？"

"还没。"易琛解释道，"从公司去酒店需要半个小时……"

喻延握着手机，握着栏杆，突然打断他："就半小时……你饿吗？"

易琛一怔，道："不饿。"

"我现在也还不算太饿。"喻延小心翼翼，"不然我们不吃晚饭了，去吃夜宵？"

半晌，没得到回应，喻延道："或者改到明天也行……"

"我刚刚在穿外套。"易琛把领带整理好，看了眼时间，"我大概九点到，一会见。"

089

卢修和正美滋滋吃着饭,见阳台上的人匆匆回来,他含糊不清道:"小延,过来一块吃。我发现商家给我打了四碗饭。"

"不吃了。"喻延跑回房间,"我出去和1吃顿夜宵,要给你带什么吗?"

看他风风火火的,卢修和咬着筷子:"……不用。"

喻延在八点四十就出了门。

电梯停在了十二楼,进来几个男人。

电梯门一合上,就有人道:"这大雾,我飞机航班差点就取消了,吓死人。"

"嘿嘿,我是本地人。"

"住在本地你还来酒店干吗?"

"平台出钱住大酒店,我傻了才不来呢。"

听到这儿,喻延一怔,果然,那人继续道:"我连网咖都看好了,就在对面马路,包厢的机子能用,不过得去早点,最近这儿住了这么多主播,机子肯定不好找。"

"有道理,我也得赶紧动起来。"这人说着说着,转了个身,冷不防跟喻延对上了眼神,"诶?你是不是那个……言小言?"

其他人纷纷侧目,喻延笑得很客气:"你们好。"

"你好你好,真巧。"大家都听说了他大战香蕉老鼠的事迹,见到他,脸上是掩盖不住的和善,"你去哪儿?我们要去吃夜宵,要不一起?"

喻延道:"不好意思,我约了朋友了。"

"没事,下次也行。你住哪个房间?"

"4709。"

"哦,好……"那人应完,发觉不对,"等等,多少,4709?"

4709不就是47楼?

那人瞠目结舌,"你升房型了?"

喻延不解:"什么?"

这时叮了声,电梯到了。

"你问那么多干吗,你也升不起。"另一个人笑道,"那我们先走了,有空再一块吃个饭,认识认识。"

喻延点点头:"好。"

晋城十月份已经降温,保持在十多度,这在满阳算是冬天的温度了。

喻延穿了件薄外套,担心1找不到自己,就站在酒店大堂的旋转大门旁等着。

几个接待人员刚招待好一批客人,就见一辆黑色路虎疾驰而来。

这熟悉的车型。

接待人员眼神往下，吸了口气，这熟悉的车牌号！

他们背脊都不自觉挺直了几分，随即立刻低头检查自己的仪容。

喻延拿起手机看了眼，还不到九点。

现在想想，1刚工作了一天，末了还要陪自己吃夜宵……他是不是有些强人所难了？

抬眼时，喻延刚好看到几个接待人员一拥而上的场面。

外面飘了点小雨，接待人员快速跑到驾驶座给来人打开车门，另一个接待人员笔直站在旁边撑伞，还有几人就跟在那两人后面。

不愧是大酒店，服务态度真好。

喻延在心里想着。

透过昏暗车窗，他隐约看见驾驶座上下来了个男人，对方并没接过接待人员手上的伞，而是自己撑起了一把，黑色，伞面很大。

喻延眼神不自觉跟在了对方身上。只见他不知道说了什么，接待人员立刻让出一条道。

男人轻轻颔首，迈步走到车头，然后一个转身，刚好撞上喻延的目光。

喻延看清了他的脸，英俊又熟悉。

雨中，他穿着一身西装，包裹在西装裤下的长腿轻轻一迈，没几步就走到了喻延面前。

喻延甚至闻到了他身上淡淡的古龙水香味。

"等很久了？"

每晚都听到的声音，现下不掺杂任何杂音，清晰地传到喻延耳中。

易琛看他愣着，没忍住一笑，催促道："回神。"

第16章

喻延来前想了很久,在电梯里的时候,他不断告诉自己,见到了千万别出糗,也别紧张。人一紧张说话就磕巴,他也是。

没想到,他居然直接看傻了。

……太丢人了。

他会发傻倒不是因为对方的模样,虽然对方确实很帅,但他并不是只看外表。

就是……最近看了太多视频,听了太多语音,真人突然出现在面前,导致他莫名有种不真实的感觉。

直到感受到眼前手的晃动,他才猛地回过神。

他看着易琛的眼睛,道:"还没到九点,你不是说要半小时……"

"开得比较快,不过没超速。"易琛收回手,将雨伞举在他头上,"走?"

"好。"喻延原本想接过雨伞,一抬手……只摸到了伞柄下面的那根黑线。

他这才发现,1的手指修长,搭在伞柄上,黑白相衬,很是好看。

上了车,喻延系上安全带,故作镇定:"我们去吃什么?"

"你有没有什么想吃的?"易琛握着方向盘,把车子移开,给后面的客人让出一条车道。

封闭空间里到处弥漫着那股古龙水味,不浓,但却让人无法忽视。

为了交际,大多男士都会选择用香水,就连喻闵洋也会用,也算是对其他人的礼貌。喻延闻过这么多,觉得最好闻的就是现在这一种了。

他摇头:"没有,我刚落地,不太清楚这边的餐馆……你有想吃的吗?"

"那我挑。"易琛侧目,"你那个朋友不来?"

喻延说:"他女朋友给他点了好多外卖。"

易琛嗯了声，发动车子："去我常去的餐厅？"

喻延："好。"

喻延心不在焉地看着窗外，外头的夜景一处没看进眼里。

没了电子设备作为媒介，1的声音更好听了，许是因为开了一天的会，还带了些沙哑……

耳边音乐声忽然停下，紧跟着是通话中的嘟嘟声。

1拨了个蓝牙电话。

对面接得很快，声音从车载音响里传出："大晚上的，怎么了？你这几天不是忙死了，怎么还有空找来？"

"帮我预订一下餐厅的座位和菜品。"易琛言简意赅，"助理没回消息，我没餐厅电话。"

莫南成问："什么餐厅的电话？"

易琛报了个名字。

"大晚上的，你让我打电话在前女友的餐厅订座位？不知道的还以为我是去找她复合呢。"

喻延："……"

莫南成浑然不知易琛身边还有其他人，说话不带遮拦："说到这儿我就忍不住。前天我和晓景去酒店……哎就另一个女明星，你估计又不认识，被她撞个正着，在电梯里外外讽刺了我一通，哎我说，都分手大半月了，我跟谁在一起关她什么事呢？女人怎么都这么缠人？"

喻延："……"

"而且她好像把我的电话拉黑了，我没法打，不然我给你餐厅的电话？"

废话了一大堆，终于说到了重点上。

易琛皱眉，拿起手机，打方向灯打算靠右停车。

喻延忙道："你开车吧，电话我记着，我来订。"

方向盘转回原位："好。"

莫南成一愣，紧跟着拿起手机捧到眼前，确认了一遍。

……没看错，是易琛打来的。

这是谁？听声音年纪不大，好像也不是易冉。

那个神秘小主播？

莫南成："你旁边有人？"

喻延正想着要不要礼貌地应一句，易琛却在他犹豫时直接挂了电话。

"一个朋友。"他淡淡道。

喻延点头："……挺有趣的。"

喻延给餐厅打了电话，那边表示刚好只剩一桌，不过位置不好，在门口，问他们愿不愿意。

易琛对吃的不挑剔，这家餐厅的牛排不错，前菜和甜点还算精致。喻延放的扬声，他听见了，问："你介意吗？"

喻延说："不介意，我坐哪儿都可以。"

"那就定了。"

到了餐厅，喻延才明白服务员为什么会这么问。

整个餐厅布置都很优雅，唯一格格不入的，就是门口的座位。

它不是门旁边的位置，而是正好对着大门口，其他客人一进来第一眼就能看到。

易琛才想起还有这么个奇葩位置，他拧眉，道："换一家？"

喻延是无所谓，他飞机上吃了点东西。

但1开了一天的会，刚结束工作就过来了，肯定饿了。于是他看着门外挂着的小木板菜谱："我看这儿的招牌菜还不错……不然就在这儿吃吧。"

"好。"

几分钟后，喻延握着菜单，有些后悔。

他说什么招牌菜？怎么不说小木板最下边的冰淇淋？

这家餐厅的招牌菜四位数，4开头。

不是吃不起，就是觉得太夸张了，喻延一个月可能都吃不到四千，于是他往后翻，决定给1点一份招牌菜，自己吃其他的。

谁想对面的人忽然问："前菜甜点想吃什么？有没有忌口的？"

喻延说："没有。"

易琛把手机随手放到桌上："嗯，看好了吗？"

"我在看，"喻延道，"看起来好像都差不多。"

"可以叫服务员帮你推荐。"

服务员推荐的，大多都是贵的。喻延摇头："不用，我随便点一些吧……"

易琛一挑眉，问："不然我帮你点？"

喻延深吸一口气，然后把菜单递过去。

"好。"他就见易琛张口点了两份店里的招牌牛排。

喻延看着1把菜单递到服务员手上，突然一点也不觉得心疼了。

不就是几千块吗？

他愿意给朋友花钱！

就算让他倾家荡产吃一个月泡面，他也要跟1一块吃饭！

易琛用热毛巾擦净手，抬头刚好对上他亮晶晶的眼神。

他把毛巾丢到盘里，觉着好笑："看什么？还不认识我？"

喻延掩饰般地拿起毛巾，胡乱擦了擦："不是……我就是，在看你刚刚手上的菜单。"

上菜之前，每个进入餐厅的人都忍不住多看他们几眼。

一个西装革履，一个穿得轻便简洁，但由于两人都长得十分令人赏心悦目，凑在一块居然也显得很协调。

不知第几次被客人盯着看，喻延有些不自在，他看到不远处空了一桌，忙说："1，不然我们换个位置……"

易琛拿着手机，在看刚收到的邮件，眼都没抬："别叫我1了。"

喻延问："那叫什么？"

"易琛。"

"易我知道。"喻延伸手，想去拿远处的纸巾，"哪个琛？是不是那个……"

他说到一半，立刻闭了嘴。

易琛一笔一画，写下一个琛字。

"这个，看懂了吗？"

喻延点头，"懂了。"

一系列前菜后，一块肥厚的牛排终于被呈上来。

易琛拿起刀叉，慢条斯理地切着："这几天直播怎么办？"

"去网咖吧，酒店里的电脑也带不动。"

"不能请假？"

喻延说："请假太多天了，粉丝会有意见的。"

易琛若有所思地点点头。

吃完饭，喻延叫来服务员买单。

服务员报出消费金额，喻延刚要打开微信付款，对面的人动作比他还快。

易琛从西装内侧口袋拿出一张卡，递过去："刷卡。"

喻延一愣，忙道："说好了，今晚我请。"

"嗯，你说请晚饭，这是夜宵。"易琛道，"你的晚饭，先留到下次。"

喻延原先还想抢着付账，听到后面那句，打开微信的手立刻就顿住了。

他微微抿着唇，眉头轻拧，内心在进行天人交战。

下，下次吗？

"……那好。"喻延道，"下次我请你。"

易琛在小票上随意签下名，起身："嗯。走吧，我送你回去。"

回到车上，喻延收到了一条消息。

管理员28发来的，说是在主播赛上获了奖的主播，在盛宴当天，可以带一位亲友去。

他下意识看了眼旁边的人。

易琛这么忙，就算他邀请了，应该也不会来吧。

习惯了他的视线，易琛问："要不要买点什么回酒店？水果？"

喻延摇头，忽然想起什么，问："对了，你脑子好点了吗？"

"……"

红灯，车子停了下来，喻延听到身边突然传来一声短促的笑。

他转过头时，看到了对方还未收回去的嘴角弧度。

"喻延。"易琛叫他，"你是在关心我，还是在骂我？"

喻延一时不知道说什么好，尴尬得脸都红了。

"你这随时脸红的技能到底在哪儿学的？"

"……"

红灯灭，绿灯亮起。

易琛松手，换挡。

喻延放下车窗，凉风吹在脸上。

他声音都哑了："没学，天生的。"

第17章

到了酒店，喻延下了车。

易琛打开车窗，道："有没有想去看的景点？"

喻延愣了愣，摇头："以为只来一两天，没有查过……也没时间去了。"

易琛嗯了声："回去吧。"

"好。"

喻延站在原地，朝他挥挥手。

车窗却没关，两人对视几秒，易琛勾唇："怎么不走？"

喻延道："现在就进去。"

"嗯。"

喻延张了张嘴，还想说什么，后面突然传来一声喇叭声。

后面堵着好几辆车，已经等不及了。

"走了，快回去。"易琛说完，踩下油门离开。

喻延看着他驶离，直到完全看不到了，才转身回酒店。

他回来时，卢修和正用手提电脑在玩LOL。

"宝贝，我来了，你勾引一下对面辅助……"听到动静，卢修和抬头，"小延，回来了？吃什么去了？"

喻延脱下外套，放到沙发上："牛排。"

"你夜宵吃牛排？"卢修和说："……还真有情调。1老板长啥样啊？多大了？"

喻延道："不知道，看起来二十多。"

卢修和问："长相呢？"

喻延不会形容男人的模样，只能实话实说："比你帅。"

卢修和震惊："我就问，你怎么还人身攻击呢？"

说完，他继续埋头投身游戏里。

喻延转身准备洗澡，这才看到被自己丢在房间角落里的特产。

"……"

怪不得他总觉得自己双手空空的，忘了拿什么。

没关系，还有下次。

他蹲下身，在特产里挑出自己觉得好吃的，放到一边。

"小延！"外头突然传来卢修和的声音。

"怎么了？"

"你来帮我打一会。"卢修和说，"我妈给我打电话来了，我得应付应付她。"

喻延走出去，接过手提，问："阿姨不知道你来晋城？"

"我逃课来的，哪能让她知道……你别出声啊。"卢修和说。

卢修和玩的是盲僧（游戏角色名称），游戏已经接近尾声……就差对面推掉他们基地了。

喻延看着上面的人头比，问："都这样了，怎么还不投？"

卢修和捂着话筒道："我宝贝玩的老鼠（游戏角色的名称），特好翻盘，再打波团战看看，有梦想谁都了不起。"

喻延是很想实现他的梦想。

但卢修和那边才说了两句话，敌人就五包一打死了在下路补兵的老鼠，直逼高地，卢修和这个战绩不佳的盲僧一个大招过去对方只掉三格血，只能眼睁睁看着自家的基地被推掉。

喻延关掉游戏，摘下耳机，起身准备走。

卢修和就坐在旁边，喻延走了两步，突然停了下来。

"对，我找小延玩呢。在哪儿玩？在他家啊，真的，不信？你等等，我让他跟你说……"卢修和说完，刚要把手机递给喻延，忽然觉得头上一重。

他抬头，一脸茫然地看着把手搭在自己头上的喻延。

喻延没说话，先是揉了揉卢修的头发，然后又捏了捏卢修和的脸。

卢修和愣了愣："你干吗？"

喻延收回手："……没事。"

卢修和更蒙了,他对着电话说,"小延的声音,妈你听见了没?……他有事儿呢,就不跟你说了啊,我也有事,我先挂了。我回家,我过几天就回去!"

喻延转身回房间,卢修和看着他的背影,只觉莫名其妙,边嘀咕边戴上耳机:"他这是吃夜宵吃傻了?"

语音一直开着,游戏里跳出消息。

【小仙女要抱抱QAQ:谁?】

"小延啊。"

【小仙女要抱抱QAQ:他对你做什么了?】

"不知道,突然摸我头、捏我脸的。不知道受什么刺激了。"

那边沉默许久。

【小仙女要抱抱QAQ:你别跟他住一起了,搬出去吧。】

卢修和一愣,失笑:"这房间多好,我搬出去干吗?住一块还能互相照应呢。"

【小仙女要抱抱QAQ:……我给你出房费,你今晚就搬出去。】

卢修和:"不了,多麻烦,我还要收拾行李。而且我也不用你出钱。你怎么了突然要我搬走……"

他还要再说什么,耳机忽然响了一声,他唯一的队友退出了游戏。

小仙女要抱抱的名字紧跟着也变黑了。

喻延还记得在电梯上听见的话,次日一大早就起了床。

晋城繁华,网咖自然也比满阳要多,但一家网吧能带动直播的电脑最多也就几台,喻延跑了足足四家,机子都被占了。

卢修和打了好几个电话,无果,他道:"……其实有些电脑也能带动直播,就是不在包厢,会有点吵,画质也比较差。"

"不行。"喻延道:"画质差倒还好……就是必须找包厢里的。"

"那就再找找吧。"

喻延嗯了声,刚准备继续打电话,手机突然跳出语音邀请。

易琛问:"怎么没回消息?"

喻延看了眼手机:"……刚刚一直在打电话,没注意看微信,怎么了?"

"你明晚有没有空?"

"可能要直播。"

卢修和在一旁打断他："直播什么，机子都找不到。你明天该不会天不亮就出门找机子吧？"

易琛把会议资料放到一边："没机子？"

喻延走到一边，喝了口水："嗯，主播太多，网咖能用的电脑太少。"

易琛指尖上转着笔，沉吟片刻："来我家直播吧。"

喻延一愣："什么？"

"我家有电脑，刚配的，可以直播。"易琛道，"离酒店也不远。"

喻延："不用……"

"那你打算怎么办？今天请假，明早天没亮就去网吧抢电脑？"易琛语气镇定，"我这儿隔音很好，也不收你网费。"

能直播，设备好，不收网费。

……这是什么天大的好事。

这时，卢修和又挂掉一个电话："又没包厢了，到底是来了多少个主播啊？"

"不知道，几十个吧。"喻延应完，对电话里的人说，"那……打扰你了。你晚上回来吗？我给你准备晚餐，当作网费吧？"

易琛挑眉："你还会做饭？"

"不太会。"喻延道："我订外卖，可以吗？"

易琛笑，见秘书进来，他道："可以。我把地址和密码发给你……你先过去。"

喻延挂了电话，把这件事跟卢修和说了。

卢修和："那我就回酒店了。"

喻延惊讶："你不去网吧吗？"

"不去，我宝贝今天不玩游戏，我回去补觉。"

喻延把其中一张房卡给卢修和，叫了辆出租车，把地址给了师傅。

十分钟后，车子停到了某处别墅区。

喻延站在门外，再三确定自己没有走错地方，才上前输密码。

才按了两下，突然听见咔嚓一声。

喻延还没反应过来，面前的门突然被推开，他下意识后退一步。

里面走出一个男生，头发像是刚剪过，干净清爽。

喻延一愣，他记得易琛说他独居，家里没人。

易冉听到大门的动静，特地跑出来看看，探出脑袋，问："啊？"

喻延低头看了眼手机,又看了看门牌。

虽然内心满是疑惑,但还是说:"不好意思,我好像走错了。"

易冉看清了人,眼睛瞪得像铜铃,抓住欲走的人。

"不!"他大喊道,"延延,你没走错!"

第18章

易冉再抓住他:"你是来找我哥的吧?我是易冉,就你微信里那个易冉啊。"

喻延一愣,又上上下下打量了一眼面前的人,终于找到了几分熟悉感。

他曾经看过易冉的自拍,光线角度不同,导致他一时间没能认出来。

喻延猝不及防地跟网友见了面:"……打扰了,我不是来找易琛的,我来借用一下他的电脑,事先已经跟他打过招呼了。"

易冉边听边点头,没经过他哥允许,小延当然不可能找到这儿来。

他让开步子,腾出一条道:"快进来。"

易琛的家对于独居的人来说有些大了,喻延不好四处看,只是目光所及之处,处处都显得优雅简洁。

"小延你什么时候来的晋城?怎么也不告诉我?"易冉道,"要不是我帮我妈送东西过来,岂不是见不到你了?"

喻延道:"昨天刚到。"

"来找我哥的?但我哥最近特别忙,有时间陪你吗?不然我带你到处玩玩。"

喻延一愣,忙摇头:"不是……我来参加星空TV的年度盛宴。"

易冉惊了:"年度盛宴?什么时候?这么好玩的事,我怎么不知道?"

"下个月二号,到时候有网络直播。"

谁要看直播啊。

易冉看了眼时间:"这都11点半了,你是不是已经迟到了?"

喻延嗯了声:"对……你知道他电脑在哪儿吗?"

"知道,在书房。"易冉道,"跟我来。"

两个人一路到了书房,一打开门,喻延就看到了书桌旁的衣架,上面还挂着一件他在视频里看了无数遍的西装外套。

易冉:"就在这儿,密码我哥告诉你了吧?我现在打算出门了,一会有时间我再来找你玩儿啊。"

喻延点头,跟他道别。

听见大门的关门声后,他才往电脑那儿走去。路过衣架时,还闻到了一些熟悉的古龙水香。应该是主人忙忘了,工作完也没把它送去干洗。

会议中场休息时,易琛才发现自己的信箱里有条短信,日期已经是两天前了。

易冉母亲说从外地买了一些好茶回来,过几天让易冉送过去给他,并让他少喝咖啡。

易琛才回了个好,就被对方告知,今天已经让易冉送去了。

想起今天家里的客人,易琛非常难得地在会议未结束之前打出了私人电话。

许久才被接通,那边的人声音有些不自在:"喂……易琛?"

"到了吗?"

"嗯。"喻延道:"已经在用电脑了,不过我试了一下,好像带不动直播。"

易琛拧眉:"你用的是哪台电脑?"

"书房的。"喻延顿了顿:"……易冉带我来的。"

易琛忙道:"那个不是。你走出书房,最右边的房间才是电脑房。"

"好。"

"易冉还在家里?"

"不在,刚出门了。"

易琛嗯了声:"有件事可能需要麻烦你。"

喻延赶紧关掉电脑。

喻延:"好……你尽管说。"

"你走到大门,帮我把房门密码改了。"

没想到会是这种请求,喻延一愣:"啊?这不太好吧。"

"没什么不好,你就把原来的密码倒过来设置。"

挂了电话,喻延走到密码门前,按照易琛刚刚说的操作方式,把密码改了。然后摸索到电脑房里,果然看到了照片里那台高配电脑,周围还放着不少周边摆设。

喻延忍不住好奇,看了好一会儿吃鸡的人物装备手办才打开直播。

用惯了家里那台老式机，再用这款高配电脑，他总算明白了什么叫作飞一般的感觉。

他没浪费时间，开直播后第一时间分享到微博，观众们很快就拥了进来。

【嗯？主播背景好像换了？我没记错吧？】

【据说星空TV大批主播都去晋城了，过几天有平台年度盛宴。】

【这画质……感动哭了。】

以前因为机器问题，喻延的直播画质在所有主播中只能算是中下水平，全凭一身技术撑着。

现在则是蓝光画质，连游戏里的一草一木，都逼真得仿佛是观众自己也在玩游戏。

喻延开了一局单排打算试试鼠标的灵敏度："对，这段时间都不在家。"

【那在哪儿？】

喻延含糊道："在朋友家。"

【该不会是团团家吧？我记得团团也在晋城，之前微博还说会招待小延，而且团团直播的画质也是蓝光的。】

这话一出，下面居然有好几人应和。

【我也觉得！这两人好甜啊。】

【之前还没什么感觉，看了一些直播回放后，发现小延和团团好像游戏文里的男女主角，英雄救美桥段特好看！】

"不是团团。"喻延轻描淡写道，"我和团团只是普通朋友，怎么想是大家的自由，但麻烦不要打扰别人吧，谢谢。"

打了一个下午，喻延发现，这套鼠标键盘他用起来似乎比家里那些用惯了的还要顺手。

一局游戏结束，他实在忍不住，打开手机备忘录，记下了型号。

【都七点了，小延还不吃饭吗？平时不是六点半就暂停休息了？】

喻延看了眼时间，道："今天吃晚点，没事，我继续。"

说好负责易琛的晚餐，他决定等对方回来时再一块吃。

易琛开完最后一个会，已经是八点半了。

会议刚结束，员工们都还没离开，他就率先从口袋里拿出了手机。

小主播：易冉来了。

小主播：他敲好几分钟的门了。

小主播：……怎么办？

已经是半小时前的信息。

1：你把他放进来了？

小主播：没有，我装人不在。

正在收拾会议资料的员工们突然听见他们的顶头上司笑了声。

大家抬眼，面面相觑。

1：骗人不好。

易琛起身，大步离开了会议室，没想到办公室外面正坐着个人。

看见他，莫南成起身，伸了个懒腰："哎，秘书小姐说我没预约，死活不让我进去等你，我老腰都快坐断了。"

易琛赞许地看了眼秘书："做得好。"

"……"

莫南成跟着易琛进了办公室。

易琛把资料放好，抬眼问："什么事？"

"也没什么……"莫南成坐到他办公桌前，问："今晚一块去吃个饭，顺便泡泡温泉？"

"不去。"

"为啥？这段时间这么累，你就该放松放松。"

易琛拒绝："我有事。"

莫南成一脸恍然大悟的模样，手肘抵在桌上，凑上去问他："看来小冉说的是真的，你家里还真藏了个人！"

"藏？"易琛冷哼道，"你以为我跟你一样？"

"那你就说，你家里有没有客人！是不是那个小主播！"

"他找不到网吧，我借他电脑。"易琛凉凉地扫了他一眼，"快年底了，你怎么还这么闲，公司要倒了？"

"还没倒呢，你别担心。"莫南成笑眯眯的，"其实我也很欣赏那个小主播，我也愿意帮他，这样吧，你把他联系方式给我，我送他个十台八台电脑，让他想在哪儿播在哪儿播。"

"他缺你这几台电脑？"易琛想也不想，站起身来，"滚吧。"

"他现在不就缺一台电脑吗？我送了他，他在酒店开开心心地直播，你在家里安安静静地工作，两全其美。我说实话……我已经从小冉那儿拿到他的微信了，但对方一直没通过我的好友请求，不然你跟他说说……"

易琛眼底闪过一丝不易察觉的阴霾，打断他："你最好庆幸他一直没通过好友验证。"

莫南成："……干吗？"

"他如果通过了。"易琛站起身，拿起外套，慢条斯理地穿上，"我下个月就帮你办一场热热闹闹的前女友聚会。"

易琛下班便回了家。家里电脑房的房门没有关紧，门缝里还渗出一些暖光来。他站着看了半会，才上前推开门。

男生戴着耳机坐在电脑前，听见动静，他立刻抬起头，对上易琛的视线。

"易……"喻延才发了个音，想起自己在直播，立刻止住了，他不好意思地笑了，只留下后半句，"你回来了。"

"嗯。"易琛把手上的外卖袋子往桌上一放，"关直播，先吃饭。"

"嘘……"喻延下意识道："我麦没关……"

但已经来不及了，水友们立刻认出了直播间大老板的声音，弹幕瞬间如洪水般涌进屏幕。

【这声音！我死都不可能认错！绝对是1！】

喻延还准备抢救一下："不是，我朋友的声音确实和1有点像……"

看他这么极力撇清，易琛拧眉。

"你哪个朋友的声音和我像？"

喻延："……"

水友："……"

第19章

喻延鲜少说谎，更没什么被当场揭穿的经历。

他红着脸，快速看了眼弹幕。

【好，居然连姐姐都骗，你终于是长大了。】

【我在电脑前跪上三天三夜，只为了见1老板一面。】

【看背景，1老板家似乎很豪华，看来真是个大老板……】

易琛还在旁边站着，喻延不敢细看，游戏一结束就把弹幕助手关了："先暂停一下，给大家开部电影，我先去吃个晚饭。"

然后在一堆问号中仓皇关上摄像头。

他起身，主动拿起手边的外卖："我们去餐桌上吃吗？"

易琛看完刚收到的工作邮件，嗯了声。

喻延原以为他是订的外卖，然后回来时刚好碰上送货员，便拎着进来。

等把里面的菜品全摆到盘里，他看清菜式后，才明白过来，这怕是没有哪家外卖会这么丰盛。

共好几个袋子，里面都是海味，龙虾太大，一个盒子只能装一只，还有鲍鱼扇贝生蚝，上面撒满了蒜蓉。

"这些……"

易琛把碗筷拿出来："满阳那边不是都吃海鲜吗？"

他从袋子底下找出调味盒，"辣椒。"

喻延点头："但我们不是说好，晚餐我来买？"

"顺路，公司旁边有家不错的海鲜店。"

买都买回来了，喻延只能说："明天我买。"

怕对方又抢先，他补充，"我已经看好要点的餐馆了。"

易琛失笑："好。"

喻延把手洗了，戴上手套，熟练地剥起龙虾，三两下就挑出了一大块龙虾肉。

他正准备往嘴里送，看到对面的人，正用筷子在挑扇贝上的肉，半天都没能成功，眉头已经皱了起来。

喻延道："这边有手套……"

易琛摇头，抿唇道："不用。"

喻延看他戳了半天，实在好笑，他伸手拿过扇贝："我帮你。"

他还把刚剥好的龙虾肉放到他碗里，说道："你给我买，我给你剥……勉强不算白吃白喝了。"

易琛原本想拒绝，听到他这么说，稍稍挑眉，夹起了碗里的龙虾肉。

两人就这么边剥边吃，中间还掺杂几句闲聊，吃了大半个小时。

吃完饭，把碗放到洗碗机里。易琛起身，单手把领带口松开："书房你知道在哪儿，有什么事就来找我。"

"我先把垃圾丢到外面吧，放在房间里，味道太重了。"

易琛见他只穿了一条短T恤，外套似乎被遗落在电脑房里了。他道："不用，今晚降温，外面冷。你关门，就不会闻到。"

"没事，垃圾桶不远，我今天看到了，就几步路。"喻延走到门口，挑了双一看就知道是在室外用的拖鞋，"这鞋可以穿吗？"

话刚说完，喻延就觉得身上一重。

他肩上多了件西装外套。

易琛道："可以。穿这个出去，回来了随便放沙发上就行。"

"……好。"

外头确实降了温，喻延一开门就被冷风吹得睁不开眼。

扔完垃圾就回去继续直播。

重新打开摄像头，发现今天和往日不同。以往他吃完饭回来，直播间里的水友数量都会大幅度减少很多，毕竟不是谁都有耐心在直播间看电影等他的。

今天人数不仅没有变少，反而还多了近一万人。

【我明天大考，现在我把手机放在试卷上面，考试通通给我滚蛋。】

易琛坐在书房里，没半小时就把需要批阅的资料文件看完了。

他看了眼电脑房的方向，犹豫片刻，找出常服，去洗了个澡。再出来时，手机刚好响起来，居然是莫南成弹了个视频来。

对方从没给他弹过视频，怕有什么急事，易琛还是接了。

屏幕那头烟雾缭绕，温泉水上还漂着一个小盘子，上面装着酒和小食。

莫南成："你没来真是亏大了，这儿是我新发现的宝地，今晚还降温了，特别舒服！"

易琛想也没想："挂了。"

"哎等等！我这不是有事找你吗？"

"说。"

"最近大家伙都挺忙的，明天不是周末吗？放松放松？"莫南成道："打麻将，陶冶一下情操？"

合作方都有各自的爱好，为了方便交际，易琛十八般武艺样样精通，就好比他不爱去酒吧，但酒量极好，同样，他不好棋牌，但棋牌技术一流，过年时常常虐得莫南成他们痛哭流涕。

易琛说："不去。"

"为什么啊？"莫南成刚问完就想起来了，"有朋友也没关系，带着一块来嘛。"

"不去，没兴趣。"

"啧，你这人。"莫南成道："我估摸小主播来这一趟晋城也无聊死。"

易琛挂视频的动作一顿。

莫南成见他犹豫了，立马趁热打铁："他好像年纪不大？你想想你弟，三天两头往外头跑，多快活。再说了，就搓个麻将，又不是什么大事。"

"我和易冉不一样。"话是这么说，易琛顿了顿，还是问，"什么时候？"

莫南成忙表示："都行！你定！全看你和小主播的时间安排。"

十一点，喻延正在打半决赛圈，门被轻敲了两下。

易琛拿着杯牛奶进来，顺手放到他旁边。

他站姿随意，大半边身子入了镜，弹幕立刻爆炸了。

喻延眼疾手快关掉弹幕助手，抬头问他："……忙完了吗？"

"嗯。"易琛看着游戏界面，道："打完这局就下播吧。"

喻延还以为自己打扰到他了，先是一愣，然后抿唇点头："好，我尽快。"

最后一局吃了鸡，喻延下播。

他立刻关掉所有软件，快速起身："今天打扰你了……明天我早点起来，去看看网吧有没有机子。"

易琛沉吟片刻，点头："八点起床，然后我去接你。"

喻延一愣："啊？"

"会打晋城麻将吗？"

易琛这句只是随口一问，毕竟平时吃鸡游戏维护时，喻延在QQ麻将里玩的就是晋城麻将。

喻延茫然地点头："会。"

"明天周末，你直播时间提早两小时，然后晚上陪我去打会儿麻将？"易琛面色不改，"我不是很会打，总输。"

喻延忙交底："其实我打得也不好……"

"总比我好。"易琛把牛奶塞到他手里，"这个喝完，我送你回去。"

回到酒店，喻延发了微博，把临时更改直播时间的消息告诉了粉丝们。

"唉。"卢修和在沙发上躺着，捧着手机，刚看到了喻延的微博，"你明晚要早回吗？那不然我们去夜市逛逛吧。"

"不早回，我还有点事。"喻延在一旁奇怪地看着他，"你还没跟你女朋友见面吗？她还是没空？"

"不只是没空……"卢修和欲哭无泪，"我不知道怎么的，惹她生气了，哄了一天也没哄好。"

喻延道："那你自己反思一下吧。"

卢修和道："你怎么不可怜可怜我？我真不知道我哪儿做错了，我啥也没干啊！那不然你教教我，我现在该怎么办……"

"红中。"一道冰冷的女音从喻延手机里传了出来。

卢修和看着旁边专心致志的人，泪目："我都这么惨了，你怎么还有心情玩麻将小游戏？"

"练习。"喻延含糊不清道，"你继续说……我在听。"

卢修和："……"

次日喻延提早开播，晚上九点便说要下播了。

打完最后一局游戏，他在水友们的质问和调侃中飞快关掉直播间。

屏幕黑掉，他拿起手机，正寻思着要不要给易琛发条信息，没想到才解锁，手机就振了振。

1：播完了？

喻延：嗯……刚下播。

1：在客厅等我。

在客厅坐了几分钟，卧室的门就开了。

喻延透过门缝，还看到了一张大床和灰床单。

易琛换了便服，比平时少了几分严肃，多了些散漫和随意。

他见到沙发上的人，坐得端端正正，拿着手机不知道在做什么。

"你先等等。"丢下这句话，易琛往厨房走去。

再回来时，手上多了杯牛奶，他递过去："喝了再走。"

喻延接过，不解："这是……习惯吗？"

"喝了长身体。"

"……"喻延一口饮尽，"我已经过了长身体的年纪了。"

易琛言简意赅："能长。"

两人出了门，喻延看着空荡荡的院子，四处环顾，没找到那辆熟悉的迈巴赫。

"这里。"易琛拐了个弯。

两人下了楼，到了车库。

喻延险些被面前的豪车惊到。商务车、敞篷车甚至机车都有，光看款式就觉得价值不菲。

他知道易琛有钱，没想到……居然有钱到了这种地步。

"有驾照吗？"

喻延摇头："……没有。"

"有机会去学吧，方便。"

途中来了好几个电话，都是莫南成那边打来催他的。

易琛面无表情，又挂掉一个。

"这群人有点吵，一会如果他们烦你，别理就行。"

喻延点头："我没关系，不怕吵。"

到了一家高级会所，工作人员一看到他们，立刻上前，接过他们换下来的外套，经理亲自把他们送到了包间。

门一打开，就看到易冉坐在麻将桌上，似乎在跟身边的服务员交换筹码。

一见到他们，易冉旁边的男人率先起身，笑得特别热情和蔼："小延，你终于来了。"

喻延确定自己不认识这个男人，他点头："你好？"

"初次见面，我叫莫南成。"莫南成走上前来，欲跟他握个手。

易琛抬手，挡住他的动作："来打麻将的，不是来找亲戚的。"

"成。"莫南成道："筹码都给你换好了，这儿……你们俩谁上？"

易琛道："他。"

四人落座。分别是喻延、易冉、莫南成和他们平时常在一块玩的一个朋友。

"小延，你会打晋城麻将吗？要不要我教你？"易冉问。

喻延道："我会一点点。"

"就是二五八做对……"

易冉才说了一句话，就听见"砰"的一声。

他亲堂哥挪了张凳子，坐在他和小延中间，神色清冷，淡淡地看他："需要你教？"

易冉："……"

桌上谁也没想到易琛会在旁边坐着看，毕竟对方向来没耐心，平时打麻将都难请，更别说旁观了。

这种场合他还是第一次见，喻延瞬间觉得如坐针毡，整个人都连带着紧张起来。

易琛是看过他打麻将小游戏的，非常有……个人特色，让人想忘记都难。

所以当他第三次和小牌时，易琛一挑眉，问："不是只做大牌，小牌不和吗？再抓两张就能打趴他们了，怎么忍不住了？"

喻延："……"

游戏归游戏现实归现实啊！

"四把小延和了三把，你还不满意呢？！"莫南成道。

易琛不理他，喻延此时又抓上一张好牌，做成了小牌，正准备把可以憋几轮等大牌的牌给打出去。

这时，旁边的人忽然起身，靠了过来。

喻延只觉得耳边一阵凉风掠过。

他还没反应过来，手上的牌被旁边的人拿走，拿出另外一张丢出去。

"你别怕，"易琛低沉的声音透过耳膜，"打赢他们三人得给见面礼。"

第20章

这话被莫南成听见了,问:"什么见面礼?现在交个朋友还要给见面礼了?那要这么说,小延也得给我们三人见面礼啊。"

"他最小,你也好意思。"易琛说完,退回座位上,"别这么小气,靠实力赢回来。"

"我小气?"莫南成气乐了,仿佛受到了什么羞辱,"我告诉你,我前女友、我干妹妹,没一个人说我小气的……小延,明天你去挑块表,把账单寄到我这来。"

喻延忙摇头:"不用。"

易冉道:"哥,不然你给我买吧。"

"不,我又不用给你见面礼。"

"我哥说得没错,你真小气。"

"买!"莫南成皱着脸,"你去挑!就一个啊!"

易冉:"行!"

啪,他们说话间,喻延一推牌。

"自摸了。"

他听易琛的,只做大牌,虽然和牌的次数变少了,但赢的积分不减反增。

打到晚上十二点,喻延赢了很多分,特别有成就感。

易琛看了眼时间:"我们不打了。"

"别啊,这才几点?"莫南成道,"再打会,我和小延聊得正高兴呢。"

也不知道是为了分散他的注意力还是别的,喻延几乎打两张牌就要被莫南成提问,问的都是些不痛不痒的问题。

易琛道:"他明天要直播。"

喻延忙表示："没关系……不然你继续打，我自己打车回去？不用送我。"

"我不打。"易琛问，"赢了多少？"

喻延拉开抽屉算了下积分，颇为自豪，虽然没有说出口，但邀功的意味就明晃晃写在脸上。

易琛看笑了："把战利品拿上，走。"

"行吧，那小延，我们过几天见啊。"莫南成道，"星空的年度盛宴我也会去。"

易冉瞪大眼："成哥，你为什么能去？"

"我有邀请函。"

易冉羡慕死了，转头就叫："哥——"

易琛理都不理他，兜里的手机刚好响起，他接起，给喻延做了个在外面等他的手势，便率先出了包间。

喻延快速收拾好战利品："那我们就先走了。"

"小延等等！"易冉抓住最后一根救命稻草，"你可是星空的大主播……你那有没有什么渠道，能让我进去玩玩？"

莫南成实在觉得易冉可怜，明明是星空大老板的堂弟，却连一张邀请函都拿不到。

喻延犹豫了一下："你很想去吗？"

易冉一听有戏，头点得像拨浪鼓："想！"

"我这有一个……"话说到一半，喻延生生止住，僵硬地转了个弯，"那我回去了问问吧，如果可以的话，我再在微信上联系你？"

易冉一脸感动地用食指和拇指给他比了个心。

他出去时，易琛刚好挂电话。

喻延上了车后，把赢回来的礼物递给易琛。

易琛扫了一眼，道："拿着，这是给你的见面礼。"

喻延摇头："我不要见面礼。"

说着，他自顾自打开身前的车子置物箱，把袋子塞了进去。

易琛倒没逼他收，他道："明天我要出差，一号下午才回来，家里东西你随便用，缺什么给我打电话。"

"明天？"喻延愣了愣，"那我单独在你家，是不是不太好？"

"没关系。"出差这事来得比较突然，易琛面色也有些不悦，"好好直播，回来了带你去吃好吃的，还有……"

他顿了顿，"你不是喜欢爬山逛寺庙吗？回来了带你去爬武丘山。"

喻延："……"

他怎么在这句话里听出了点别的感觉？

他没有深想，点头应好，然后道："那个，我还有件事。"

易琛："嗯？"

喻延说："平台那边通知我，说是在主播赛中获奖的主播有一个邀请名额。这次我能得奖都亏了你……你二号那天有空吗？对这个盛宴有兴趣吗？"

易琛挑眉："不邀请家人？"

喻延说："我叔叔公司刚起步，挺忙的。"

易琛微不可见地挑了挑眉。平常人听见家人这个字眼，第一个想到的应该是父母吧？

他把疑惑放在心中，不动声色地摇摇头。

他是挺想跟小主播去的，但这次盛宴有几个合作要公布，他不在场不合适。

"你可以邀请你的朋友去。"

被拒绝，喻延也不意外。

对方最近这么忙，他问时也没怎么抱着希望。

回到酒店，他把名额的事情跟卢修和说了，总算抚慰了对方因为跟小女友吵架而受伤的心。

至于易冉，被他放在内心的第三顺位，此时已经惨烈出局了。没办法，平台只给了他一个名额，如果可以，他甚至愿意把自己的位置给易冉。

然后他就安安心心窝在易琛的家里直播。

超话、粉丝群里的人都以为自己接下来几天要处于眼花缭乱的状态，各大群主甚至商量好准备各种活动了。

没想到接下来的日子里，1居然消失了。

不仅没出现在视频里，甚至连直播间都没来，游戏更是从没上过线。

【1消失的第三天，想他想他想他。】

喻延看到这条弹幕，只是匆匆一瞥，便继续沉浸在游戏里。

他跟水友们不一样。

虽然易琛不在家，也没上游戏，但他们每天都聊天，聊得都很简短，但总算是保持着联系。

这天直播结束，喻延去厨房给自己倒了杯水，准备解解渴再回去。

他边喝水边环顾四周。

前几天易琛在时他还没觉得，直到现在，他一个人站在这个大客厅里，他才突然觉得……有点寂寞。

太空了，家具干干净净，布置虽然高雅，但总透着一股冷意。

正胡思乱想着，手机突然响了一声。

团团：小延，在吗？

两人的上一条聊天已经是三天前了，直播时团团问他要不要一起打游戏，喻延苦恼着要怎么拒绝，到了后面却忘了回了，对话框里的内容此时看上去略显尴尬。

喻延犹豫片刻，还是回了个在。

团团：后天你几点出发呀？衣服都准备好了吗？

喻延：还不知道，什么衣服？

团团：礼服呀。

喻延：……

团团：……难道你不知道？往届的盛宴，你都没看过吗？

喻延是真的没看过。

团团：这活动还是挺正式的，就像是平台的年会，还有全程直播，当然要穿得隆重一点。你该不会打算就穿个休闲装去吧？

喻延：……知道了，我去租一套吧，谢谢提醒。

那边沉默了许久，久到喻延以为这次对话结束时，手机又开始振动。

团团：不用谢。小延，你最近是不是在生我气啊？

女人的第六感都是很准的，团团早就察觉喻延对她的态度转变了，但出于自尊心，她一直没有开口问。

但既然问了，就一定要说个明白。

团团：因为热搜那事吧？

喻延：……

团团：行吧，我承认，那事确实是有计划的。

虽然心里早有了底，但真证实了，喻延心里还是不大舒服。他不知道说什么，只能继续回复一串省略号。

团团：不过那真的不是我本意，热搜是我团队推的……我背后有一支团队推手，我知道热搜这事的时候，热搜都已经被他们推到第十八位了。没办法，我只能配合他们，去直播间找你。这事是我做得不厚道，你生气也是应该的。"
喻延：我明白，事情都过去了，没事。
喻延不是敷衍，他是真的明白。
但明白是一回事，难过又是另一回事。
"可能是我接触的人太少了，还以为真的交到了很好的朋友。"回家路上，喻延忍不住，还是给易琛打了个电话。
易琛在那头慢慢听他说完，手上的文件被他合上。
他原本想告诉小主播，这世道就是这样子的，话到嘴边却变成："你还小，以后会遇到更多人，总能遇到真心的好朋友，不急在这一会。"
喻延嗯了声："我现在就有很好的朋友，卢修和对我一直都很好。"
易琛笑了："嗯。"
"还有你。"喻延说，"……你和卢修和一样，对我也很好。"
易琛："那我和卢修和，谁更好？"
这话一出，易琛自己也是一怔。
他是被易冉传染了？怎么还能问出这种小孩子问题？
喻延心说，那怎么能一样啊。
半晌，他才道："卢修和不在，你要这么问我……我肯定说你好。"

喻延去查了往届的盛宴视频，果然如团团所说，大家都是穿着礼服去的。
差点就出糗了。
他和卢修和两人第二天就出发去了商城，两人各租了一套礼服，礼服也不是他们挑的，销售小姐推荐的哪一套，他们就租哪一套，特别随意。
到了二号当天，从早上八点开始，官方微博就开始一个一个放出今晚盛宴的热点。
参加盛宴的主播名单。
新增颁奖、游戏比赛环节。
……
今年在全国吃鸡比赛中刚夺冠，风头大盛的国内俱乐部CN7分部所有队员将与星空TV签约，并且将会来到现场。
大热偶像组合Pz的队长左桢也会出席。

前面倒是还好，属于出了主播圈没人关注的消息。

后两条却吸引了不少电竞女孩和追星少女的目光，还没到直播时间，就霸占了微博的前两条热搜。

下午，喻延就被卢修和拽出了门，去了趟理发店。

"我是无所谓，但你可是要上台领奖的人，必须得帅得不要不要的，才能吸粉！"卢修和把他按在椅子上如是说道。

喻延失笑："我是凭技术。"

"双管齐下行不行？"

平时还不觉得，现在坐在大镜子前这么一看，喻延才发现头发似乎是长了一点。

于是他道："……那就剪短一点吧。"

盛宴在某个大型宴会厅举办，台下座位整齐，舞台很大，后方还摆着十台电脑，五五分成两边，舞台顶上还挂着个巨大的显示屏。宴会厅周围全是各大游戏的周边手办，连甜点都带有游戏特色，特别有电竞氛围。

这次的座位安排非常讲究，除了主播大赛的获奖主播是凑在一桌，其余的各个分区主播都分在了一起，方便主播之间互动。

喻延落座时，桌上还没多少人，零零散散坐了几个，几人打完招呼，便各自拿出手机神游。

可以说这桌是本厅最尴尬的一桌了。

喻延拿着手机，给易琛发信息。

平台给他订的机票在明天中午，他马上就要回去了。

昨天易琛出差回来似乎很疲惫，一回来就进了卧室，直到他直播完才醒来，两人还没说几句话，喻延就回酒店了。

还没好好道别，下次也不知道什么时候见了。

想到这里，他就对这个盛宴提不起任何兴趣，只想着能快快结束，他没准还能邀请易琛去吃一顿夜宵。

消息发出去，没收到回复。他正逛着微博，旁边忽然坐下一个人。

"言小言？"陌生声音响起，还带着些笑意。

喻延侧目一看，落座的男人微笑着，正颇感兴趣地看着他。

那人转了个身，看了眼他座位上贴的名字，笑道："原来你叫喻延，很好听的名字。你好，我是乖秀。"

乖秀，星空TV无人不知的大主播，LOL退役选手，刚夺下年度最佳主播的奖杯。

实际上，在乖秀退役之前，喻延就记得他了，因为对方的名字特别好记——乖乖，你可真"秀"。

喻延忙伸手，跟对方握了个手："你好，久仰大名。"

"我才是久仰大名。我一直都想见见你，好在这次官方懂事，把我俩安排在了一块。"乖秀拿出手机，"加个微信？"

喻延打开二维码，疑惑道："……想见我？"

"是啊。"见他不解，乖秀朝他一眨眼，凑上去，压低音量，"香蕉的事。"

喻延恍然大悟："那跟我没关系，是他自己违规了。"

"好好，你说什么是什么。今天是好日子，我们不说他，扫兴。"乖秀上下打量了一下他，笑了，"你是我第一次见到，真人比视频里好看的主播。这身礼服很适合你。"

喻延："谢谢，你也很帅。"

他不是奉承和敷衍，乖秀确实长得很帅，没退役之前还被称作是LOL的门面。

乖秀虽然人气高，但没什么架子，加上两人之间还算有共同话题，很快就聊到了一起。

一聊就是半小时，转眼间，席上几乎都坐满了。

乖秀："我最近偷偷玩了几把吃鸡，发现我射击类游戏真的不行……你要不要带带我？我绝对任劳任怨，兢兢业业，做你最忠实的医疗兵。"

喻延也笑："可以，但不用你做医疗兵。"

"两位！"旁边突然冒出一个摄影师和主持人，主持人把话筒递到他们面前，用眼神指了指旁边的摄像机，"跟观众们打个招呼？"

发现镜头，两人都坐正了身子，乖秀问："已经开始直播了？"

"对的。"

"行，摄像大哥辛苦，把我们俩拍得帅一点啊。"乖秀极其自然地伸手，挽了挽喻延的肩，两人距离拉近，"大家好我是乖秀，我旁边这位是我们平台的新人吃鸡主播yanxyan。"

喻延跟着打招呼："大家好。"

"欢迎乖秀和yanxyan！"女主持笑着问，"两位看起来关系很好哟。"

乖秀说："是吧？其实我们刚认识，看不出来吧？"

119

……

易琛走进宴会厅时，旁边的人还在叽叽喳喳。

莫南成："我可是推了沙滩聚会过来的，今晚一定要拿到团团的联系方式！"

易琛懒得理他，抬眼在厅里轻扫，一眼就看到了要找的人。

喻延今天穿了一件黑色西装，面前系着紫红色领带，头发似乎剪短了一些，眉毛也修整过，看起来比往日都要清爽优雅很多。

他静静往那一坐，背脊挺直，下巴微扬，就像一个高贵斯文的小王子。

小王子此时被旁边的人揽着，十分亲密，面前是一台摄像机，两人嘴边都带着笑，不知道在说些什么。

"咦？我发现，你们平台的女主播也不都是用滤镜、美颜嘛。"莫南成没发觉好友的眼神，道，"我改变主意了——今天不是团团也行！你看那边那个……哎你去哪儿？"

易琛不搭理他，兀自往前走去。

采访结束，摄像机刚挪开，喻延就暗自松了口气，他实在不擅长回答问题。

易琛拉着他，稍稍使力，喻延下意识随着力道抬起头，人也顺势和乖秀拉开了距离——两人一站一坐，对视数秒。

看到对方震惊的表情，易琛挑眉。

"剪头发了？"

第21章

喻延有点蒙，一时间不知道是该应了他的问题，还是先问问他怎么会在这里。

乖秀拽了下喻延的衣襟，问："你朋友？"

喻延点点头，"对……"

易琛没想到自己没得到回答，他反而还跟别人聊起来了。

他看到负责人快步朝他走来，语气淡淡道："起来，跟我过来。"

喻延起身："你怎么在这儿？"

"易总。"负责人已经走到他们旁边，稍稍弯了腰，"您的位置在前面。"

喻延顺着对方指的方向望去，那桌上坐的其他人他不认识，但其中一人十分醒目。

无他，对方漂染了一头粉白短发，眼角底下一颗痣，眼神锐利。

能有这种打扮，还坐在首桌的，喻延猜他就是那位偶像组合的队长。

那桌上已经差不多坐满了人，只空了一个位置。

在正中间，刚好面对舞台，一看便知位置主人的身份。

莫南成这会儿已经去找他的位置了，这种场合，他可不想坐在镜头最多的座位，免得被他的前女友们发现行踪，事先就跟易琛说了，让他安排个女主播多的桌子，易琛理也不理他，只让负责人随便安排。

易琛道："人都齐了？"

喻延在他的声音中回过神来。

负责人再弯腰："齐了，就差您了，您一上桌，我们马上开始。"

喻延不傻，能在这种场合坐主位，让这位原先气势十足的负责人弯下腰的人可不多。

易琛低头，看了眼喻延的"桌友"，说："多安排一个位置……"

"不用。"喻延下意识打断他。

感受到周围的眼神，他挤出笑来，"……我坐这里就好。"

易琛刚要说什么，负责人硬着头皮，提醒他："易总，定下的直播时间快要到了。"

易琛皱眉，见眼前的人没有要走的意思，只能嗯一声，抬腿离开。

喻延坐回原位，乖秀察觉到了什么，没有多问易琛的事。

"流程表你看了吗？"乖秀道，"颁奖仪式就在第一项，不过你别紧张，拿个奖杯的事儿，感想随便说说就好了。"

喻延无心再聊天，点头表示自己听见了。

直到背景音乐响起来，喻延才拿起白开水猛喝了一口。

主持人上台，先开始介绍嘉宾。

"最后，我们星空TV的董事长易总也到了现场，让我们掌声欢迎——"

果然。喻延捏着手机，下意识抬眼看了看顶上的屏幕。

男人穿着西装，面无表情地颔首。

喻延只看了一眼就收回了目光，没忍住，又喝了一大口水。

……他好糗。

之前还总想着易琛赚钱不容易，几次三番想把一半礼物钱还给他。

结果直播公司明明就是别人开的，礼物的那另一半，原本就会回到他的口袋。

喻延想起那张没再在平台里出现过的公告，是不是也是因为易琛？

他直播间的人气……甚至这个奖项的参赛权，是不是也……

手机猛地振了一下，他低头一看。

1：才看到消息，为什么不坐过来？

喻延：我一会要上台，坐这里方便一些。

这个理由勉强能接受。

1：结束了一起走。

喻延刚准备回，主持人就点到了他的名字。

他们一桌人纷纷起身，往台上走去，喻延原本是想站在最后一位的，却被其他主播你让让，我退退，愣是被"送"到了第二，就在乖秀的后面。

颁奖人是易琛。

主持人刚介绍完，他就从礼仪队手上拿过奖杯，非常官方化地递给乖秀，乖秀接过来，鞠了个躬，道了几声谢。

易琛："嗯。"

乖秀："……"

到了喻延，他站得稳稳的，从易琛手上接过奖杯，也跟着道谢。

下了台，乖秀拿自己的奖杯跟他的碰了碰，笑说："干杯。"

喻延也笑："……干杯。"

这一幕被易琛看得清清楚楚。

他给喻延颁奖的时候，他脸上没什么表情，就连个谢谢都没说，谁想下台就跟别人奖杯碰奖杯去了。

第二个环节，休闲比赛。

这比赛的有趣之处是，主办方设计了一个类似抽奖的大转盘，所有比赛元素都是随机的，随机到什么地步呢——抽到的号码随机，阵营队友随机，游戏也是随机的。

最先抽的是游戏，好确定接下来需要抽多少位主播。

抽奖平台转动半天，最后停留在了一个三级头盔上——第一个游戏为绝地求生。

然后是抽比赛玩家，号码牌转动，率先抽出了一位……炉石主播。

对方一脸蒙，屏幕上的口型是：我不会啊，你看我上去给大家跳个舞成不？

当然是不成的。

喻延还沉浸在自己以往的穷酸语录中无法抽身，突然听见一阵大动静，他抬头一看——018号。

18号是乖秀。

乖秀起身："我找我朋友帮我打行吗？他玩得特厉害，我不行。"说话间，还疯狂指着喻延。

三秒后，他的建议被无情拒绝。因为下一个数字跳出来，赫然是——019。

喻延看了眼自己面前的牌子，认命地起身。

直到所有主播都上了台，喻延才知道为什么刚刚会这么多声欢呼。台上八个人，其中有喻延、乖秀，和两个CN7的职业队员。

两个CN7的职业队员还被分在了一个组，他们队里剩下两名全是PUBG主播。

反观喻延这边……炉石主播、LOL退役选手、LOL主播。

喻延看了眼摆放在旁边的奖品，只得在心里跟它们告别。

绝地求生这游戏没法打单纯的4v4，也亏得主办方想得出来，让他们在座位上稍作休息，然后后台一堆工作人员开号同时排队，没多久就把两组分在一场游戏的账号交了过来。

比赛规则很简单，游戏结束时哪个队伍排名最靠前就算胜利。

好在虽然大家都说不会玩，但基本操作还都是会的，喻延不至于要教他们按键操作。

里面最实诚的就是乖秀，说不会，就真的不会。

"SCAR-L 和 UZI 哪个比较好？我该捡哪把，小延？"乖秀问。

喻延说："SCAR-L 吧。"

几分钟后，乖秀差点被人打死，还好喻延来得及时。

他残血躲在门后，打了个急救包，跟喻延打起了商量："小延，我太惨了，不会玩就算了，枪还特别难用。"

喻延道："SCAR-L 挺适合新手的。"

"我花一百块跟你买你手上的枪。"乖秀道，"下台就给你。"

喻延一愣，他看了眼右上角正在疯狂拿人头的 CN7 两名队友，心想本来也就是娱乐性质，没必要太较真，于是道："……不用，你过来拿吧。"

负责人在旁边非常敬业地给易琛汇报今晚的准备情况，直到对方拧起眉，他才发现大老板压根没在听，而是抬眼，正看着上边的大屏幕。

跟小主播玩多了，易琛知道他的性子。一般情况，他手上的枪，就没给过别人。

但小主播此时站在原地，把自己的 M416 丢到了地上，旁边的人立刻捡起来，镜头给到喻延和乖秀，后者不知道说了什么，把喻延逗得嘴角一弯。

负责人随着他的目光看去："易总，那位主播叫乖秀，是我们平台人气最高的，您刚刚给他颁过奖，应该也知道……"

易琛打断他："安静一会。"

"……"负责人道，"好的。"

然而乖秀很快就被其他人击杀了，其他两个队友很快紧随其后。

大家都被乖秀委屈的表情逗乐了，心里都觉得这场比赛已经结束了。

谁想五分钟、十分钟……直至二十分钟，游戏都仍在继续。

yanxyan7 杀，独自一人杀进了半决赛圈。

这要是放在平时直播，观众可能不会觉得大惊小怪，但这局不同，这局游戏里，还存活着两位 CN7 的职业队员。

只见喻延躲到了一间厕所里，与此同时，两名 CN7 的队员出现在了他的地图上。

全场观众都屏息了,桌上的美味菜肴无一人动筷。

CN7 的队员经验十足,十分小心,他们没有选择横跨地图,而是沿着圈边绕,巧妙地躲过了喻延所在的厕所。

就在大家刚要松一口气的同时,喻延动了——他刚刚卡视角,看到了 CN7 两名队员的身影。

虽然看到了人,但他不知道那是谁,所以打法很随意。他立刻离开厕所,看起来居然是要去偷袭 CN7 的两名队员。

就在厕所门打开的同一时间,这一个小细节被 CN7 的一个队员发现了。把这件事说出来后,他们两人就躲在山后,也准备偷袭喻延。

观众们就看着两边互相试探,特别有意思。

僵持了几分钟,CN7 的队员显然不太有耐心,而且那位报方向的队员一时间也不太确定那儿到底有没有人——他只记得厕所门好像是被打开的,之后再也没见到人。

于是其中一位小心翼翼地往坡上走了走,在他露头的那一刻,猛地响起无数道枪声——喻延抓住时机,立刻送了对方十来颗子弹。

那人被打得只剩一丝血,赶紧跑下坡。

"这人枪法有点厉害啊。"他不知道对面正是跟他们比赛的人,碎碎念道。

"小延。"乖秀说:"这比赛,名次高的队伍赢。那是不是你躲着打会比较好?"

喻延摇头:"那还有什么好看的。"

主办方办这种活动,不就是想看到两队碰撞的那一瞬间吗。

他一直找人打架,总会遇见 CN7 那两位队员的。

乖秀看着他,算是明白这个主播怎么能在这么短时间内脱颖而出了。

两边僵持了一会,CN7 的队员终于有了动作。毒圈马上要刷了,这波毒伤害性很高,他们扛不住,商量着一个人掩护,另一个人先跑毒。

喻延占了地理优势,他的厕所刚好卡在决赛圈的边缘,所以在对方往坡上跑的一瞬间,他立刻探身开枪。

与此同时,掩护的人迅速回击,枪声回荡在整个宴会厅,就见喻延的屏幕上跳出一行白字——"你以 M416 击倒了 Hello999。"

"你怎么没打过?"倒下的人问。

那人顾不上再继续打了,趁喻延打药的空当儿往圈里跑:"真打不过,你整

125

个人都在他视线里,他在厕所后面就露了个头,我怎么打……"

"露个头才好打呢,打中两三下就死了。"

"他不在毒圈里啊,血掉得比你慢。"

砰——

两人讨论时,一声闷重的枪声响起。

【MIMIHZPT 以 AWM 爆头淘汰了你。】

喻延打药时,被刚刚枪声引过来的敌人狙击死了。

喻延摘下耳机:"没办法,刚刚后面是平地,我不好躲。"

"没事,已经很厉害了。"乖秀说,"其实我认识很多吃鸡主播,但我就想跟你玩。"

喻延问:"为什么?"

乖秀朝他眨眨眼:"因为你愿意把 98K 让给队友,我就欣赏你这种人。"

喻延觉得乖秀可能对他有什么误解。

他疑惑地问:"你看过我直播吗?"

"没有,但我看过你的剪辑视频。"

"?"

见喻延一脸惊恐,乖秀哈哈大笑,拍拍他的肩:"你真的很可爱。"

感觉到兜里的手机振了振,喻延拿出一看。

1:下台后来找我。

1:有事。

游戏开始后,宾客主播们已经不再这么规矩地坐着,宴会场上站满了人,都在和各自的朋友闲聊,喻延还看到了团团和露露两人就在不远处,旁边还站了个莫南成。

易琛也站着,不过他的位置没动,还是在首桌,正在跟身边的陌生男人聊着。

对上目光,他轻轻抬首,催促他。

昔日的直播间老板,突然变成了顶头上司,喻延没什么职场经历,不知道该怎么面对易琛,只得走过去,叫了声:"易总,什么事?"

易琛原本还带着官方化微笑在跟男人谈事情,听到这个称呼,先是一眯眼。

碍于有人在,称呼这种事先往后稍稍。

他抬手,把人拉到自己身边,向旁边的人介绍:"就是他。"

旁边的人率先朝喻延伸出手:"你好,我是 CN7 的战队经理李飞。"

"……"喻延一僵,半晌才伸出手来,"你好,我叫喻延。"

"易总,这是您弟弟?长得都一样帅。"李飞问。

易琛眼底不动声色,丢了声嗯。

听见这声嗯,喻延愣了一下,然后道:"如果没什么事的话……"

"是这样。"李飞道:"我们战队最近在招青训生,这一批我们重质不重量,到了明年年初,我们队伍有一些人事变动……就是为那时候准备的。易总向我推荐了你,我刚刚看了看,你打的确实不错,我们两个突击手下来都在夸你。"

李飞说完,从口袋里掏出名片来,"这是我的名片,我们以后常联系?"

易琛之前就觉得,以小主播的资质,就该站到大舞台上征服四方,直播什么的,娱乐性大于技术性,终究有局限性。

这个想法很快就上了心,既然要给他铺路,自然给他铺最好的。CN7有许多合作在身,这次签约比较复杂,是易琛亲自出的面。

原本想给他一个惊喜,没想到李飞这一番话说完,三人之间就陷入了长久的沉默。

易琛看清旁边人的表情,先是一怔。

喻延站在原地垂眸,头发被剪短后,脸上所有神情都掩饰不住。

没有欣喜,没有高兴,没有意外,只有慌乱、惊讶和悲伤。

悲伤?

易琛皱眉,抬手碰了碰他的肩,察觉到了他的僵硬。

意识到不对,易琛低声道:"小延?"

"不好意思。"喻延突然抬头,脸上的笑容十分牵强,"很感谢你给的机会,但我不打算打职业……我不打扰你们了。"

他往右一步,躲开易琛,快速转身离开。

李飞没想到他会拒绝,先是一愣,然后尴尬地看着易琛:"易总,这?"

易琛没答,转身欲跟上去,身后突然传来一道女声。

"还真是喻延……他刚刚上台的时候,我就觉得很眼熟,没想到他竟然当上了主播。"

易琛转身,看着说话的女人:"你是谁?"

女人没想到自己音量这么小都被听见了,她先是一愣,然后快速起身:"易总你好,我是CN7的生活助理……"

"你认识他?"

"认识。"生活助理抿唇，不知道该不该说，最后才小声道，"我以前，跟他在一个战队。"

……

喻延去了厕所，喘着粗气，结结实实洗了把脸。再起身时，他看见镜子里的人一脸狼狈，还带着些不知所措。

他好像走得太急了，也不知道给易琛带来什么麻烦没有。

他知道易琛是想帮自己，CN7可是目前最出色的吃鸡战队，就是青训队，也不是这么好进的，他为了直播，亚服排名都不知道掉到哪个角落去了，根本不符合CN7的入队要求。

待呼吸平稳下来，他拿出手机。

喻延：对不起，刚刚急着上厕所，走得太匆忙了，李经理生气了吗?

没得到回复，他叹了声气，把手机放回口袋，正准备出去。

身后的厕所里突然传来一阵动静，喻延转头看去，只见到重新被关上的厕所门。

喻延停在原地，表情惊诧。

……他刚刚好像看到，厕所里有两个人?

似乎还看到了一抹粉色?

震惊时，手机振动把他拽回了神。

乖秀：你人呢? 快回来。

喻延回到座位，忍不住看了眼首桌，却没看到易琛的身影。

他一愣，视线下意识四处寻觅。

"你在找易总?"察觉他的目光，乖秀道："他刚刚带一个女人出去了，好像是去休息室了吧。"

喻延一怔，收回视线："……是吗?"

"嗯，看起来蛮急的。"乖秀压低声音道："那女的坐首桌，看起来也不是女主播……没准是易总的女朋友。"

"……"

喻延看了眼未收到回复的微信。

也是，他都这么拂易琛面子了，对方怎么还会回复他。

最近易琛对他太好，他有点得意忘形了。

刚刚首桌都坐了谁?

喻延想了半天，没能想起来。他当时的注意力全放在易琛身上了，看不到别的。

"乖秀！"一个男人捧着杯上来，"恭喜啊。还记得我说要把你喝趴吗？你该不会现在尿了吧？"

"我才不会尿。"乖秀笑了，"这就有现成的酒，来不来？"

"来！"那人侧目，"这是你说的那个新朋友？"

"对。"乖秀道，"小延，这是我朋友，LOL一个主播，我的手下败将……"

"你这人，怎么赢了还开讽刺？"那人哈哈一笑，看向喻延，"初次见面，喝一杯，以后都是朋友！"

喻延回过神来，把手机丢回口袋。

乖秀道："你等会。小延，你能喝酒吗？"

"能。"喻延抓起桌上的红酒，给自己倒了一小杯，跟那人碰了碰杯子，"初次见面。"

休息室里，生活助理满脸紧张，面前的男人浑身散发着不太友好的气场，她每一句都说得小心翼翼。

易琛问："之前他在的，也是吃鸡战队？"

"不是。"助理摇头，"……那时吃鸡还没出，是FPS（第一人称射击FPS游戏）类游戏。"

易琛嗯了声："继续。"

"当时国内的电竞业虽然正规了一些，但不算成熟。尤其是LOL、DOTA以外的游戏的战队，很多队员都很年轻。"助理道，"小延来的时候还小，给队里打了将近一年的比赛，拿了好多次冠军和MVP（最佳选手）。

"都是小比赛，奖金只有几千块甚至几百块，队伍里的人根本不够分，一整年的比赛……战队队员们没拿到一分钱工资。

"其他人都有怨言，走了好几个，小延却一直在，我偷偷问过他，他说知道经理他们也不容易，而且合同在，他也不是很担心。"助理道，"直到有一次，喻延家里好像出了什么事，急用钱。"

易琛拧眉，忍不住打断："什么事？"

"不知道，只说是亲人重病，要住院，找经理要工资……经理怎么可能给他。喻延实在没办法，拿出合同要对方兑现。"说到这，助理顿了顿，"……结果合同是有漏洞的。具体我也不清楚，总之就是，没有法律效力，告了也没用。喻延最后好像就拿了五百块钱，足足一年啊，每晚训练到半夜，跑东跑西打比赛，天天在吃泡面，最后只拿了五百块……就走了。"

她听见对面的人重重地吸了口气。

"然后呢？"

"后来我就不清楚了，没再见过他。"助理犹豫了下，"不过……我听跟他同校的队友说，他家里出了事，后面就……"

易琛不自觉捏紧了拳。

五百块能抵几天的医药费？

他当时那么小，还能去哪里凑钱？

许久，易琛颔首，起身："谢谢，打扰你了。"

"……不用谢。"女助理忙站起身来。

易琛转身离开，刚打开休息室的大门，他突然停下脚步。

再转过来时，眼底布满的阴霾和戾气转瞬即逝，女助理甚至怀疑是不是自己看错了。

但显然没有，男人的声音让人如同置身冰窖："你还记得那家俱乐部老板的名字，或是联系方式吗？"

喻延跟人碰了不知第几杯酒，眼底带了些茫然，呆呆地看着杯里的红酒。

乖秀见他这样，问："小延，你还行不行啊，不行别喝了……你脸都喝红了。"

喻延摇头："能喝。"

说完，他举杯，小口把酒喝光。

宴会上的酒显然比上次在酒吧喝的度数要低一些，他虽然是有些发热，但还很清醒。

"言小言？"

听见有人叫自己，喻延一回头，就看到了这次盛宴的负责人。

对方四处张望，表情为难："那个，平台和CN7的签约仪式马上就要开始了，但我们找不着易总了，他电话也没接……你知道他去哪儿了吗？"

"在休息室呢。"乖秀抢在喻延前说，刚说完，他一个挑眉，指向门口，"喏，回来了。"

喻延随着声音往门口望去，果然见到了易琛。

他身边还跟着一个女人，穿着粉色长裙，大半身子被挡住，只能看见身后的一头长发。

他们连身高都好般配啊。

喻延刚要收回视线,却发现易琛一个转身,竟朝他们这边走了过来。

负责人立刻迎上去:"易总,那个签约仪式……"

"我知道,马上来。"

易琛脚步不停,最后站在了喻延面前。

他皱眉,看着他手中的酒杯,又看到他两颊发红:"自己的酒量,自己不清楚吗?"

喻延说:"……清楚。我没喝醉。"

易琛还想说什么,见负责人在一旁都快哭了,他沉着脸,夺过喻延手上的酒杯,放到桌上。

"快结束了,在这儿等我,我送你回去。"

喻延难得没听他的话,最后也没等他。

几杯红酒下肚,身旁的人凑上来,说:"小延,这盛宴也差不多快结束了,我们不然先溜吧?最近直播坐得我腰酸背疼的,我们不然去按摩,再去酒吧怎么样?"

按摩?

喻延不太习惯被陌生人触碰,一直没去做过按摩,不过他最近确实觉得腰疼,主播这一行做得久了,腰上的毛病是在所难免。

他有些为难:"做了按摩,腰会舒服点吗?"

"当然,而且乖秀这次得了奖,说要请客呢。"那人撞了撞乖秀,"对吧?"

乖秀笑了:"请就请,一点小钱。"

于是易琛刚下台,就收到了一条信息。

小主播:不麻烦你送我了,我先回去了。

看到那头空荡荡的座位,易琛想也没想,拿起外套便往外走,手机直接拨了个语音过去。

许久,对面才接起来。

喻延:"……怎么了?"

听见那头吵吵嚷嚷的,易琛问:"你在哪儿?"

"我先走了,你没看见微信吗?"

"跟谁?去哪里?"

"跟其他主播。"因为喝了酒,喻延声音低低的,"去按摩,去酒吧。"

易琛气乐了。

他咬牙切齿地问:"你在哪儿?"

怎么又是这个问题?喻延都要怀疑自己是不是醉了。

易琛说:"说话。"

"在停车场,他们在等代驾。"

"你给我站好,不许跟他们走。"易琛道,"我现在过来。"

挂语音时,代驾刚好赶到。

乖秀上了车,见他还站着,催他:"小延,上车呀。"

喻延犹豫了下,说:"……你们先走吧。"

"那你呢?"

"易总好像有事找我。"喻延道,"到时我再坐他的车回去。"

"他不送女朋友吗?"乖秀问,"你要去当电灯泡啊?"

电灯泡?

……他一点都不想当电灯泡。

喻延脚刚准备上车,还没反应过来,就被身后的人拉住。

易琛声音很冷,因为走得太匆忙,还在微微喘气。

"我说的话是耳边风?"

乖秀一愣,道:"易总,就不麻烦你了,我们再送他回去吧。他有些醉了,好像也没法谈事情。"

易琛不轻不重地扫了他一眼,警告意味十足。

身后的人见了,忙把乖秀拖了回来:"既然有易总送……那小延我们就先走了啊!下回见!"

车子很快走远,喻延站在原地,只觉得莫名其妙。

不过事已至此,他只得闷闷地问:"找我什么事?"

易琛把他带去了休息室。

一杯水被递到他面前。

"喝了。"

喻延接过来,喝了一口。

易琛的眉头终于松懈下来,他问:"为什么不等我?"

喻延眼神乱飘,道:"不想麻烦你。"

易琛说：“说实话。”

"……"喻延说，"我没那么不识趣，不想当电灯泡。"

易琛问："谁的电灯泡？"

"你和你女朋友的。"

易琛一时间无语："我女朋友是谁？我怎么不知道？"

喻延顿了顿："刚刚你身边那个。"

"那个不是女朋友。"

喻延刚要说什么，易琛忽然道："对不起，我不该带你见李飞。"

第22章

他们的交谈被负责清洁的工作人员打断,易琛松开手,道:"先回我车里。"

上了车,喻延突然觉得口干舌燥,他问:"车上有水吗?"

刚问完,窗户忽然被驾驶座上的人拉上,一杯矿泉水被递了过来。喻延赶紧接过。

到了红灯,易琛停下,侧目问:"怎么不喝?"

喻延双手握着水,听见这问题愣了愣:"……又不渴了。"

半晌,喻延小心地问了一句:"你在生气吗?"

"嗯。"易琛语气淡淡,"小小年纪,还学会和别人一起鬼混了?"

喻延解释道:"他们说先去按摩,我才答应去的。"

"那个……"易琛想了一下措辞,最后干脆道,"不准去。"

喻延不明所以,不过还是乖乖地说:"好。"

到达目的地,喻延下了车,听见易琛跟他告别,脱口而出:"你要不要上去坐坐?"

易琛挑眉,没回答。

就在喻延以为他没听清时,他才慢悠悠道:"不上了。"

身后的车因为等久了,没耐心地按了两声喇叭。

喻延赶紧退后一步,朝他挥手:"小心开车。"

喻延回房间先洗了个澡,直到看到地上大敞着的行李箱……他才惊觉自己似乎忘了什么。

他一激灵,赶紧拿出手机拨了个电话。嘟嘟声响了五十来秒才被接起。

"小延。"卢修和的声音听起来特别紧张，"什么事啊？"

"我已经在酒店了。"喻延道，"对不起，我喝多把你忘了，你在哪儿？"

半晌，才听见卢修和说："……我也喝多了，已经走了。"

两人沉默片刻。

喻延刚想说什么，就听见那边传来一道陌生的男声："谁？刚刚要到的电话？"

"你别胡说……"卢修和的声音像是要哭了，"就算是，也跟你没关系啊！哎，等等，你等等我在打电话……小延，我这儿还有点事。"

喻延听出不对，问："你在哪儿？身边有人吗？没事吧？"

"有事……没事，我没事，旁边是我朋友。"

卢修和性格比较开朗，认识的朋友多，喻延问："那你什么时候回来？"

"马上，我马上回去。"卢修和道，"我这儿还有事，一会回去了跟你说。"

对方匆匆挂了电话，喻延盯着手机，总觉得怪怪的。

不过卢修和一个大男人，他也不是特别担心，算了算时间，易琛应该还没回到家，他坐到沙发上，随手开了微博。

因为平时消息和评论都比较多，他把微博通知都关了，这会儿点进去才发现底下的消息提示居然有999条。

他原以为是官方发了直播微博并提到了他的微博，网友们转发之后才有这么多条消息，没想到点进去一看——

【我喜欢的博主全都发财：今天看到群聊里有朋友在说什么年度盛宴，闲着无聊就点了进去。

先声明……我本人不关注任何主播。我就想问问，yanxyan旁边的男人是谁？】

男人稍稍垂头，从照片里的角度看去，高挺的鼻梁十分显眼。

他明明记得……易琛过来的时候，摄像头已经挪开了啊？

喻延保存下这张动图，往下一看。

有7000条评论，4000条转发，1.3万个点赞。

【啊啊啊啊啊！主持人其实介绍过站着的那位，不过直播的时候消！音！了！这是什么魔鬼操作！这两人都好好看啊。】

【小延动态绝了，确定这是主播大赛不是模样选拔？另给大家推荐yanxyan，请点击他的直播间，长相如图，技术顶尖，待人礼貌，立刻关注，您买不了吃亏，买不了上当！】

喻延正心情复杂地看着评论，手机屏幕一闪，一个陌生电话打了进来。

喻延接起："喂？"

"小延，你到家了吗？"居然是乖秀。

"刚到酒店，怎么了？"

"没事，那就好。"乖秀笑道，"我看易总好像不太开心，怕他为难你。"

"他没有为难我。"喻延皱眉，道，"他人很好。"

乖秀点头："这样，那就好……"

一阵门铃声响起，喻延起身往猫眼那儿看，是卢修和回来了。

他一看到喻延，就觉得心里实在是苦，张嘴就是："小延，老子这辈子再也不网恋了！"

"……"

乖秀："什么声音？"

"我朋友回来了，我先挂了。"说完，喻延直接挂了电话，问面前的人，"怎么了？你这外套是谁的？"

这话直接戳到了卢修和的伤心处："一个死骗子的！"

"……"

第23章

喻延侧身道："你先进来吧。"

卢修和进了屋，赶紧开了瓶矿泉水，咕噜咕噜喝了一大口。

喻延问："那你之前的外套呢？"

他们的礼服是租来的，如果损坏或遗失了，得赔钱。倒不是赔不起，就是没必要浪费这笔钱。

卢修和捶胸顿足，"我忘了拿回来了。"

"落哪儿了？"

落那死骗子车上了！

卢修和越想越气，他又不可能把气撒到喻延身上，于是他嗖地脱掉外套，狠狠往地上一丢。

外套领子上的牌子LOGO露了出来，卢修和不经意一看，还是大牌子衣服。于是他撒气般地让衣服在地上躺了两分钟，又默默地捡回来了。

喻延看他这阵势，哪像是见朋友，更像是跟仇人打了一架。

手机叮了一声，某个行程app给他弹了个推送，提醒他明天的起飞计划。

也是看到了这个推送，他才想起自己明天就要回去了。

"小延，我觉得我实在是太蠢了。"卢修和用五分钟平复了下心情。

结果发现根本平复不了，他这怕是得缓上半辈子。

喻延正准备给易深发信息，见卢修和好一些了，他只能先发个表情包过去，然后问："怎么了？对了……我明早的飞机回去，你要一起回去吗？"

"回。"卢修和生无可恋地瘫倒在沙发上，"我这辈子都不要来晋城了，这座充满谎言的城市，我一刻也待不下去。小延不然你改签吧，我们今晚就走，走得远远的。"

喻延拒绝得非常快，"我不。"

卢修和："行吧……我就随口说说，我也不舍得花钱改签。"

喻延满脸疑惑："可是你来这边，不就是为了见你女朋友吗？人还没见到就要回去了？"

卢修和木着脸："见了。"

"？"喻延这才想起来，他刚刚进屋的时候，好像在念叨什么网恋之类的字眼，"什么时候见的？"

"刚刚。"

"……你说的那个朋友，难道就是？"

"嗯。"

见卢修和一脸死寂，喻延犹豫片刻，问："她长得不合你心意吗？"

这要怎么答？

卢修和想了半天，实诚道："不是，长得……超出了我的期望。"

见面是一道坎，跨过这道坎的情侣不多，见光死是常事，但听卢修和这么说，明显对女方的长相很满意。

两人的性格，在平时相处中应该也好好磨合过了，不太会出现第一次见面就争吵的情况。

喻延没明白："那不是挺好的。"

"问题是……"卢修和表情复杂，"是……"

一般人听到他这么个表述，估计得急死。

偏在这时，喻延手机亮了。

1：刚到，小傻送回来了。

喻延就这么握着手机坐到一边，听卢修和"是"了半天。

喻延：那你上了班，谁照顾它？

1：阿姨会喂。

喻延安慰他："没事的，天涯何处无芳草。"

"对。"卢修和拿起手机，"你说得很有道理，我之前拿到了好几个女主播的微信号，我这就去跟她们联络联络感情。"

易琛回到家时，发现家里灯全开着，外面还停着一辆黑色轿车。

他停好车下来，轿车驾驶座车窗落下。在驾驶座上等候的司机朝他打招呼："易先生，您回来了，快进去吧，易夫人在里面等您很久了。"

易琛嗯了声："辛苦。"

进了屋，易母就坐在沙发上，正抚摸着猫。

"你回来了。"易母放下猫，快步上前，柳眉轻蹙，"我不是说了，你的伤刚好，不用这么急着上班，公司没你几个月也不会垮。"

"年终，我不在不行，"易琛捞起猫，揉了两下，"你怎么过来了？"

"我来看看你，还给你熬了汤……"易母说完，察觉出不对。

她那一向不苟言笑的儿子，今晚看上去竟然温和了许多。

她意外道："怎么了，发生了什么好事？"

易琛一边手托着猫，另一边拿出手机，没有否认："是有件好事。"

"说来妈妈听听？"

看到对方回的一大串"啊啊啊"和"我一会跟你说"，易琛笑了声，把猫放回沙发上："还不行。汤在哪儿？"

易母立刻被带偏了重点，她走回厨房，端出一碗热汤。

"怕凉了，我放在保温盒里。"

等易琛喝了几口汤，易母才把今天来的目的说出来。

"小琛，过两天国外有一个大型画展，连办一周，你爸他已经订好票了。"易母顿了顿，"十二月初，那边刚好还有一场芭蕾比赛，主办方邀请我去做评委。"

易琛点头："去吧。"

"那你一个人可以吗？"易母道，"其实我这次来，是想问你……要不要跟我们一块去休息一下？公司这边让你大伯帮忙看着，你看你之前的伤都没恢复好，实在不适合高强度工作，你知道的，我跟你爸对物质方面要求不高，我们知道你也是……"

"我不是小孩子了。"易琛放下勺子，打断她，"你们玩得开心。"

易母想说的又被堵了回去。

半晌，她重重地叹了声气："好吧。"

送走母亲后，易琛关上门，熟悉的疲惫感又涌现出来。

这种感觉才刚冒了个头，手机便响了，之前易母在的时候也连响了好几声，因为在跟易母谈话，他还没来得及看。

小主播：对不起，我刚刚去处理了一些事。

小主播：你在忙吗？

易琛走到客厅，把猫抱在怀里，直接给喻延弹了个视频。

响了十来秒才被接起，那边黑乎乎的，只听见喻延道："等会……"

然后是一道关门声，灯被打开，从屏幕上只能看到喻延的紫红领带。

喻延走到阳台，终于忍不住了。

"易琛……"他忍笑忍得十分痛苦，这会终于笑了出来，"我朋友好像被气出问题来了。"

虽然不知道发生了什么事，但见他笑得这么开心，易琛也不自觉扬了扬嘴角："怎么了？"

喻延把事情跟他说了一遍。

"然后刚刚他的朋友打电话过来……说他偷东西。他们现在还在电话对骂。"说完，喻延摇摇头，"不是，好像是卢修和在单方面骂人家。"

"……"

易琛表情逐渐凝重，小傻的猫毛已经被他反向摸成了狮子王。

第24章

这被喻延看见了,忍不住道:"你别这么折腾小傻。"

易琛一顿,换回原来的方向,继续揉:"你可以改签,多玩一段时间再回去。我还没带你去爬山。"

喻延失笑:"你为什么还惦记着那个?"

"上次你给我求了符。"易琛道,"这次算是感谢你。"

喻延问:"可你最近不是很忙吗?"

"周末会好一点。"易琛把猫举起来,"不想摸摸它?"

"想……"

喻延险些就要脱口答应了,就在这时,一个电话打了进来,微信视频立刻被切断。

是喻闵洋打来的:"小延?睡了吗?"

喻延把手机拿到耳边:"没有……有事吗?叔叔。"

喻闵洋问:"你明天回来吧?是几点的飞机?叔叔去接你。"

喻延忙道:"不用,不麻烦您了。"

喻闵洋:"不麻烦,接你怎么会麻烦?"

喻延刚想说自己可能会改签,就听喻闵洋继续道:"明天刚好是你婶婶生日,她年纪大了,生日也没什么好过的,明天我接了你,你来家里顺便吃顿饭吧,就当是给她过生日了。她知道你要回来,还特地托人去外省买了几瓶什么……秘制辣椒酱,你明天可得好好尝尝。"

喻延闻言一愣。

"喂?小延,听见了吗?"喻闵洋听见了风的声音,却没听见回答,犹豫了下,说，"你要没空也没关系，生日嘛，一年一回，没什么大不了的。"

"啊，我在。"喻延回神，半晌，点头道，"……好，那麻烦您来接我了，飞机是下午一点左右到。"

喻闵洋笑了："好，明天见，我一会去买瓶好酒，我们明天一起喝。"

挂了电话，喻延赶紧给易琛拨了回去。

他抿唇，把生日的事情说了一遍。

原以为对方会说什么，没想易琛一点头，干脆道："我明天送你去机场。"

喻延道："不麻烦你了，我和卢修和打辆的士去就行。"

易琛语气不容置喙："要给你带早餐吗？"

"……不用。"喻延道，"我们早点出门，我请你去吃广式早茶好吗？或者请你吃别的？"

易琛嗯了声："都行。"

喻延还是没忍住，聊了一会，问："你没生气吧。"

易琛把猫放到桌上，往后一靠。

"不生气。"他道。

"叔叔一家都对我很好，我不太好拒绝。"喻延说，"而且你最近这么忙，我留下来也是添乱，周末留着好好休息吧。等你忙完了……我再来找你玩。"

易琛笑了声："好。"

刚挂视频，就听见卢修和在外面敲了两下门，因为刚吵完架，他嗓门的音量还没收回来："小延，你洗完澡没？我进去把大衣丢洗衣机里。"

喻延打开门，看了眼他手中的名牌外套。

"这个好像不能直接放进洗衣机吧？"

"那怎么办？"

"送去干洗店？"

卢修和啧了声，挠挠后脑勺："真麻烦。算了，寄过去。"

喻延问："你知道地址？"

卢修和脸瞬间黑了。

他当然不知道，他要是知道，哪还会那么傻在酒店等这么久。

他道："……我再想想办法吧。对了，我现在预约明早的送机服务，省得明天一大早不好拦车。"

"不用。"喻延叫住他，"……明天有人送我们。"

"真的假的，谁啊？"卢修和问："团团？"

团团昨天还来跟他打了招呼的。

"不是。你起早一点吧，我们吃完早餐再去机场。"

主播活动，喻延认识几个能送机的朋友实在太正常了，卢修和没细想，点头："好。"

次日大早，喻延手机闹钟响起的同时，收到了一条微信消息。

喻延把头埋在枕头里，想再赖十分钟，没打算去看手机，这么早就给他发信息的，只有可能是奇怪讨论组的信息。

十分钟后，他从被窝出来，拿出手机正打算关掉重新响起的闹铃，看清手机上的内容后，睡意霎时间消失得无影无踪。

1：我在酒店楼下，房间号是多少？

易琛悠闲地坐在贵宾厅，手中拿着本杂志，漫不经心地翻着。

十来分钟后，一阵动静响起，贵宾室的门被推开，一个小脑袋探了进来。

"对不起。"男生头发还没顾上整理，几根头发翘在半空，一脸慌张，真诚地道歉，"……我睡懒觉了。"

喻延当然没睡懒觉，是易琛早到了，他有早起的习惯，还专程晨跑了才过来，没想到还是早了些。

卢修和现在一点也不困，他把行李箱放到了车子后车厢，然后坐到了后座上，如果有人肯看他一眼，就会发现他现在正处于一脸蒙的状态。

他也是参加了盛宴的人，自然知道驾驶座上的人是谁。

……小延已经这么牛了吗？已经是能请动大老板来接送机的牛人了？他沉迷在虚假网恋中时到底发生了多少他不知道的事。

在早餐接近尾声时，易大老板终于发现，这餐桌上还有第三个人的存在："你和小延认识很久了？"

"对，我叫卢修和，你好你好。"

易琛点头："我知道。"

"啊？"卢修和说，"你知道？"

易琛"嗯"了一声："我们不是一起玩过游戏吗？"

"玩游戏？你是不是认错了……"卢修和刚要笑着否认，话说到一半，突然一僵。

等等。

这么一说，这声音怪耳熟的啊?

半晌，卢修和夹着的包子瞬间掉落，掉在了地板上。

到了机场，喻延办登机牌时，发现自己的机票又是头等舱的。

来得比较晚，刚拿到机票就得过安检。卢修和自从知道易琛就是1后，整个人都激动起来了，叽叽喳喳说了一路都没消停。

到了安检口，易琛停下脚步："去吧，落地给我打电话。"

"嗯。"喻延看了眼时间，"已经这个点了，你上班会不会迟到?"

"我没有上班时间。"

喻延点头，跟他道别后，转身走了几步。

最终还是没忍住，回头看了一眼。

男人穿着一身西装，仍站在原地看着他，见他回头，易琛先是一怔，然后抬手，朝他挥了挥。

第25章

上了飞机，喻延把安全带扣好，趁其他乘客还在登机，他拿出手机，想给易琛发条信息。

"小延。都要起飞了，还玩手机呢。"卢修和压低声音，笑眯眯的，"我还是第一回坐头等舱，好紧张，有没有什么需要注意的？"

他的机票被易琛升到了头等舱。

"没有，跟经济舱差不多。"

"哦，我得再发个消息感谢一下易总。"卢修和道，"易总也太大方了吧，我……"

话说到一半，卢修和突然闭嘴了。

身边安静下来，喻延疑惑地转过头，发现卢修和的视线正落在他们隔壁的位置上，眼珠子瞪得特别大。

喻延随着看去，过道的另一边不知什么时候坐了个乘客，戴着帽子、口罩和墨镜，全身上下包裹得严严实实，连一根头发丝都看不见。

"怎么了？"喻延问。

"我真是见鬼了。"卢修和起身，"小延，我们换个位置行不行？"

喻延哦了声，才换过来，旁边那个陌生乘客忽然也跟着起身。

"你好。"他戴着口罩，声音闷闷的，"我能跟你换个位置吗？我可以加钱。"

喻延还没明白，卢修和就先嚷了。

"换什么，我们不换，你是跟屁虫吗？！"

那男人笑了声："怎么，这飞机是你家的，别人不许坐？"

"许啊，那你坐啊，好好的换什么位置？"卢修和道。

卢修和音量不小，过路的乘客都忍不住看了他们几眼。

"不好意思，我不换位置。"这两人之间的气氛不对，喻延拒绝。

他原本还想说什么，手机振了一下，他心思立刻就不在这两人那儿了。

喻延：我已经在飞机上了。

1：我知道，看见航班动态了。

喻延：你还在机场？

1：嗯。

喻延先是发了几个感叹号过去。

喻延：快回去吧，我马上起飞了，落地了再联系你。

发完这条消息，空姐已经察觉了这边的争吵。

"先生十分不好意思，我们的飞机马上就要起飞了，能麻烦您坐回原本的位置并系好安全带吗？"

那男人扯下口罩，抿着唇，虽然墨镜还在脸上挂着，但喻延总觉得这人似乎是在生气。

半晌，他转身，坐回了原来的位置上。

吱啦一声，空姐已经开始播报飞行注意事项。

喻延匆忙发一句道别的话，然后关上了手机。

易琛已经成了航班动态栏前面的一道风景。

他停留在这里许久，视线在航班动态和手机之间不断游移。

易琛从来没这么送过机，父母出行鲜少会知会他，经常落地几天之后他才知晓；那些重要的合作伙伴，他也只是送到安检口便直接离开。

直到一直注视着的航班状态变成已起飞，他才收起手机，转身大步离开机场。

整个飞行时间，喻延都在睡觉，落地了也不知晓，最后还是卢修和把他叫醒的。

"小延，我先下机了，我赶着回家……你到家了跟我说一声啊。"

喻延迷迷糊糊地扯下眼罩，因为被困意笼罩着，又不习惯机舱里的亮度，他看东西都像是被覆上一层薄纱，看不清晰。只隐约中似乎看到卢修和身边还站着个人。

他闭眼，胡乱点头："好。"

喻延一下飞机就看到了在接机口等着的喻闵洋。

"怎么样，晋城好玩吗？"上了车，喻闵洋笑着问。

转头一看，发现喻延正握着手机在打字。

"挺好玩的。"

喻闵洋收回视线，道："那就好。"

婶婶做了一桌好菜，喻延刚进屋就从行李箱里拿出一个礼品盒，是他在免税店买的包包，里面还有许多晋城的特产。

婶婶受宠若惊地收下，脸上的笑容掩都掩不住，倒不是高兴收到这一个包包，只是喻延平日跟他们都不怎么亲，这次旅游却还惦记着他们，这点着实令她高兴。

喻延答应了观众下午四点开播，这顿午饭吃完，他便起身告了别。

"小延，你等等，让你叔叔送你回去。"婶婶从厨房里拿出早早备下的黑色袋子，"这酱我买了好多盒，你带一些回去，平时吃面吃饭，都能拌着吃。"

喻延摆手："不用……"

"拿着吧。为了送你，他没喝酒。你行李这么多，我们总不会让你坐地铁公交，多麻烦，而且你不是还要赶回去工作吗？"

喻闵洋二话不说，提起他的行李就装进了后备厢。

喻延也只得顺从地坐上去。

回到家，喻延刚好收到易琛说要开会的消息。

他回了个点头的表情包后，匆匆把身上的厚重衣服换掉，毕竟满阳现在还是将近三十度的高温。然后打开电脑，在四点之前开启了直播。

直播一开，弹幕就开始刷屏了。

在盛宴结束之后，他的直播间粉丝数量便不断地在上升，短短一天，就已经涨了六万粉丝。

这也足以证明星空 TV 的流量实在是惊人。

【啊啊啊延延这背景，是到家了吗？】

【结果到最后，我还是没看见 1 长什么样……】

【延延！盛宴上那人是谁？你快告诉我！我昨晚为了他失眠到深夜啊！】

"你们说哪个？"喻延生疏地撒着谎，"我不记得了。"

【我就知道今天会有人来发这个东西。我说这些个妹妹能不能排队站站，先来后到不行？】

两条弹幕一出，下面立刻分成两大派开始你争我吵，只剩下夹在中间瑟瑟发抖的技术粉还蒙着。

【我没走错直播间吧？这不是吃鸡直播吗？】

喻延也没想到会爆发这样的争吵，房管劝阻几次无果后，他终于忍不住了。

"以后大家别在直播间发视频链接了，平台规定是不能发外网链接的。"喻延道，"再发的，也就只能封了。希望大家和谐发言，开开心心看游戏。"

刚说完，水友们果然听他的话，不发了。

只是……

"？"

喻延抬手，把发问号的人封了。

【主页有视频链接：点击即刻收获今日快乐。】

【视频链接关注我：点击即刻收获今日快乐。】

"……"

喻延自暴自弃，放弃封禁，打开了游戏："打两把单排。"

刚进游戏，他就觉得不太对。

吃鸡今早突然新增了一个很大的更新包。这倒没什么，不提前通知就突然维护的事情蓝洞已经不是第一次做了。

但他的电脑莫名在更新界面卡了好几分钟进度条才开始动。

等了近半小时，终于维护完毕。

喻延打开游戏，不断卡顿的画面告诉他——很遗憾，在他离开的这几天里，电脑性能再次后退了不少。

一局游戏结束，喻延实在是忍不住了："实在抱歉，我电脑好像带不动吃鸡了。今天先玩别的游戏吧，明天我就去买一台新电脑，真的很抱歉。"

这话才刚说完，喻延的手机突然响了一声。

乖秀：你电脑坏了？来玩 LOL 吗？电脑绝对带得动。我这儿四个人，刚好缺一个人。

乖秀：放心，都是你认识的，那天来找我们敬酒的那几个都在。

乖秀是 LOL 区热门第一的主播，热度随随便便上七位数的那种。

如果能在乖秀的直播里露个脸，涨粉就是一瞬间的事，但因为是大主播，乖秀在找游戏伙伴的时候便更加要格外小心。

喻延跟他怎么说也就是一面之缘，乖秀怎么会突然跑来邀请他？

但比起这个，让喻延更觉得意外的是。

喻延：……你怎么知道我电脑坏了？

第 26 章

乖秀：这不是重点，来吗？

喻延犹豫片刻，还是拒绝了。

他觉得，人气慢慢播就可以积累上去，没必要用这种方式。

喻延：我 LOL 挺菜的，就不去坑你们了。

发完这句，他打开 LOL，刚进入更新包，手机又响了。

原以为是乖秀，没想到是卢修和发了条信息来。

你卢大爷：小延，我要回归吃鸡了，现在搞起来。

喻延：我电脑出问题了，现在不玩吃鸡，LOL 你来吗？

你卢大爷：？

你卢大爷：那是个充满悲伤和悔恨的地方。

你卢大爷：昨晚，我曾在心里暗暗发誓，再也不踏入召唤师峡谷这块伤心地。

喻延：好。

你卢大爷：LOL 哪个区？

喻延：……

喻延：艾欧尼亚。

喻延进入游戏主页，等了半天都没见卢修和上线，水友们已经在底下催了许久，喻延干脆拨了个微信电话过去。

卢修和马上接了。

"咋了？"

"你还没上吗？"

"我上了啊，我都上大半天了，你倒是拉我呀。"

喻延在自己在线好友列表里翻了一遍。

"没找到。"他顿了顿，疑惑道，"你把我删了吗？"

"没……"卢修和突然想起什么，先是沉默，然后才道，"我改名字了。"

半分钟后，"钢铁直男卢呵呵"进入了房间。

喻延："……"

因为技术退步了不少，喻延先开了把匹配练手。

从哪里跌倒就从哪儿爬起来，加上玩的是匹配，不怕掉分，游戏一开始他就秒选了一个劫（游戏角色）。

"你怎么又玩这个？"卢修和对上次喻延的操作还心有余悸，"你不是还会AD吗，为什么非要玩中单？"

"想玩单路。"喻延道。

"行吧。"

好在对面的中单似乎在练英雄，也不怎么会玩，选出了光辉（游戏角色），喻延看了下对方的场次，3场，胜率0%。

第四次单杀光辉后，对面说话了。

【小山泉有点甜（光辉女郎）：我们和平点可以吗小哥哥？】

这时，弹幕飘过一段感慨——

【主播这是什么运气，打吃鸡天天遇妹子就算了，难得玩一回LOL吧，又遇到妹子！】

喻延边买装备边问："你们怎么知道她是妹子？"

【在你们游戏开始的第五秒，我就已经掌握了她所有信息，妹子，爱打辅助，最擅长奶妈和璐璐（游戏角色），有一个长期双排的ADC，从名字上看应该是一对情侣，男方是王者段位。主播没戏，大家别害怕。】

"？"喻延惊了，非常真心实意地赞叹，"牛。"

【小山泉有点甜（光辉女郎）：你杀我算什么本事啊？看到我们600赏金的上单了吗？你杀我能得到什么快乐吗？】

光辉因为死的次数太多，现在人头的赏金只有一百多。

女生说这话也并不是真想问喻延快不快乐，只是单纯地玩得郁闷了，想通过全屏互动把火力引去自家上单那儿。

【菜是我的错吗：很快乐，谢谢你让我重拾自信。】

【小山泉有点甜：？】

游戏进行到 24 分钟，在光辉死到第十次时，对方终于选择投降。

【主播，刷 2000 礼物可以带水友吗？】

看到这条弹幕，喻延忙说："LOL 不带水友。"

他这么菜，可不能让水友们花两千块钱上他这辆小破自行车。

说话间，他们迅速切进了第二场游戏。

一进去就看到一行小字。

【小山泉有点甜进入了房间。】

这时，喻延的英雄联盟助手随机发出了一条游戏提示，ID 显示在了聊天框里。

【小山泉有点甜：是你？走，我们一块走下路，让我报上把的仇。】

右下角还弹出了小山泉的好友申请。

【妹子再次请求互动？】

【刚刚那个说主播没希望的人站出来，这好友申请都发过来了！】

喻延刚要打字说什么，手机突然叮了一声，他下意识看了一眼。

1：我到家了。

喻延：吃饭了吗？

1：带回来吃。在打游戏？还有位置吗？

小山泉没得到回应，默默地没说话，但手上已经选出了一个璐璐。

水友们正在讨论喻延会拿什么 AD，突然见主播抬眼，手一抬，快速把这局游戏给退了。

无视掉弹幕里的问号，喻延继续打字。

喻延：你有空了？

1：嗯，今天的会议开得很顺利。

喻延：可我今天电脑又出问题了，玩不了吃鸡，打算明天再去买一台新的……

易琛想起那台被退回来的电脑，思量再三，还是没有开口。

他知道喻延不会收，也就没必要再提起，浪费时间。

1：那你现在在播什么？

喻延：LOL，你来吗？

1：来。

看到这个字，喻延背脊都不自觉挺直了几分。

"小延，怎么了？开啊。"卢修和催他。

"马上。"喻延道："有人要来。"

"哦，谁啊？"

【我倒要看看是谁值得你扔下刚刚那个小山泉！】

【前面的这么说就没意思了啊，大家都是开玩笑的。】

不到五分钟，一个名为"不是你的错"的玩家迅速进入房间。

大家起初还没反应过来，直到该玩家用LOL内置语音，淡淡地喂了一声后，瞬间就明白了。

【小山泉算什么？】

"听得见吗？"易琛用指尖碰了碰嘴前的麦克风。

喻延说："听得见。你麦之前出问题了吗？"

"没有。"易琛道，"我用的新电脑，不习惯。"

喻延一愣："新电脑？"

"电脑房这台。"那边传来一阵窸窣声，紧跟着就听见易琛问，"你怎么把椅子调得这么高？你这个身高，看屏幕不得低头？坐久了颈椎迟早出问题。"

【？】

【前几天出现在小延身边的果然是1啊啊啊！】

喻延下意识把椅子调低："我习惯了，坐得太低了，压枪不舒服。"

那边突然陷入沉默。

半晌，喻延问："易……1，你好了吗？好了我就开游戏。"

"好了。"

第27章

说完,他打开桌面上的星空TV,带着大马车特效进了直播间。

右下角的人看见了,先是眼底微亮,紧接着一脸不自然地打招呼:"欢迎1来到直播间。那我开游戏了?"

话音刚落,头顶突然闪出一条信息来。

【小仙女要抱抱送出了一场流星雨。】

【小仙女要抱抱:2000礼物刷了,上车。】

大家皆是一愣。

"不好意思,今天打别的游戏,不带水友。"喻延也愣住了,这名字他认得,不就是卢修和口中的骗子吗?"礼物可以保留到下次上车,或者退一半礼物也可以。"

小仙女一出现,就被不少水友认出来了。

【这不是主播朋友的女朋友吗?就这关系,上车还需要排队?】

卢修和一声不吭,在QQ里拼命地呼喊。

你卢大爷:救命!救命啊!

喻延犹豫了一下,昧着良心道:"可能是同名吧……"

【小仙女要抱抱:不是同名。我已经上号了,ID没变,拉我。】

"……"

喻延看着卢修和疯狂给他刷屏救助,刚想装没看见弹幕。

谁知道嗖的一声,他们的车队突然多出一个人。

小仙女要抱抱。

易琛干脆利落地把人拉进游戏,问:"开?"

"开。"

喻延:"哦……好。"

进了游戏后,易琛选了个奶妈,专门给队友加血。

路人玩家则是选了个上单,还剩下中下野三个位置。

小仙女选出一个剑魔(游戏角色):"中野联动?"

卢修和不应,跟喻延打起商量来:"小延我去跟1打下路,你打野吧……"

话刚说完,就见喻延火速选出小炮(游戏角色)并锁定,然后装傻:"你说什么?"

"……"卢修和默默摸出盲僧,"没什么。"

游戏开始,帮卢修和打完野怪,两人就上了线。

喻延给他解释:"你会玩奶妈吗?主按W键,W是治疗……"

易琛道:"我会,看了技能,挺简单。"

七分钟,卢修和来到下路抓人。

盲僧技能打出来,二段跳到了敌人身边,打出了大爆发伤害。

与此同时,也被对方抓着一顿乱捶,喻延紧跟而上,把对面辅助的人头给收了。

对方AD见跑不掉,果断决定反打,所有技能丢在卢修和身上,卢修和瞬间变成了残血。

卢修和尖叫:"加血,给我加血易老板!"

话音刚落,只听一道特效声,旁边还有六百血的小炮身上一亮,又多了一百点血量。

奶妈的治疗给到了喻延身上。

而卢修和被对方AD杀死。

"不好意思。"易琛开麦,"下意识点了他,给错了。"

喻延喜提两个人头:"没关系,走,我们回家。"

卢修和:"?"

十二分钟,卢修和去了上路,被对方中野一波反蹲,再次免费回城。

十五分钟,卢修和不死心,又去了下路。

他一顿操作猛如虎后,被对方禁锢在原地,眼睁睁看着自己队友追对方下路两个血量不够的人。

但喻延只是追在他们身后,碰也不碰敌人一下。

果然是好兄弟,还知道给他留人头,卢修和感动地想。

喻延把两人打至丝血，卢修和禁锢解除，闪现上来的同时，喻延道："1，丢个技能。"

奶妈十分听话地一个技能丢下去，双杀。

卢修和带着两个助攻，含泪离开。

或许这就是老板给他升舱的代价吧。

【……怎么说呢。1老板真是个狠人，我玩奶妈的时候看到残血，都是下意识丢奶的，收都收不住。而他却可以直接无视掉濒死队友，真正做到了我的眼里只有AD，在下佩服。】

【你确定他做到的是眼里只有AD？小延这把还好玩的是下路，要是玩别的，恐怕队内AD15分钟里都见不到奶妈。】

这时，一直闷不作声的小仙女干脆利落地反杀来抓他的敌方上单，说的话虽动听，语气带了些似有若无的嘲讽："你来中路，我人头都给你。"

卢修和："你……"

"你……说话怎么就这么动听呢。"知道这人故意让自己出糗，卢修和拐了个大弯，咬牙切齿地笑道，"我这不就来了。"

"嗯。"小仙女淡淡道，"说话好听点。"

卢修和："……"

卢修和去抓中路的时候，对方打野摸到了下路，从后方绕上来，因为易琛的失误，对方打了他们一个猝不及防。

好在两人位置靠后，眼见就要残血逃脱，敌方卢锡安（游戏角色）突然开启了大招，无数子弹打在了易琛身上。

只听砰的一声，原本已成功逃脱的小炮突然回头一跳，落在奶妈身后，挡下了最后那几发致命子弹。

喻延屏幕立刻变灰，确定奶妈顺利逃离后，他一脸平静地打开商店，给自己出了把大剑。

【常年打辅助的人实在看不下去了，我只想说，这种ADC，来一个我爱上一个。】

【AD换辅助？很亏啊。】

"不亏。"喻延道："奶妈刚拿了两个人头，赏金400。"

看着躺在地上的小炮，易琛问："充多少钱……攒什么装备，我才能变强？"

喻延不常打辅助，他想了想，说出两个装备的名字："香炉，救赎？"

155

易琛打开商店，在众多装备中找出喻延说的那两种，然后看着购买所需的金币数量，说："我钱不够。"

喻延道："没事，一会再拿点助攻人头就够了。"

易琛问："能不能充钱买？"

喻延："？"

易琛又问："装备格子也很少，能花钱增加格子吗？"

喻延："……"

易琛说："我找不到充钱通道。"

【？】

【算我求求你闭嘴吧，这些话可不能乱说，万一被拳头公司听见了呢？】

【所以我思路没有打开不是没有道理的……】

"不能充钱买，只能用当局游戏的金币才可以。"水友们都以为易琛是在开玩笑，只有喻延知道他是认真的。

想到男人一本正经地问出这些问题的模样，喻延忍着笑，"LOL 和吃鸡，充钱都只能买皮肤和类似改名卡的小道具。"

易琛闻言，不悦地嗯了声，皱着眉头购买了香炉底下的小装备。

现在的游戏制作公司都是怎么了？

他记得几年前，易冉沉迷过一款回合制网游，玩的方式就特别简单粗暴——花钱。

第28章

喻延当晚列出了一个电脑配件单,第二天起了大早去买配件。

卢修和家附近的店是卢父熟识的人,宰人的力道也会小一点,喻延刚下车就见卢修和拎着两份炒河粉在车站朝他挥手。

"来,早餐。"卢修和道,"你来得也太早了吧,我这都起不来。"

"都让你不用来陪我了。"喻延看着他眼底的黑眼圈,"昨晚你不是十一点就跟我说去睡了吗?"

想起昨晚的争吵,卢修和只觉得太阳穴突突地疼。

这都什么破事儿啊。

"那哪是一躺到床上就能睡着的,我磨蹭了大半会呢。行了,也不是很困,走吧,配机子去。"

有了配件列表,买起东西来特别快,店里没有的,老板就去别的店拿过来,没两下机子就配好了。

喻延当场试了一下,因为是新的,跟易琛家里那台的反应速度甚至不分伯仲。

没有哪个玩家不喜欢高性能设备的,就仿佛是上战场要拿的枪,更何况这还是喻延的赚钱工具,一天时间里大半天都跟着这台东西做伴。

所以主机真正拿到手的时候,他特别高兴,打了一辆出租车,道别之前还买了点东西送卢修和。

他坐上车,忍不住给易琛发信息。

喻延:我主机配好了。

五分钟后,一个语音通话弹了过来。

喻延一愣,忙接起来。

"到家了吗?"易琛那头有些吵。

"还没,在车上。"喻延问:"你在哪儿呢?"

"机场。"

"要去哪儿?"

"出差。"易琛道:"三天。"

喻延将车窗降下:"……怎么这么突然?"

"临时决定的,去那边视察,不是什么大事。"易琛把机票递给柜台工作人员,"这几天可能没办法上网。"

"没事。"喻延道,"你登机了?"

"还早……"易琛抬眼,给身后的人示意,让他们先过安检,自己打完这通电话再去。

助理忙道:"我等您。"

易琛点头,兀自走到了某处较为安静的角落,独留两位助理站在身后面面相觑,眼底皆是迷茫。

易琛不爱在机场浪费时间,每次都是踩着点来的机场,领完登机牌没多久就可以登机,所以才聊没多久,广播提示声就响了起来。

最后还是助理硬着头皮上前,提醒他:"易总,马上要登机了……"

喻延听见了,才说了一半的话立刻停下来:"那你先登机吧。"

"嗯。"易琛应了,刚准备挂电话。

那头突然道:"那你下机了,给我发个信息。"

落地报平安,寻常得很,易琛却鲜少听见。他飞来飞去的实在太正常了,有时出差好几趟,朋友们也都不知道,父母又总是跟他隔着时差。

没有等他报平安的人。

易琛握着手机,原本因为临时出差而稍显烦闷的心情霎时间平复了许多。

"好。"

今天喻延一开播,水友们就发现了其中变化。

【我近视好了吗?我的视野突然一片明亮,完全不模糊了……蓝光画质?】

【我还以为你又去 1 老板家了呢,一看背景还是你这小破房子。】

【恭喜延延喜提新主机。】

【主播花了多少钱啊？玩起来爽吗？我最近也想换电脑，跪下来求一份组装列表！】

"是换了主机。"喻延把价格报上，道，"我是自己查资料，随便配的，不那么专业……大家如果想要，我一会就把硬件列表发在公屏上。"

这话刚说完，旁边的私信就猛烈闪动起来。

因为人气渐高，喻延收到的私信越来越多了，平时根本看不过来，他在设置里调整了一下，只有他直播间献星榜上的水友私信才会有闪烁提示。

他打开游戏，并用手机客户端点开了这条私信。

【灵动电子：yanxyan 您好！我是灵动官方工作人员，我们这边想和你商量一下合作事宜，请问方便加一个联系方式详聊吗？】

自年度盛宴结束后，这种类型的私信喻延已经收到了好几次，大多都是找他打广告的，有卖高仿鞋包的，有卖小猫小狗，甚至还有找他加入娱乐圈的。

他对这些产品都不了解，查也肯定查得不准确，所以不敢答应合作，全都直接拒绝了，毕竟是给粉丝宣传的东西，没有了解，他不可能就这么把宣传接了。

但灵动不同。

灵动是一家非常出名的游戏设备公司，出名到什么程度——许多职业选手私底下都选择用他家牌子的设备。近期，灵动还跟 CN7 签了合同，至此，LOL、PUBG 和 DOTA 三大游戏里，都有为灵动代言的知名战队。

它相当于游戏设备界的星空 TV 了。

喻延上回去易琛家时记下来的设备，也是灵动的。他犹豫片刻，没直接拒绝，确认对方的身份后，便把微信发了过去。

易琛刚下飞机没多久，就接到了莫南成的电话。

"听说你来 M 市了？"

易琛坐进后座，语气淡淡："你怎么知道？"

"今天吃早餐时碰到吴经理了，他说你中午的飞机过来。"莫南成语气跟往日不同，有些蔫蔫的，"中午你应该不急着去工作，一起吃个饭吧。"

易琛说："不吃。"

莫南成说："我求你，我餐厅都订了，酒也准备了，你想喝啥喝啥，不想喝往水里倒都行。"

易琛对他的酒不感兴趣，对往水里倒酒更没兴趣。

但他觉得莫南成语气不太对劲。莫南成这人，每天都吊儿郎当春风得意，嘴边的笑容甚少收过。

于是两人中午在某艘大船餐厅上碰了面。

莫南成道:"这家的海鲜特别新鲜,你尝尝!"

"我两点要去分公司。"易琛落座,用热毛巾把自己指尖擦净,"有话就直接说,不然来不及。"

他从机场赶过来,也用了不少时间,现下都已经一点半了。

两人关系匪浅,莫南成也就不跟他废话了。

"你能不能给我查一个女主播的地址……"

"不行。"易琛想也没想便拒绝。

"……"莫南成笑容敛了几分,道,"你别这样,你要不答应,我就只能想办法了。"

易琛说:"那你意思是让我报警?"

"别啊。"莫南成哭丧着脸。

易琛慢条斯理地挑着鱼刺:"你要找谁?团团?"

莫南成以为有戏,忙说:"不是!是露露!"

这次不等易琛问,他就自己全说了,"那天盛宴,我们一起喝酒,我又没问她名字。我那天在你直播间找了整整一天才找到人,结果我发了几条消息在公屏上,她理都不理我,还把我给禁言了……"

要换作别人,走了就走了。

但露露他是真挺喜欢的,他觉得自己跟她特别合拍。

不过显然,只是他觉得。

易琛说:"她走了的意思就是对你没兴趣,你经验丰富,不会不明白这个道理。"

莫南成:"那总是要争取一下的,行就行,不行就算了。"

"那你就去争取。"易琛道,"我帮不了。"

"这有什么难的,你就把她资料调出来,我就看一眼,我是追人,又不是干什么坏事儿……"

莫南成确实不是会干坏事的性子,这次看得出来是真上了心。

但感情是感情,原则是原则。

"不行。"易琛低头,看了眼腕表,然后起身,"我要去公司了,这顿我请。"

"易琛。"莫南成这几天被那直播间封得窝火,这下又被自认最好的兄弟给拒绝,当即恼了。

他起身，吞下那口气，说："不调资料也行，你是老板，她应该认得你，你去帮我搭搭线，这不难吧？"

易琛皱眉，刚要说什么。

但他这个小动作瞬间就成了引爆莫南成的火苗。

"又是这个表情。"莫南成像是忍无可忍，他站起身，表情复杂，突然问，"易琛，你的世界里是不是只有你自己，其他人都进不了你的眼，不值得你去费一丝力气是吗？"

易琛整理衣襟的动作稍稍停顿，眼底染上一丝不解。

这事仿佛成了压死骆驼的最后一根稻草，莫南成说："你知道吗？我出去跟别人说我是你的好兄弟，别人都是拿什么眼神看我的——他们觉得我很可笑，你易琛当我是什么，你就当我是个跟屁虫，天天热脸贴你冷屁股。我在这儿自称什么兄弟呢，这不是笑话吗？

"我有的时候也在想，我为什么成天要巴结着你呢？是，你家大业大，但我又不缺你那一口饭吃。我们认识的时间长，但从来都是我主动去约的你，还得求着请着等你来。

"后来我想明白了。"

莫南成说到这儿，顿了顿。

其实他已经有些悔意了，但话说到这儿，停不停已经由不得他了——"我是看你可怜。"

易琛笔直地站着，一动不动，神色未变，就是一双眼阴沉得吓人。

"大家都说，你易琛牛，了不起，刚接手公司就把那群亲戚压得出不了头，几年过去，公司规模越做越大。"

莫南成说，"但你除了钱还有什么？

"友情，你去掉那些合作伙伴，能有什么朋友吗？

"亲情，你那些亲戚我就不说了，就易冉跟你亲一些，他在你眼里跟我没区别，都是你的跟班。你爸妈——他们恐怕只会觉得他们的儿子是个市侩的俗人，为了赚钱什么都不顾。

"你都快活成一个机器了……你说你可不可怜？"

莫南成觉得自己是在发火，但他越说越难受，越不得劲。

两人沉默许久。

下面的助理们大气不敢出，也没人敢上去提醒易琛，该走了。

半晌，是易琛先有了动作。

他姿势不变，没发火也没嘲笑，只是问："说完了？"

莫南成："……"

"说完，我走了。"易琛扣上最后一颗袖扣，头也不回地离开，带起一阵凉风。

见他下船，助理忙迎上去，语气小心翼翼："易总……我们去哪儿？"

刚在上面吵得这么厉害，是个正常人都没办法投入工作了吧。

易琛坐进车里："公司。"

半晌，黑车启动。

易琛侧过头，看着窗外的景色。

因为玻璃的材质，窗外再好的景色都被蒙上了一层灰，死气沉沉。

他的表情终于有一丝不易察觉的变化。

他下意识拿起手机，等反应过来时，手机消息已经发出去了。

1：延延。

看着这条消息，总觉得有些傻。易琛打开对话框，刚想打上"没事了"，字还没打完，手掌被轻轻振了一下。

小主播：怎么了？

图片里是一碗酸辣粉，上面还散发着热气，看得人食欲大振。

小主播：我在吃午饭呢，这家酸辣粉很好吃，下次你要是来了满阳……我带你去店里吃。

小主播：你吃饭了吗？

1：没什么。

1：就是想跟你聊聊天。

第29章

视察完工作，已经是下午七点。

"给加班的员工都点一份晚餐。"易琛道，"营养餐。"

"好的。"生活助理马上安排下去。

他原本还在担心，中午的争吵会不会影响到老板的工作心情。

但显然是他多心了，易琛跟平常一样，认真严格，问的每一个问题都正中要点。

就在他原以为这件事就这么过去时，坐在后车座的人突然开口。

"你去查一查，莫南成最近有没有跟谁起过冲突。"

助理一愣："好的。"

"还有莫氏的情况，也查查。"

"……明白。"

助理现在心情很复杂。

莫先生中午刚跟老板吵完架，老板现在就在查莫氏的情况……这也太吓人了。

莫先生也是，前脚还和和气气在吃饭，后面就莫名其妙就发了一顿火，换谁谁都气。

可莫先生之前算是易总最亲近的朋友了吧？虽然这次莫先生的脾气来得有些令人费解，但怎么说也是感情深厚的老朋友啊……

仔细想想，两人似乎都有些毛病。

助理把老板叮嘱的事项记下来。

喻延跟灵动的负责人聊了几天，果然，对方是想让他帮忙宣传。不是做代言人，就只是单纯地为一款鼠标打广告，通过发微博和在直播间打广告的方式。

喻延有些犹豫，等易琛出差归来后，把这件事原原本本告诉他。

163

喻延：你觉得我能接下来吗？

1：为什么不行？

喻延：就……觉得很奇怪。灵动的代言人都这么厉害，为什么会找上我？条条款款也很多，我看了好几遍，都没发现什么漏洞。

一朝被蛇咬，十年怕井绳。他之前和星空TV的合同也是要喻闵洋亲自看了才敢签的，这次喻闵洋接了个大案子，他昨天过去才知道对方已经忙得两天没回家了，自然不好意思再拿这件事去烦他。

1：你发来我看看。

十分钟后，易家专用的律师团们均收到了这份文件。

某个不为人知的隐秘讨论组里，律师们正在激烈的讨论。

律师1：你们收到易总发的合作条款了吗？

律师2：收到了……什么意思啊？这条款有什么问题吗？

律师3：显然没有，简单易懂，没有错漏。

律师4：问题就是，这么简单的条款，价格也……易总为什么要发给我们，还是群发？

群里陷入沉默。

律师2：我觉得有问题。

律师3：我也是。

律师1：……我再看看，再看看。

次日早晨，喻延被视频通话邀请提示声吵醒。

视频一接通，易琛就看到一头黑发，喻延把脸全埋在枕头里，什么也看不见，声音闷闷的："怎么了？"

"那份条款没问题，可以签。"今天是周末，易琛没去公司，他靠在沙发上，挑眉问，"还在睡？"

"嗯，昨天播得比较晚。"

易琛看了眼时间，说："你先起来。"

喻延抬起头，脸上挂着两个大熊猫眼。

易琛在直播间的时候，晚上11点就会准时催他下播，但前几天他出差，没顾上这些，这人也不知道没节制地播到多晚。

喻延本来就心软，观众一个央求他就经受不住了，月时长超出部分多得吓人。

再年轻也禁不住这么熬的。

易琛皱眉，语气严肃许多，重复道："起床了，延延。"

喻延瞌睡瞬间就跑掉了，他坐起来："……我这就起。"

易琛没有废话，待喻延起了床，直截了当道："以后把直播时长缩短一些。"

没有语气词，不像是商量。

喻延咬着牙刷，没能及时回答，他眨眨眼，眼底都是疑惑。

"十二个小时太长了，我看过数据，其他常驻主播的平均直播时长是七个小时。"易琛说完，还拿出一沓文件，丢在手机面前，"睡眠不足不只会影响你的直播质量，更会影响你的身体，你还年轻，长期这样下去会影响健康的，别胡闹。"

喻延匆匆漱完口，说："我是新人主播，直播时间长一点会有优势。"

"然后小火几年，再伤病停播？"

"……"喻延道，"我身体很好的。"

"年轻的资本，别挥霍完了。"

喻延说："我会注意的，其实我睡眠时间都保持在八个小时以上……"

"你这是日夜颠倒，再不调整就晚了。"说教完，易琛语气变得柔和一些，"听话。"

喻延吃软不吃硬。

他说："……那你说，想让我改到多少点？"

易琛稍稍思索："下午两点到五点。"

喻延脱口而出："你是要我退休吗？"

易琛说："那你说。"

喻延试探道："早上十一点，到晚上九点？"

"两点到六点。"

"……一点到九点。"

"两点到七点。"

"两点……到九点。"

听到原本预想中的数字，满打满算七个小时，刚好达到平均线。

易琛心中满意，面上平静："成交。"

喻延在直播间宣布这个消息的时候，水友们都傻了。

片刻，弹幕立刻飘满了整个屏幕。

【你"飘"了！】

【七个小时够干吗？几把游戏就结束了啊，不行！我不允许！】

【膨胀啦,本来就是以量取胜的主播,现在有了点名气就把自己的长处丢了?】

【感觉像是物美价廉广告吸引进来后,商家突然涨价……跟被骗了一样。】

【不是,前面骂小延的都是认真的?你们觉得每天播 12 个小时合理吗?你每天坐电脑前 12 个小时,每天打 12 个小时游戏试试,时间长了,身体真的会被透支的。】

"我开播的时候就说过,开播那段时间暂定每天播 12 个小时。"喻延道,"现在我也开播几个月了,改一下时间……应该算不上是骗子吧。"

他话刚说完,一个跟普通水友都不同的炫彩字体出现在公屏上。

【乖秀:不算,我每天只直播 7 小时呢,多退少不补。】

弹幕先是停了停,大家不约而同地点开这个人的资料,想确定是不是本尊。

【?】

【你怎么在这里?!】

【你不去开自己的直播间,跑来别的主播这教唆别人缩短直播时长?你是魔鬼吧?】

喻延也愣住了:"乖秀……你怎么在我直播间?"

别的主播进入其他主播的直播间,也是会有专属的提示的,所以大主播们一般不轻易开大号去串门,喻延很肯定自己没看见乖秀进直播间的提示横幅。

【乖秀:你没开播的时候我就在里面了!】

【乖秀:我等你带我吃鸡呢。】

"……"

如果是乖秀邀请他去玩游戏,喻延还可以找理由拒绝。

但现在是对方在他的直播间公屏上,半开玩笑半央求地找他带,这就有些棘手了。

想起之前在盛宴上的事,喻延不傻,他隐约看得出来,易琛似乎不太喜欢乖秀。

见喻延没说话,炫彩字体又跳了出来。

【乖秀:小延,你别沉默啊啊啊。】

【哈哈哈,乖秀求带鸡惨遭拒绝,太惨了吧。】

【你是我见过混得最差的大主播。】

【星空 TV 第一主播乖秀。】

任弹幕在吵着闹着,喻延想了想,还是先给易琛发了消息。

喻延:乖秀在找我带他吃鸡。

1:?

1：你想跟他玩？

喻延：不想。

他说的是实话。

说话间，易琛已经进了直播间，刚好看到水友们在调侃乖秀，三两话间，他瞬间明白了情况。

看着在公屏活跃的彩色字体，易琛眯了眯眼。

1：没关系，让他来。

喻延：啊？

喻延：不然我坑他两局？这样他应该就不会让我带了。

看到这句话，易琛失笑，他这些小心机怎么……这么好笑。

1：不用，你好好打。

喻延：好吧。

半分钟后——

1：我上号了。

1：拉我。

喻延：……

第30章

喻延把两人拉进游戏,只见左侧两个白衣灰裤的穷酸人物并肩站着,右边的新面孔却是花里胡哨的。

脖子上一个红色小领巾,下面的 ID 是 XiaogegeMua。

喻延表情复杂:"乖秀,你这……"

"漂亮吧!"乖秀哼笑一声,"我穿着这身衣服,顶着这个名字,玩得再菜都没人骂我。"

喻延问:"那说话的时候?"

那边安静了一会,很快,游戏里的麦克风再次亮起。

"小哥哥,可以带我吃鸡吗?"一道女声响起,声线跟女主播的声音完全没有区别,男人的低沉感完全消失了。

喻延发自肺腑地说:"牛。"

"你也不差。"乖秀声音又变了,这回是御姐声,还带了些慵懒调子,"这声卡贵着呢,可惜 LOL 没有全体语音,没法发挥它的作用……不然你以为我为什么非要学吃鸡?"

【坐下坐下,正常操作!】

【乖秀直播真的很精彩,难道你们真以为随随便便一个 LOL 选手就能火遍主播界?】

【哈哈哈哈小延仿佛打开了新世界的大门。】

"不过你也很厉害。"乖秀说,"我这还要开声卡,你连声卡都用不着。"

喻延愣了愣,才反应过来对方说的是之前他装女生的那一场游戏。

那简直就是他的黑历史,还被粉丝们剪辑下来四处传播,他每天看到微博上的转发都羞耻得不行。

喻延说:"我当时只是一时急了。"

"是吗?我听着挺好的,不然你再来一次。"乖秀笑说,"你比我小吧?叫声哥哥听听……队里另一个人是谁啊?直播间粉丝?"

"嗯。"易琛皮笑肉不笑,"又见面了。"

乖秀:"……"

这声音辨识度太高了,乖秀对声音主人的印象又极深,几乎是瞬间就认了出来。他一愣,赶紧看了眼屏幕。

【是的,小延直播间的1老板。】

【你抬头看看献星榜,第一就是。】

那你们早点给我点提示啊!

乖秀:"我开玩笑的……"

飞机起飞后,喻延打开地图看了眼,三号标了个机场。

三号问:"小姐姐跳不跳机场?人很多很刺激的。"

"我不太会玩。"乖秀拒绝得不太坚定。他这人跟其他新手不一样,所有技术都是用失败堆起来的,他太懂这个道理了。搜东西什么的他都学会了,多点实战经验也是好的。

"没事我保护你!"

乖秀说:"那小延,你跳哪儿?"

喻延在上城区标了个点:"我俩跳这里。1,你就跳我标的这栋楼。"

易琛放下手中的文件,今天虽然是周末,但临近年末,他还是带了些工作回来。

"好。"

"那我跟你们一起跳。"乖秀立刻表示。

"是不是男人啊,二号,你跳上城区怕死吗?"三号说完,还小声补了句,"尿货。"

喻延就是二号。

他直播连脏话都很少说,更不用说跟水友或是队友吵架,而且网络这么大,形形色色什么人都有,要真较真起来太累了。

他不打算搭理,但弹幕里的水友听不下去了,全在评论里反击。他正打算让大家别浪费力气在这种人身上。

"嘴巴这么脏?"易琛问。

169

乖秀忙跟着道:"三号,你这样就没意思了啊。"

三号一愣,道:"一号,我跟你说话了?你接这么快干啥?小姐姐没事,我就是开玩笑的好吧。"

说是开玩笑,但语气里似乎总有些不情愿。

最后四人一起落了上城区,这航线离上城区有些远,好一会儿才能到,所以没落其他人,就他们一个队伍,唯一缺点就是不在圈里。

搜了十分钟,喻延收枪,出门就坐上之前找到的车子,一路开到了易琛所在的房子。

"1……出来,走了。"他道。

"好。"

"是什么车啊?"乖秀问。

"蹦蹦。"蹦蹦只能坐两个人,喻延说,"我往马路上走,看到车再回来接你们,这附近车应该挺多的,你们也出来看看。"

"喂,等等。你把小姐姐带走啊。"三号说,"女士优先不明白啊?"

喻延懒得理他,奈何他一直唠叨,喻延回道:"那男女平等你明白吗?"

说完,喻延头也不回,载着易琛就走了。

进了圈,喻延找了一块房区,先把身上的狙击枪和四倍镜丢下来:"要吗?"

"不,我今天试试手上这两把。"易琛把八倍丢下来,"既然是98K,你装这个吧。"

喻延:"好。"

这话被乖秀听见了,他和三号好不容易一块进了圈,跑到了房子这儿,问:"小延,老规矩,我一百买你98K怎么样?"

"他的枪不行。"易琛看了眼他身后的二倍镜SKS,说,"我这儿有个四倍镜,五十卖你,要吗?"

乖秀哪敢不要啊。

"要要要,你丢吧,我微信给你钱。"

易琛语气淡淡:"不用,你直接给他刷热度。"

"我看你们这俩大老爷们真好意思。"三号说,"人妹子找你要把枪,你给了不就是了,还算钱转账,钻进钱眼了?"

喻延当陪玩的时候倒是经常把自己的枪让出去,毕竟陪玩,只要老板高兴就好,平时跟朋友打游戏他也不介意。但直播不同,为了保证质量,他得向着决赛圈努力。

唯一的例外也就是易琛了，水友们心知易琛是他直播间的大老板，也都不曾说过什么。

喻延说："我看你背上有把M24，那个更好，你让给她吧。"

"我？"距离他们两栋房远的三号先是一顿，"我离你们这么远，来来去去不方便啊……"

这种人就是典型的鸡贼。

喻延没理他，厌恶已经挂在脸上了。

【小延生气了，哈哈哈哈，嘴唇都抿起来了。】

【真怒形于色。】

这时，他们遇到了一个队伍。

那个队伍刚从学校出来，物资很丰富，带着三把满配M4，冲上来就是正面对战。

乖秀最先被击倒，易琛手上是UZI，不太好用，跟别人对了几秒枪也倒了地。

三号见状，嗤笑一声："一号你也太菜了，还好意思问人要98K啊？"

【这人是不是有毛病，1老板什么时候开口要过98K了？】

【这人有点傻，大家莫生气。】

说话间，冲上来的队伍已经被他们灭掉了，其中，喻延一打三，杀了三个。

清完敌人，三号立刻上去舔包。

大家还以为刚刚的争吵结束了，谁想喻延收枪后，突然开了麦。

"你怎么不看看自己是什么东西？你杀的那个人是之前被一号打残的，你就捡个漏，还捡得这么自豪？"喻延说，"你去你杀的那人附近看看，多少个是你的弹孔，三十发中一发，'人体描边大师'。"

大家都没想到他会骂人，霎时间，弹幕立刻沸腾起来。

三号："胡扯，我打中了好几枪……那人打了个急救包的好吧？"

"我虽然在打其他人，但我没瞎。"喻延声音冷冷的，"想躺赢就闭嘴，安安静静躺好，别把自己整得没人待见。"

第31章

三号觉得面子全失,开口就是一堆方言话,虽然大多人听不懂,但一想就知道不是什么好话。

弹幕立刻有人跳了出来。

【听方言居然是我们这儿的,这小子我们不认,你们随便打。】

乖秀就算见惯了场面,那也都是LOL或弹幕里的言语攻击,不比亲耳听见来得刺激,一时间也没吭声。

喻延没说话,他把1扶起来的同时,转身走出小房子。

三号在舔角落的包,喻延路过中间两个盒子时打开一看,里面好东西显然都被舔过了。

三号还在骂:"什么玩意,打个游戏都打出优越感了?小姐姐,我这儿多捡了个狙消音,来我给你……"

三号说话间,无数道枪声响起。

喻延面色已经恢复如常,拐角之后便抬枪,一顿扫射把三号扫死了。

"打游戏打不出优越感。但至少在游戏里,我可以吊打你。"

喻延道:"混子要有混子的素质,人不扶,舔包却抢在最前头,不是我说,你还真不行。"

半决赛圈,存活人数不到20,这眼见就快吃鸡了。三号身上装备满配,还偷偷舔了个三级头甲,甲都还没焐热呢就被撂倒在地,还被一阵嘲讽,三号气得脸都涨红了。

"你在背后偷袭,还说什么呢?有本事你把哥扶起来,看谁打得过谁?你才不行!"

【这人脸皮可真厚,就这枪法,随随便便拖个1老板或乖秀去跟他打,他恐怕都打不过!】

【哈哈哈楼上要骂好好骂,咋还羞辱自己人呢?】

【这游戏太解气了吧?!我平时打LOL,遇到"键盘侠"菜鸟的时候都被气到原地升天,就因为不能杀队友!】

大家都以为喻延还会继续嘲讽,谁想他忽然笑了声:"你说这么多,现在是谁跪着?"

说完,他不打算再在这里浪费时间,刚刚这么多枪声,周围也不知道有没有队伍听见了摸上来。

他无视三号的辱骂,刚准备把人补枪打死,突然听见闷闷的一声"砰"。

【Yii11c以S686淘汰了forerunner747。】

易琛跳到了围栏上,以俯视的姿态,把人给打死了。

喻延一愣,第一反应是:"……你哪来的S686?"

"想杀他,刚刚在房子里捡的。"易琛道,"怕枪不稳,一下打不死。"

结果就在他捡枪的空当儿里,三号就已经被击倒了。

……怕打不死。

喻延忍笑,打开三号的盒子:"来,把他枪拿了,三级甲也拿了。"

乖秀在那头也舔到了一个三级甲,他问:"小延,我这也有个三级甲,你要吗?"

"这队物资真多。"喻延舔完需要的东西,转头便跑,"不要了,你们带着吧,我要头盔就行。舔完了吗?舔完就走吧。"

易琛没多问,抱着枪就跟在喻延身后离开这座野区小房子。

他们刚刚在的地方虽然是野区,但也是算是个大野区了,有好几栋房子,之前光顾着杀人了,基本都还没搜过。

乖秀没舍得走,他边往楼上跑边说:"不搜一下吗?刚来又要跑?"

喻延说:"刚刚这么多枪声,怕被人盯上。"

"来了就打!"

"也不在圈内了。"喻延说。

乖秀看了眼地图,还真不在了。他说:"好,我搜完这栋楼就来。"

就在乖秀走上二楼时,突然听见一阵脚步声——不止一人朝他这里来了。

乖秀当即僵住:"小延,你们回来了?"

喻延说:"我们已经进圈了。"

不到半分钟，右上角就传来了乖秀阵亡的信息。

【乖秀回去打 LOL 吧，别丢人现眼了！会掉粉的！】

"……我不。"乖秀打开观战，看喻延的视角，"我永不认输。"

"屁股后面有一队，小心一点。"喻延跑到了另一个小野区，确定里面没人后，把门一关，说，"我们就在这儿住下吧。"

这野区虽然不在圈中心，但也不算太边缘，运气好的话，成为天命圈（游戏中安全区始终刷在自己身边的情况）也不是不可能。

这么好的地理位置居然没人占。

三号虽然还在语音里骂街，但至少游戏人物没在他跟前碍眼了，喻延心里都舒畅了很多。

易琛也笑了。他打开自己的物品栏，问："要子弹吗？"

"不用，我的够用，你两把都是 5.56 的枪，留着吧。"

身后那队很快就跟了上来，两人没有泄露脚步声，喻延守在围墙后，车开上来同一时刻，他快速开枪，视频里男生的手臂不断往下。

屏幕右上角瞬间被他刷屏，会是"yanxyan 引爆载具淘汰了……"。

"之前有水友问我习惯怎么压枪，说想学。"他收枪，没去舔包，转身回屋，"其实跟别人都一样，我也不可能压出一朵花来……你们学会了吗？"

学？

水友们一脸蒙。

这谁学得会，还以为是在解题呢？

就算是解题，你解题速度这么快，应该是怕大家看懂吧。

进了决赛圈，存活人数还剩下十一个人。

这么小一个圈有十一个人……基本等于走两步，你就能收获一只伏地魔（专门趴在某个草丛中或某个山丘上，偷袭过路玩家的游戏玩家。）。

清掉两个伏地魔，喻延看易琛血量只剩一半了。

"1，打个包。"他道："附近应该还有人。"

"我没急救包了。"易琛开麦，他原地趴下来，说，"没事，你打，不用管我。"

喻延一愣："刚刚没舔吗？"

"子弹舔多了，走到半程才发现没舔上药。"

喻延慢吞吞爬过去，往地上丢了两个急救包："打上。"

"好。"

【主播当着冲锋手,还兼职老板的医疗兵,真是全能。】

喻延瞧见这条弹幕,还分出神来应了句:"别胡说。"

在游戏只剩下最后三个人时,喻延把手上的枪收了起来,换成了手榴弹。

然后他握在手中,数着秒数,一个一个地朝远处草地丢去。

在一阵阵爆炸声中,游戏结算界面弹了出来:大吉大利,晚上吃鸡。

"牛呀!"乖秀一拍桌子,"六六没骗我,你真的好厉害。"

蓦然听见熟悉的名字,喻延脸上的笑稍稍停滞,问:"六六?"

乖秀一愣,忙道:"你确实很厉害嘛。"

喻延沉默了,他耳朵没出毛病,平时听脚步一听一个准,确定自己没听错乖秀所说的。

但现在在直播,他也不好追问。

"是嘛。"他返回游戏大厅,说,"可能我听错了吧,继续?"

他的语气不对劲,乖秀原本还想点准备,听他这么问,反倒犹豫了。

乖秀:"啧,都这个时间了……我得准备准备去开直播了。你们俩玩吧,小延,下次还带我吗?"

喻延没有明面上拒绝,只道:"如果有位置的话。"

乖秀走后,喻延抽了两个水友一起玩游戏。

新一局游戏开始,等进入游戏,他才有空拿起手机看一看,这才发现手机上多出一条信息,是十来分钟前的。

1:在直播,你忍忍,别跟他吵。

喻延算了算时间,估摸着就在这条信息后几秒,易琛就拿霰弹枪把三号给崩了。

喻延:不行。

喻延:忍一时越想越气。

1:……

1:你说得对。

乖秀只是找了个借口走人,距离他的开播时间还有半个多小时。

他退出喻延的直播间后,QQ立刻响了起来。

六六:你差点说漏嘴!

乖秀:我的我的……

六六是乖秀的老友，也是他之前所在战队的宣传人员。

乖秀：你又在看他直播？

六六：是啊。唉，我每次看到他都很感慨。要是当初他听我的话，跟我一块跳槽，我还能想办法把他塞到我们吃鸡分部去。

乖秀：得了吧，战队那吃鸡分部是什么德性，你又不是不知道。

六六：总比他现在打直播来得好。

乖秀：看不起直播啊？现在火一点的主播，月薪比职业队员高好吗？

六六：行吧。我看了一下，你在的这段时间，他粉丝涨了大几万呢，谢谢了兄弟。

乖秀：我也不是全为你，少来这套虚的。不过你既然这么心疼你前同事，怎么不自己上去刷热度，舍不得？

六六：我怕他认出我来。再怎么说……当初也是我把他挖到那小破战队的。虽然我当时不知道管理层这么坑，但我也算是有责任吧。

乖秀：不过我瞧着，小延好像也不想蹭我热度啊。

六六：估计被上次热搜的事搞怕了吧。团团那个营销团队真的会来事，我觉得总有一天团团得被那团队坑死。

乖秀回了个表情包过去：那也是她自己选的，没办法。

六六以前就跟他提过喻延的事，没细说，乖秀当时也就跟着唏嘘一番，没放在心上。

结果没想到当初他们讨论的那个小可怜突然出现在网站的击杀王报名名单上，并被六六一眼就认了出来，还提着几瓶酒亲自找上门，想让乖秀去帮他探探小可怜的近况。

想起喻延和他们大老板的关系，乖秀想了想，又回了一句。

乖秀：你安心吧，他现在过得比你想象中要好得多，我瞧着挺快活的。

乖秀没想到，自己无意中立了一个大大的 Flag。

一周后，一条微博猝不及防地出现在了水友们的首页，惊掉了一众水友的下巴。

【周米娱乐：近日，我司发现公司旗下职业选手 yanxyan 未经公司允许，擅自与星空 TV 官博签订了某些主播条约，并作为星空 TV 旗下主播活跃中，已构成违约行为。目前，我们正在努力收集证据，请 yanxyan 做好相应的应诉准备。】

下面附了一张图片，图上是一张合同，内容全部被打上了马赛克，从脏污的纸面能看出这份合同年代已久。

整张合同只露出了右下方一个小小的签名。签名字迹工整,能看出是被人一笔一画,认真又郑重地写上去的——

喻延。

第32章

这条微博奇怪的地方很多,最奇怪的要数发微博的人——周米娱乐。

这名字一看就知道不是什么所谓的电子竞技俱乐部,反倒像是经纪公司之类的。

果然,热评下很快就出现质疑。

【你一个娱乐公司在这儿瞎说啥呢。】

这会微博才刚发,下面评论稀少,这位回复的网友也只是当看了条假消息,随手评论了一句。

没想到没几秒,竟然收到了回复。

【周米娱乐:我司更改过公司名称。】

这回复随便又敷衍,水友们仍旧没上心,就当作是个笑话看。

【改名连公司性质都改了?那你们公司挺随便啊?】

【哈哈哈不知哪来的十八线小公司,从没听过这个名字。】

【我去查了一下,这公司现在名下就四个艺人,全都在娱乐圈查无此人,只有一个正儿八经演过戏……这娱乐公司确定不是在开玩笑?给你们个建议吧,想碰瓷,碰大流量去啊,肯定能上热搜。】

【这主播名字好眼熟,最近是不是在直播间挺火的啊?】

谁想,当天下午,周米娱乐官博突然又更新了一段视频。

是一个男生正在打游戏的视频。男生穿着一条红色圆领长袖,剪着一头利落的短发,一眼望去干净帅气。

视频里,旁边的人不知道跟他说了什么,只听他笑了一声,说:"嗯……没练多久。"

"昨晚又没睡吧?"

"在沙发上睡了一小会。"

"得,年轻人就是虎。"那人站起身,拍拍男生的肩膀,"好好练,我们战队就指望你了,哈哈。不过还是要注意休息,打完这把去睡一下。"

"好,"男生虽是应了,但显然没把话放心上,"谢谢六哥。"

视频到这戛然而止。

短短二十来秒的视频,反响却比上午那个公告大得多。

微博真正火起来是在晚饭时间过后,也是直播间人流量的高峰期。

彼时喻延正在打决赛圈,他们队伍只剩两个人,而另一个队伍仍是满编队,气氛紧张。

喻延听到一阵爬行声,立刻道:"有个人在我对面。"

队友:"来了,给个坐标。"

喻延说:"大概……"

弹幕就在这时,突然跟约好了似的在刷同一件事情。

【小延,先别玩游戏了,快看微博!】

【有个公司说是你前东家,说你违约,要告你……】

【我也看到了!叫什么周米娱乐的对不对?肯定是假的,小延没加入过职业队吧?】

喻延说的话也随着这些突然刷屏的弹幕中断了。

"兄弟,我没看到啊,在你附近吗?兄弟?"队友急道,"给个位置兄弟。"

喻延回神,看到慢吞吞爬过来的人,快速开镜对着草丛扫射。

击杀消息弹出,他语气如常:"不用来了,我杀了。"

弹幕上水友们激烈讨论着,可以看出微博上已经热闹到什么程度了。

【这是又有人来捣乱了?】

【说别人来捣乱,那主播倒是给个准话啊,沉默是啥意思?】

"大家别吵。"喻延道:"这局游戏结束,先暂停吃个饭。今天我暂时还没看过微博,不太了解情况。"

这局顺利吃了鸡,喻延拿起手机看了眼,这才发现上面已经被信息塞满了,都是好友发来问情况的,甚至团团和露露也发了信息过来。

其中卢修和说得最多,整个屏幕都被他的新消息占满了。

喻延给他回了一句没事,然后点开了微博。

这个时候,周米官博已经更新出第三段视频了。

喻延没急着点进去，他看着这几段视频的封面，一时间有些恍然，那些原本以为已经过去了的往事霎时间全都涌了出来，里头还掺着当初决定投身电竞职业的那股热血和期盼，搅得他头脑发疼。

他舔舔唇，抬手把麦克风关了，打开视频。

前面两条视频都是训练日常，好像是当时的生活助理拍的，说是等他们夺冠之后，可以做成非常有意义的纪录片。

光是这两条，可能水友们还没那么激动。

最后一条，赫然是喻延在打比赛的视频。

这比赛是在卢修和家开的网吧举行的，当时网吧刚开业，为了打开知名度，卢父砸钱组织了不少活动，这场比赛就是其中之一。

这场比赛喻延记得，因为这是他唯一一次顺利拿到奖金的比赛——当时卢父直接把奖金给了他，让他跟几位队员分，管理那边也就没好意思再找他要去。

分到了足足五百，改善了他那一个月的伙食。

他往下滑动，瞧见评论已经有大几千了。

【虽然很模糊，模样也变了一点，但我觉得真是yanxyan本人。】

【就算是又怎么样，不正好说明小延真有这技术，打了有些人的脸吗？】

【这楼里没有辨别能力的人真多。知不知道违约多严重？如果真的违约还说明了主播没有什么契约精神。】

【一个小屁孩，你还期盼他多有契约精神呢，哈哈哈。】

喻延看这些评论的时候，心情十分平静。

毕竟和那些往事相比，这些冷言冷语根本算不上什么。

在直播，做什么都不方便，他用手机搜索周米娱乐，果然在管理团队人员名单里看到了眼熟的名字。

他打开和这个官方微博的私聊，里面空空如也，什么消息也没有。对方甚至没有跟他私下沟通过，就直接连着发出了三条微博视频，看得出来，是被那些质疑的水友粉丝们逼急了。

他甚至怀疑水友们再继续嘲讽下去，这官博甚至会直接放出他们的原合同内容。

他没急着回应，而是放下手机，打开麦克风。

"大家等久了，不好意思。"他道，"继续吧，今晚不抽水友了，我打一会单排，最近分掉得挺厉害的。"

【小延，你不吃饭吗？】

【意思又装没看见呗。你知不知道毁约有多严重？职业选手毁约我是第一次见，不过上一个毁约主播被平台索赔三千万，自求多福吧哈哈哈。】

【我个人觉得。如果小延真的毁约了，那也一定是有原因的，他之前可一直是在当陪玩，哪个人会放着首发职业选手不当跑去接陪玩啊？当然，毁约也是错误的做法。我观望一下。】

喻延打开游戏，安安静静地看着屏幕左上角的弹幕助手，一直没吭声。

当所有人都以为他不打算解释时，游戏人物登上飞机，他的声音也随之响起。

"我确实进过职业队。"

简短一句话，瞬间把弹幕的讨论热潮拉至最高峰，许多来看热闹的水友也跟着刷起了感叹号和大问号。

喻延抿唇，忍着心理的不适，接着说："不过我没有违约。"

下了播，喻延打开电脑抽屉，拿出一个小黑本子。

是他的账目本，已经很久没有用过了，因为最近除了主机之外，他没什么大笔花销。

他打开直播间后台，把自己的收益全记下来，正准备查银行卡里的账目，手机突然响了。

易琛弹了视频来。

喻延下意识坐直身，把面前的本子合上。

易琛坐在办公椅上，把最后一份文件丢到一边，手机就架在面前。

他这一周，光是飞机就来回坐了五趟，会议一个接着一个，还有许多文件要批，忙得一天二十四小时都不够用。

但再不够用，每晚的视频都没缺过席。

视频请求响了许久，才听见叮的一声，接通了。

喻延盘腿坐在床上，看到手机里的男人，轻轻松了口气。

他扯出笑："忙完了吗？"

"嗯。"易琛看了他一会，问，"怎么了？"

喻延吓了一跳，头摇得飞快："没怎么啊……"

"你笑得很难看。"

"……"太直白了。

而且他的观察力也太强了吧。

喻延说:"就,直播的时候出了点状况。"

易琛问:"严重吗?"

"不严重,小事。"喻延不再勉强自己笑,他很认真地说,"我自己可以处理的。"

他这倒不是在逞强。方才他就是在算账,想看自己身上还有多少积蓄,打算拿来请律师。

喻闵洋擅长的似乎是离婚官司,但他律所里还有好几位律师,没准律师费能打个折扣。喻延把之前的礼金、直播工资和年度击杀王的奖金凑在一块,觉得对于打官司来说应该是绰绰有余了。

"嗯,我相信。"易琛往后一靠,跷起腿来,姿态放松,"但我还是想知道,发生什么事。"

小男生在那头拧着眉,像是在考虑要不要说。

见状,易琛眉梢轻挑:"我只是想为我的好朋友分担。"

喻延咬咬唇,最终还是说了:"就是……我以前打职业的事情。"

喻延把这个故事缩短得十分简洁:当初带着梦想加入战队,为战队打了近一年的比赛,拿了几个冠军,一年的工资加起来却不足两千块,最近这公司又死皮赖脸地出现,朝他索要违约费。

易琛面色平静地听完整个故事,要是忽略掉他眼底阴阴沉沉的怒意,就与平常并无二致。

"你不需要请律师。"许久,易琛才道:"你是星空 TV 的主播,这方面平台会帮你解决干净。"

喻延忙道:"可我没有违约,根本不需要缴什么违约费……"

易琛意味不明地笑了声,语气甚冷:"谁说要给他们违约费了?"

第33章

喻延一愣:"那你……"

"他一直没给你开工资,就是他先没履行合同义务。"易琛问:"你当时签的合同是多少年?"

一般职业合同期限都不长,按理说现在应该过期了。

"三年?"喻延不太确定,说到这方面,他有些窘迫,"我不记得了。"

他但凡当时对合同上一点心,后面都不至于被坑得这么惨。

"没事。我安排人去处理,跟他们……接洽。"易琛道,"你就好好直播,如果有水友问,禁言就行。"

喻延抿抿唇,还想说什么,最后还是应道:"好。"

回应这句话的同时,他打开手机闹钟,订了一个早上八点的闹铃,打算明天去一趟律所。

那纸合同是在加入星空TV之前签的,事情自然不能算在平台头上,他不能因为跟易琛关系好,就让平台背这个大黑锅。

刚设好闹钟,就听见手机那头传来一阵开门声。

喻延赶紧切回聊天窗口,看见手机里的人正抬着头,似是在朝动静处看去。

"哥。"

发出声音的正是易冉,他家里头最近在装修,父母担心他不回家乱跑,亲自找易母让易琛收留他几天,"春节你回家过吗?"

易琛未答,而是问:"干什么?"

"今年我爸妈说要去国外过,非让我一块去,但我不想去,那破地方哪儿有国内好啊。"易冉说,"我听说伯父他们也打算去呢,你要是不去……能不能顺带把我也给留下来?"

易冉双手合十,"哥,我真不想去国外。你要是嫌我烦,等他们出了国,我就自己收拾行李滚出去!"

易琛一向不喜家里太吵,平时来家里打扫的阿姨都是做完工作便走,而易冉就是个噪声制造机,再说,自己把人留下,他工作忙顾不上管着,到时候出了什么事也麻烦。

他动动唇,刚想拒绝,又忽而想起什么。

他眉毛轻拧,半晌才道:"随你。"

"哥,我真的会好好听话,你就帮帮我……"易冉还准备再求,话说到一半立刻停了。他瞪大眼,一脸不可置信,"哥!你答应了?!"

他音量太大,易琛皱眉:"快反悔了。"

"别别别……我妈那边我再去跟她说,到时候她要是来问你,你记得帮我说说。"易冉真怕他反悔,跟放炮弹似的把话说完,立刻告别,"晚安哥!"

门砰的一声被关上。

易琛收回视线,看到屏幕里的人用手握成拳,脑袋正搭在拳头上边,看起来不是太有精神:"吵着你了?"

"没有,怎么会。"喻延坐直身来,问,"你春节不跟家里人过吗?"

易琛说:"看情况。"

"为什么啊?"喻延问了后,才发觉这问题没头没脑的,补充道,"我意思是……春节不都是跟家里人过的吗?那段时间放假,也没工作。"

这种话题,易琛还是第一次提。他沉默了一会儿,说道:"前几年开始就没在一起过年了。"

这次不等喻延问,他便继续道:"没有多少需要拜年的亲戚,有几年我父母在国外有事情,年三十也赶不回来,索性就不过了。前年公司有个紧急项目需要处理,我没回家。去年开始,我们家就不过年了。"

喻延拧着眉头,问他:"那去年春节,你在做什么?"

易琛被问得一怔,他回想了下:"一直在家。"

就连喻延,春节都会去喻闵洋和卢修和家拜年。

一个想法隐隐出现在喻延脑中,他眨眨眼,脱口道:"今年……"

"今年多个伴吧。"易琛说。

想说的话被对方抢先说了出来,喻延先是一愣,而后点头:"好……"

因为这通电话，喻延原本烦躁不安的心情已经平复了许多，他静下心来，把今天发生的事情在心里整理了一遍，然后给喻闵洋留了一条言，说自己明天可能要过去打扰他，这才翻身睡去。

主播违约，这件事对于水友们来说已经屡见不鲜，大主播们能顺顺利利解约的那才少见。但职业选手违约，还违约跳槽到直播平台……这事就有点稀奇了。自周米娱乐发博以来，这件事就引起了不少的关注，周米娱乐最后一条视频微博下面回复已经多达六千条，水友们讨论得火热。

【有没有懂行的兄弟姐妹来给大家解解惑啊？小延这样到底算不算是违约？违约金大概要多少？姐姐一晚上已经操碎了心……】

【星空 TV 会插手吗？】

【那要看星空 TV 签约之前知不知情了，就算知情，那也跟平台没关系，是主播自己违约，除非平台想把 yanxyan 保下来，不然出面的概率不大。如果违约是真，那违约金起码七位数往上走吧，yanxyan 目前的咖位……我觉得平台不会保他。】

事情扑朔迷离，到现在还看不出什么，水友们见多了平台主播间的纷争，一时间都选择观望。

直到一条评论突然蹿出来，并在一个小时内获得了上万赞，被顶到了热门第一。

【这 yanxyan 破事也太多了吧。先是开挂，然后跟其他主播闹矛盾，现在又违约，一新人这么能折腾也是够呛。建议星空 TV 管理层借这事赶人，别留这种人在直播间祸害其他主播。】

【我就洗个澡的工夫，热评第一就换人了？怎么你们这群水军当我们傻？】

【yanxyan 说到底还是粉丝基础太弱了。还记得香蕉出事那会，我的天，跟在看娱乐圈八卦似的，粉丝"控评""洗白"一条龙。要不是平台限制了香蕉最近的榜单，他的流量根本不会受影响。】

水友们热热闹闹吵到了次日。

就在大家吃早餐的空当儿，一条新微博诞生了。

【延延他爸：周米娱乐，起诉程序走快一点，周米负责人请立刻与我方管理人员联系。】

延延他爸这个号，关注账号只有 1 个，粉丝只有 300 人，其中 299 个都是小延跟他的粉丝，顺着喻延的微博关注过来的。

粉丝们刷到这条微博皆是一脸蒙，还以为自己没睡醒。

185

"1老板这条微博是什么意思？我怎么看不懂？"

"我方管理人员……是指哪一方啊？"

"1老板这时候就别发微博了……好多想捣乱的人摸到您微博下面，就想着落井下石呢。"

"老板你看走眼了，既然这么有钱，不如你帮主播交了违约金呗哈哈哈哈。"

"老板，天涯何处无芳草，下个主播会更好。给您推荐一个主播，人美歌甜，星空TV丫丫。"

半小时后。

【延延他爸：周米娱乐。】

"？"

"气傻了？"

"看不懂这波操作……"

又半小时后。

【延延他爸：周米娱乐，任帘敏，……】

后面一口气点了周米娱乐目前旗下的几位艺人的名。

这波操作莫名有股滑稽感，水友们觉得有趣，乐得纷纷效仿，仿佛在打什么暗号似的，十分钟内就跳出了三百多条转发。

周米娱乐的官博一看就沉不住气，被莫名其妙点了几百次名后终于忍不住了，竟然出现在评论区里。

【周米娱乐：这位粉丝你好，起诉方面我们会与yanxyan本人和他所处公司星空TV商讨，无关人士请静待起诉结果。】

负责官博的其实就是周米某位"高层"，说是高层，其实也就是周米目前仅剩的几位员工之一。

他发完这条回复，喊了一声："这主播的粉丝有点傻啊。"

"你去理一个几百粉丝的小号干什么？"一旁的冯雄问。

"你是没看见他微博下面那些粉丝说的话，全都在骂咱们公司呢。"官博负责人往后一靠，问，"雄哥，你确定这样能找那个喻延要到钱啊？咱们这合同……一看就知道不顶用啊。"

冯雄紧紧盯着手机，他昨晚连夜给喻延发了几条私信，还附上了自己的联系方式，就等喻延私下联系他呢。

"能。"冯雄想起什么，道，"那小孩子，没读过什么书，你说什么他便信什么，特好糊弄。"

他们压根就没打算要去起诉,从头至尾就是想在喻延身上骗点钱罢了。

"你打算找他要多少啊?"

冯雄抬手,比了个三。

官博负责人问:"三十万?"

"三百万。"

那人惊了:"三百万?他哪来那么多钱啊。"

"这你就不懂了,我向别人打听过,主播现在特别赚钱,三百万对他们来说也就几个月的事。"说到这儿,冯雄表情遗憾,"我本来想着要五百万,但我怕数量太大,他拿不出来……兔子逼急了还咬人呢。"

官博负责人想了想,还是不放心:"那如果星空TV插手怎么办?真闹上法庭啊?"

"怎么可能?放心吧,我不傻,星空TV那负责人更不傻了呀。我们这合同跟他们扯不上关系,就算喻延真毁约了,那责任也在喻延本人身上,平台吃饱了撑得来管这破事。"冯雄说完,碰碰他的肩,"快,看看喻延回你私信没。他怎么还没联系我……"

官博负责人看了看私信。

喻延的回复肯定是没有的。

但私信页面却平白无故多了许多条未读。

【在吗?起诉流程麻烦走快一点哦,别让我们1老板等急了。】

【哈哈哈哈哈,你们这小破公司办事效率能不能麻利一点?!】

【任帘敏:我已经和你们解约几个月了,百度百科上为什么还没更新?你们必须发个声明,澄清我已不在公司的事!】

"冯总,你看这……"

冯雄凑上来看了几眼:"怎么了?什么意思?"

官博负责人一脸蒙地点进某条私信里的微博传送门。

办公室网速不好,导致他刚点进去的那一刹那,微博博主的名字仍是"延延他爸"。

但几秒之后,这四个字蓦然一变——

易琛。

微博认证:易达董事长。

【易琛:周米娱乐回话。】

第34章

官博负责人先是一愣，紧跟着第一反应便是刷新界面。

但不论他怎么刷，微博名字没变，认证没变……第一条微博也没变。

易达这两个字，对所有求职者来说都不陌生，不少人挤破脑袋都想加入易达，哪怕只是加入一个分公司，说出去面上都有光。

冯雄年纪大了，不太懂年轻人这玩意，不然也不用找其他人来弄官博。他问："这是什么意思？"

"冯总……这是易达啊。"负责人面色惊慌，"我刚刚回复的那个人，是易达的老板。"

"易达？"冯雄自然也明白这两个字的含义，他皱眉，不悦道，"我都跟你说了，让你别瞎用官博号，之前你给几个八卦点赞评论就算了，现在干正事呢，你还用来瞎闹腾！"

"我没瞎闹腾啊。"官博负责人嘴硬完，哭丧着脸，"那现在怎么办啊冯总，我还回复吗？"

"回复什么？"冯雄道："就算是易达又怎么样？这事跟他们一点关系没有，他来掺和什么？别理。"

官博负责人一想，是这个理，但又隐隐觉得哪里不对。

半晌，他打开百度，唰唰一阵操作。

看清网页上的字后，他的脸立刻变得惨白，连说话都断断续续的。

"冯总……这……"

"你咋咋呼呼的做什么？！"冯雄刚接了个催债电话回来，心情差到了极点，"喻延回复了没？"

"冯总，那个您就先别管了。"官博负责人慌张道，"星空 TV……是易达旗下的直播平台！"

"怎么可能……真的假的？"冯雄瞪大眼，"被收购的？"

"真的！真的，你过来看……"官博指着百度上的信息，"一直是易达旗下的，只是在这方面易达比较低调，星空 TV 又从来不把易达的大名拿出来吆喝……"

官博紧张得头皮发麻，"冯总，那易总刚刚那条微博是什么意思啊？"

冯雄意识到了事情的严重性，他走上前："赶紧……你赶紧去私聊他。"

"私聊说什么啊冯总？"

冯雄舔舔嘴唇，忍不住骂了句脏话，他就想安安静静打个劫，招惹来的都是哪路神仙。他道："我说一句，你打一句！"

易琛在去公司的路上。

他刷新了一下微博界面，仍旧没收到周米娱乐的消息。

他还从来没见过这类公司，微博上发的几个工作微博，全都是夭折了的项目，公司登记的电话号码是空号，就连公司地址都是错的，他派人去探过，说是前几个月公司就已经搬走了。

用"公司"二字，怕都是抬举他们了。

他这还是头一回用微博来处理工作上的事，微博这东西他平时根本不用，也就之前喻延开号的时候，他顺便去开了一个。

"易总。"坐在前头副驾的助理突然回过头来，"周米娱乐的老板信息拿到了，叫冯雄，43 岁，电话号码也已经发过来了，需要我现在拨打过去问明情况吗？还有，喻先生那边……需不需要我事先去知会一声？"

助理表情认真，但话里的语气总掩不住八卦气息。

他方才听见老板让他去处理微博认证的事情时，还以为是自己耳朵出问题了。他更没想到，老板弄微博认证，就只是为了去处理一家三无小公司。

易琛眼皮都没抬："冯雄的其他情况？"

助理言简意赅："负债几百万。"

易琛刚要说什么，手机突然传来振动。

关注人私信那头多了个小小的"2"。

为了等周米娱乐的回复，他特地给那账号点了个关注，方便有消息过来时能第一时间收到。

【周米娱乐：易总您好！】

【周米娱乐：易总，您在吗？】

【易琛：把你们和喻延的合同复印件发过来，剩下的我们平台全权处理，不要再去骚扰我们旗下的主播。】

"完了呀。"官博负责人急了，"这易总的意思，是真要法庭见啊！"

冯雄额头沁汗："你急什么？还不是你在他评论底下瞎回复！告诉你，这事如果出了什么问题，你也是有责任的！"

【周米娱乐：易总，合同是喻延在加入星空TV之前签的，我们知道他事先一定没把合同的事向您那边汇报过，这么算来，责任都是在喻延自己身上的，您完全不需要担心。】

易琛不喜欢打字，平时除了喻延，他基本不跟任何人聊天，许多事都是发语音或直接打电话。

看到周米娱乐发的可爱的表情包后，他所有的耐心都消失殆尽。

冯雄搬了个小凳子坐到电脑旁边，急得嘴唇都白了，去坑喻延原本就是下下策，他再不想办法弄点资金来，再过不久就要被债主讨命了！

"回复没有啊？"

官博负责人："还没有……"

"是不是网络出问题了？聊得好好的，怎么就不回了呢？"冯雄一拍他的肩膀，"再发句，问他在不在……"

这话刚说完，一阵尖锐的电话铃声响起，冯雄随着一抖。

被催了几个月的债，最近他听见铃声就怕。

他一看是陌生号码，果断不接，谁想对面锲而不舍，又打了两个过来。

他接起来："谁啊？催命啊？"

那头先是安静了几秒，而后，一道沉沉的男声响起："差不多。"

"……"冯雄还以为自己听错了，"什么玩意？"

"你是冯雄？"

"是我，你是谁？"

"我是易达集团的易琛。"易琛手搭在腿上，食指有意无意地轻点着，"我们就在电话里聊。"

助理斗胆通过后视镜看了一眼自家老板，他隔着手机都仿佛能感受到电话那头的惶恐。

他心道，能让我们大老板亲自给你打电话，你公司就算是原地破产都值了。

冯雄一愣，手下意识抬起来扶着手机："易总！您好您好……"

他瞪了一眼电脑前的人，转身走到走廊里，"易总，不知道我刚刚的回复您看见了吗？误会，都是误会，这件事跟贵公司根本没关系，您不需要担心……"

易琛问："谁说没关系？"

"这个，您咨询一下贵公司的律师团应该就能了解。"冯雄道。

"我在和他签约之前，就知道你们合同的事。"

冯雄一愣："啊？"

"所以就算是违约，违约金也是我帮他付。"说到这，易琛轻轻一顿，话里都带上几分嘲讽，"法院判多少，我给多少。"

明明起诉是自己先表的态，但听见法院二字，冯雄只觉得背脊发麻，心神不定。但他不能后退。

前面是什么尚且未知，但后头就是万丈悬崖，这笔钱他如果填不上，那些讨债公司……

想到这儿，冯雄深吸一口气，强装镇定道："原来是这样，那这件事情就得另算了。易总，您应该知道这方面的违约金不低吧？前段时间那些主播跳槽的案例，想必您也有所耳闻。"

易琛眉梢一挑，没有接话。

"易总，说来你或许不信，我虽然年纪比你大，但在商场方面，您算是我的偶像……哪有人愿意跟偶像闹上法庭呢？多不好看，我心底也不舒服。"冯雄道，"既然您都这么说了，那这件事的性质就是挖墙脚，说起来其实也不严重。违约金方面我们可以谈，完全不需要走起诉这个流程……毕竟闹大了，对您公司也会有影响。"

易琛原本还悠闲地看着窗外，听到某些字眼，他轻轻眯起眼来，语气里的不悦不加掩饰："挖墙脚？"

不等冯雄反应，易琛凉凉地强调："他一直都是我们的人，跟这三个字扯不上任何关系。

"违约金是可以谈，不过要到法院谈。我这次联系你，只是想问，起诉是你来，还是我来？"

冯雄头皮发麻："没必要，真没必要，易总、易总，这样吧，三百万！您给我三百万，这事儿就了了，何必大张旗鼓呢……"

"我来吧。"易琛打断他，"省得这官司打完了，我还要安排另一轮起诉。"

冯雄傻眼了:"易总,您这是什么意思啊?"

"你们那合同,漏洞百出,你自己心里不清楚?"

"怎么会……不是,您说您要安排另一轮起诉……是什么意思啊?"

易琛看着窗外雾蒙蒙的天,问:"几年前拖欠工资的事,你以为就这么过去了?"

冯雄说:"那也是没办法呀易总,您公司一帆风顺,没经历过动荡,怎么会懂我们这些小公司的苦楚。当时别说工资了,就连生活经费我都是倒贴着钱给的。况且小延当时家里出了事,我不是挤了几百块钱出来给他吗?"

不提还好。

一听见冯雄这么说,易琛心底蓦地升起一团火。

"几百块?"

"您别看不起几百块,那时候职业战队都不正规,我能开几百块已经是很大方了……"

"冯雄。"易琛打断他,语气里的淡然已经消失了,取而代之的是沉沉的怒意,"好在你还记得这一纸合同,不然我可能还要费点时间。"

不等冯雄问,易琛便继续道。

"你公司的登记情况有问题,我找了你很久,没想到你自己先跳出来了。

"我的律师团在这段时间内会整理证据,联系之前被你坑过的工作人员,在不久之后就会正式起诉你。当然,罪名不只是拖欠工资这么简单,你这公司小虽小,做过的破事还不少,做假账,逃税……非法集资。

"几年前你给我家员工带来的伤害,你做好百倍奉还的心理准备。到时候你就知道,欠几百万对你来说,已经是福星高照了。"

第35章

"你意思是,他们还没把合同发给你?"

办公室里,喻闵洋穿着一身西装,正眯眼看着手机里那条微博,"现在的人都养成什么习惯了?不好好走程序,总在网上发这些做什么,有一点法律效力吗?"

喻延喝了口茶,点头:"……没发。"

喻闵洋问:"私下有没有联系你?"

喻延说:"没有。"

喻闵洋的律所虽然小,但有好几个前途无量的律师,这会儿几人坐在外面的办公桌,时不时就往办公室里瞟。办公室的窗帘没有拉上,透过玻璃,能把里头看得一清二楚。

"这真是洋哥的侄子?亲侄子?这么帅,一点都不像。"

"谁说的,你是没见过洋哥年轻那会吧,在我们学校荣誉毕业生那儿挂着呢,还是挺帅的。"

"那跟他这个侄子比还是差了一点。这身白T恤穿得这么好看,要不是我年纪大了……"

"喂,醒醒,你老公还在家里等你呢。"

喻延不知道自己正被人议论着,他抿抿唇,问:"叔叔,这个情况,我算是违约了吗?"

"不算!"喻闵洋直接道。

喻延嗯了声:"对。"

喻闵洋说:"那你放心,这官司八成能赢。叔叔这公司虽然规模不大,但人才还是有的,我们有一位律师,才打赢了一个违约案子,他是平台那方聘去的,赢得很漂亮。他这几天去M市出差了,明天就回,明天你再过来一趟,我带你和他去吃顿饭,你们好好说。"

"好。"喻延说,"谢谢叔叔,那我明天再过来。"

喻闵洋点头,这才切换到亲情频道:"这事没吓着你吧?"

喻延摇头:"没有,只是有些意外。"

"这个公司也真是够无耻的了,工资不发也就算了,现在还敢出来讹钱……"说到这儿,喻闵洋才惊觉自己踩了一个大雷,赶紧闭了嘴,下意识道,"我意思是……"

"是啊。"喻延扯出笑来,"……所以才意外。"

不等喻闵洋说话,他便站起身,"叔叔,那我就不在这儿打扰你工作了,明天我早点过来,那顿饭就让我请吧。"

喻闵洋皱起眉,表情里闪过一丝悲伤。

许久,他才不断点头:"好。那明天见。"

叔侄二人走出办公室,经过员工座位,喻延礼貌地朝他们点点头,把人数点了点,心想明天顺便带些奶茶或咖啡来。

送到门口,喻延道:"那叔叔,我先回去了。"

"嗯。"喻闵洋忍了一路,到分别时还是忍不住了,他抬手,拍了拍喻延的肩膀,"小延,医药费那事不能怪你,你千万别多想,知道吗?你爸妈当时已经……"

"我知道的。"喻延打断他,脸上的笑容也终于挂不住了,连带着声音都低了好几度,"那我走了,叔叔再见。"

上了的士,喻延松了口气,看了眼手机,已经十点半了。

今天也不知怎么的,这个时间点街道上还在堵车。在这个十字路口堵了近十分钟后,喻延决定先发微博跟水友们请个假。

结果刚上微博,他就被下方的众多消息吸引去了目光。

平时他的私信也不少,但他两天清理一次,根本积攒不到这么多,喻延打开车窗,疑惑地点了进去,看到了这几个小时里提到他最多的微博。

【过年了:这两天仿佛看了场大电影。那垃圾公司发公告说要告我弟弟毁约,在各种在评论下面回复那些捣乱的人的问题,那些人又去关于我弟弟的各种超话造谣。

实不相瞒,姐妹们,当时我已经做好收拾包袱我弟弟去哪儿我去哪儿的心理准备了,内心十分悲壮。

没想到,一大早……官方突然发了一条微博,差点被把我噎死。

没什么好说的了。

1老板牛,小延也牛。】

图片正是易琛不断点名周米娱乐的那几条微博。

喻延睁大眼,不可置信地点开自己的关注列表。

果然,延延他爸这个ID没了,取而代之的是带个大黄V,粉丝数量好几万的易琛。

他点进对方的微博,停留在最顶端的仍是那条瞩目的点名消息,下面的评论已经破了万。

【我虽然不看直播,也不懂什么合约的,但这"打脸"打得也太爽了吧。】

【周米娱乐官博呢?继续回呀,之前不是一直很硬气吗?不是还让我们粉丝们等着吗?我们等着呢。】

【yanxyan这后门开得也太大了吧,明目张胆?真为星空TV其他主播担心。】

确定刚刚微博里的图片是真的后,喻延没心思再看,打开微信就准备给易琛发消息,结果一点开,就看到好友那边多出个申请。

【若若申请加你为好友,附加消息:延延,我是刘若若。】

又是熟悉的名字。

最近以前认识的人就像约好了似的,一个一个蜂拥上来。

这是以前喻延所在战队的生活助理,关系还算过得去,不过在他离开战队之后就再也没联系过了。

他犹豫片刻,还是点了通过。

对方跟在手机前守着似的,请求刚通过,立刻就发了消息过来。

若若:小延,你还记得我吗?就是以前天天帮你泡面的那个。

喻延:记得。

若若:你没事吧?我看到周米娱乐的微博了,他们未免也太无耻了!星空TV那边已经有人联系我了,你放心,我到时候一定出面给你作证!一定要让冯雄把之前欠我们的工资拿回来!

若若:虽然不多,但被他欠着,就总觉得心里边不舒服。更何况你当时还这么困难,他简直不是人。

平台那边联系她了?联系她做什么?

喻延没明白,但也没多问,他犹豫了下,回复了个笑脸。

若若：看到你现在过得这么好我就放心了……前段时间见着你，我还不敢相信呢。

喻延：见着我？

若若：对啊……我现在是 CN7 战队的助理，星空 TV 年度盛宴我也去了的，说到这，我们差点又成为同事了呢。

若若：我当时原本想去跟你打招呼的，但是临时被易总叫走了。下次有机会，我们俩好好聊聊。

喻延一愣，捕捉到了重点。

喻延：易总？

若若：对啊，他很看重你呢，还特地把我叫去了休息室。

喻延没想到，之前跟易琛一块儿去休息室的女人，居然就是刘若若。

他握着手机，一时间不知道该说什么。

还不等他问，对方就率先把话丢了出来。

若若：他问了我关于战队的事情，我瞧他对员工的事好像挺上心的，就全都告诉他了。

若若：我当时还在担心自己是不是太多嘴了……没想到易总居然真的会为我们出头！

若若：这事绝对是冯雄他们理亏！易总都出手了，那公司绝对完了！

喻延看着对方发来的许多个表情包，许久都没回过神来。

若若：延延？你去直播了吗？

喻延：没有。我这边还有点事，我们下次再聊吧。

发完这句话，喻延退出聊天框，下意识看向窗外，有些微微出神。

易琛早就知道了？知道了多少？全部？

车子突然一个急刹车，把他从思绪中抽出来。

"终于到了。"司机也开累了，"这破路也太堵了。"

喻延回神，扫了前面的二维码付款，一句话没说便匆匆下了车。

回到家，他坐到电竞椅上，边发呆边开了电脑。

开直播之前，他特地去跟房管打了招呼。今天的直播弹幕注定不太平，让房管做好封号准备。

他原先都想好了，能忍则忍，不能忍就封。

谁想进去之后，弹幕却完全是和想的不一样。

【看了你的故事，很心疼，人生在世，谁都不容易。一颗小星星砸给你，加油！】

【弟弟……你要心疼死我吗？好想冲过屏幕去抱抱你！】

【坏人都会受到惩罚的！】

喻延感到有些莫名，边开游戏边问："你们在说什么？"

【你的事大家都知道了，放心！我们都会帮你的！绝不让无良企业得逞。】

喻延皱眉，刚要继续问，卢修和的消息就发来了。

你卢大爷：小延！不知道是谁，把你的事情全都发到网上去了……又发过来一个微博链接。

喻延现在光是看到微博的APP图标，都觉得头疼。

全民网络时代，信息更新得太快，就在他刚刚跟刘若若聊天的那点工夫，又有一条微博跳了出来。

发博的是个营销号，甚至还花钱买了推广，这条微博很快就火了起来。

直播快车：（匿名投稿）yanxyan的事，我观望了两天，终于看不下去了，必须出来为小延申个冤！小延之前的确参加过职业战队，战队叫猛兽，相信满阳那一带有些记忆的电竞老玩家应该都认识，因为这个战队当时在满阳拿了许多奖。

小延那时很努力，每次都是训练到最晚的那个，比赛也经常拿MVP，放到现在，他估计比某些大热职业队员还要火，那他为什么要退队呢？

很简单，因为高层不开工资，小延打了一年，拿的工资甚至不足四位数，换你你走不走？

但小延一开始还真没打算走，他就这么倒贴着生活费，一直在战队里打。直到有一次，他家里出了事，很大的事，好像是家里人住院了，那段时间急需要钱，他去找我们的管理层冯某索要工资，最后拿了几百块钱。

没错，就几百块钱。小男孩当时眼睛红得跟血似的，特别可怜，我没忍心，回去想拿点自己的生活费给他应付着用，但我去拿钱的工夫，他就已经走了。

这件事在我心里留下了很深的印象，我至今没忘。

后来我听认识他的人说，他家里人……也没能挺过来。我以为这就是结局，一个悲剧。

结果几年之后，这战队居然跳出来，说要告他违约。

冯某，我就问你，要脸吗？还有那些不明真相，还在使劲造谣的人，良心真的不会痛吗？

喻延看着这长篇大论的微博，和下面满是心疼字眼的评论区，脑袋一片空白，一时间不知该说什么。

　　就仿佛是一道血淋淋的口子,好不容易结了痂,却在某年某月又被人翻了出来,把它使劲儿掰开,然后往上面撒一些止痛药,问他还疼不疼。

第36章

喻延看微博的行为，被镜头捕捉得清清楚楚。

水友们都在等，等他的回应，他也许会诉苦，也许会流泪，他们随时抱着键盘，就等着给屏幕里的人一个安慰。

谁想喻延看完之后，很平静地把手机锁屏，然后放到桌上。

"今天不抽水友，我打一会路人四排。"

【？】

【小延，你别太难过了，事情都过去了。】

【对啊，而且还有1老板在呢！】

"难过？"喻延说，"我为什么难过？"

屏幕上立刻闪出一堆问号。

"你们是指微博上的事？"喻延似是才明白过来，语气如常，"那个文章我已经举报了，大家也都别太当真。"

【意思是直播快车那个投稿是假的？】

"网络上的东西不能全信。"喻延模棱两可地回答。

【我还看哭了！还我眼泪！】

【我就说嘛，怎么会有公司这么蠢，不开工资就算了，还敢起诉对方违约……这不是送死吗？】

【还我刚刚的小星星！】

"可以还，把你的客户号私信发给房管，我退一半。"喻延道，"剩下一半……你得去找平台要。"

房管就这么眼睁睁地看着弹幕突然从五位数降到了四位数，她原本还打算多叫几个帮手过来帮忙封号，没想到喻延三两句间，就把流量给聊没了。

怎么说呢，流量变少是很可惜，但知道这件事是假的之后，她还是很高兴的。

而另一头，卢修和压根想不通。

虽然那直通车就这么曝光别人的隐私不太好，但说的都是事实呀。

他本来还觉得这种人特别恶心，把别人的私事拿去投稿，还匿名，可看到评论下那些留言后，他又觉得挺好的。

至少没人骂小延了。

他刷新了一遍微博，想看看喻延否认之后，这些评论又会有什么转变。谁想这一刷新，只刷出了一条系统提示——"该微博不存在"。

这两天的闹剧下来，不明水友对 yanxyan 这个主播的好奇指数可以说达到了峰值。

喻延播了几个小时之后，低头看了眼热度，一千来万。

也怪不得团团要签团队营销，这人气来得也太快了。

他抿抿唇，继续点击匹配。

直到弹幕上飘出几条消息。

【主播今天播多久啊？还不下播？】

【今天过年？加播？】

【小延你先停下来吃个饭吧……】

喻延才发现已经晚上十点了，超过了他的直播时间。

他下意识点亮手机，上面空空如也。

他和易琛就仿佛是约好了，今天谁也没率先发出第一句话。

因为在直播，喻延不好细想。他抬头，道："不急……打完这局再下。"

飞机起飞，队友们十分默契地同时在 P 城上方标了个点。

落地后，喻延快速跑进房间，就在捡枪的同时，弹幕助手突然飘出一条消息来。

【1 进入了直播间。】

他一怔，还来不及说什么。

【1 离开了直播间。】

"……"

【？】

【我眼花了？】

【你没眼花！1 老板刚刚进来了！】

【……那怎么又走了？】

脚步声让喻延迅速收回神，他打开门，枪口朝下，直接打倒楼下两个人，憋出一句："可能是有事吧，大家别刷了。"

下了播，已经是十点半。

喻延坐在电竞椅上，看着面前黑漆漆的屏幕，久久未动。

也不知坐了多久，他才慢慢抬头，把房间环视了一遍，视线定格在鞋柜顶端的信封上。

是一封通知书，他这一带马上就要拆迁了。

其实这一片的楼房早就该整改了，房屋破旧，漏水什么的都是常事，许多户都已经搬走了，情愿租出去也不想自己住。

喻延也不是没处去，他陪玩的钱，也够他租一个好一点的房子了。

他就是不太舍得。

这房子是父母唯一给他留下的东西。

他抬手把耳机放好，不敢再往下想，起身拿起睡衣就要进浴室。

进去之前，喻延想起什么。

他犹豫片刻，还是拿起了手机，点开了微信置顶的聊天。

喻延：刚刚来直播间是有什么事吗？

喻延：我今天感冒了，说不了话，今天就不视频了，攒到明天……我们聊久一点，行不行？

洗澡出来，手机仍旧没收到回复。

已经近十一点了，易琛应该也忙完了才对。

外面下了雨，喻延甚至还能听见哗啦啦的雨声，他捏着手机，看屏幕上连"正在输入"的字样都没有，最终还是没忍住，拨了个语音通话过去。

那头很快接了，男人的声音比起往日，显得略微有些低沉，周围还有些细碎的嘈杂声："……怎么了？"

喻延说："没……就是看你没回消息，我有点担心。"

"看到了，只是没空回。"

喻延哑然："这样。"

"嗯。"那头顿了顿，然后道，"一会说。"

通话结束，微信提示那头显示通话13秒。

也是他们认识以来，最短的一次语音通话。

他正盯着手机，上方突然弹出一条QQ消息来。

你卢大爷：小延，你睡了没？

喻延：还没，怎么了？

你卢大爷：出来，我请你吃个烧烤。

喻延：你明天没课吗？

你卢大爷：下午才有。

你卢大爷：多的话我也不说了，我就觉得你现在一个人待着可能也不太好受，出来喝喝酒吧，我陪你，喝爽了，明天起床后绝对好了。

想起之前喝醉的感受，喻延都觉得胃在隐隐发疼。

你卢大爷：放心，就在我家楼下喝，喝完直接上我家睡觉去，不会有事的！

喻延心动了，他心情确实糟糕，十分想找一个宣泄口。

找点事情做，转移一下注意力也是好的。

喻延：好，我马上过来。

他两三下换好衣服，拿起钱包和手机就出了门。

锁门时，他听见右侧传来一阵脚步声。

沉稳，有力，在黑夜里十分清晰。

他下意识侧目看去，看清来人后，倏然睁大眼睛——楼梯间站着一个男人。

熟悉的五官，正是刚刚在电话里说忙的易琛。

他显然是刚从工作场合下来，雨势太大，楼梯又没有遮挡物，他的灰色西装都被浸湿了，头发贴在头上，听见动静，他上楼的脚步随之停下，抬头对上喻延的目光。

喻延上锁的动作都顿住了。

这一刻，他才发现，想逃避是假的。

喻延憋了一天的糟糕情绪在见到他后，莫名在这一瞬间蜂拥而上，情绪来得太快，以至于他一下没忍住，连眼底都染上了红。

易琛见了，不露痕迹地拧了拧眉，继续往前走，一步步走到他面前。

他一看到微博，就马上让人去处理了。

不过还是晚了，他发现时，微博已经有好几千条评论了。

事情嘱咐下去后，他便让下属订了来满阳的票。

他没想太多，只是想看看他，他不太忍心让他一个人面对这些事情。那些人自以为正义，不过就是把别人的伤心往事翻出来，想给自己的同情心多一些发挥的余地，根本不在乎这件往事会不会给当事人带来二次伤害。

　　喻延回过神来，有点不知所措，半天才挤出声音："……你怎么在这里？"

　　易琛抬手，随意抹了抹发上的水。

　　水量太多，两人甚至能听见水滴落在地板的声音。

　　他道："能不能借浴室用一下？"

　　喻延："……"

第37章

喻延手上的钥匙一转,把门打开。

"进来吧。"他往易琛身后看了眼,"你自己过来的?"

易琛:"嗯。"

当天的机票紧俏,要不是刚好有个公务舱乘客退了票,他恐怕都得坐经济舱来,更顾不上带上其他人。

易琛进了屋,下意识四处看了看。

房间不大,但很整洁,跟易冉那乱七八糟的房间完全不同,除了电脑前边摆放的周边装饰比较多外,其他地方没摆什么多的物件。

喻延从方才的惊讶中回神,他犹豫了下,去厕所拿了毛巾出来。

他一个人住,又不是太细心的人,家里没有准备多余的生活用品。

他把毛巾递给易琛,说:"家里没有多的毛巾,你……先用我的擦擦头发?我去超市买一条回来。"

易琛接过灰色毛巾,扫了眼外头的雨势。

"我去买,超市在哪儿?"

"你衣服都湿了,再吹风会感冒。"喻延走进浴室,打开热水器,"你先洗澡,我很快回来。"

"好。"

"晚饭吃了吗?要不要我给你点些吃的?"

"我已经吃了。"

易琛脱了西装,正在解领带,虽然西装挡掉了不少雨,但里头的衣服还是被浸湿了一些。

喻延:"我去买毛巾。"

"等等。"易琛叫住他,"我今晚来得太急,没订酒店。"

喻延哦了声,拿出手机:"没关系,最近游客暴增,不知道酒店有没有空房,我给你订一间吧。"

易琛挑眉,"这么大方?"

"……嗯。"喻延看着手机,"完了,没房了。"

易琛继续手上的动作:"那你一会去超市的时候,顺便给我买根牙刷回来。"

喻延愣了愣:"牙刷?"

"嗯。"易琛语气自然,"你的床够大,够两人睡。"

外边雨势小了许多,但还是有毛毛雨在下。

喻延拿出手机,给卢修和打了个电话,许久对方才接起来。

不等他说话,卢修和先开口了,语气有些急促:"小延,你在哪儿?你该不会已经出门了吧?"

喻延说:"我是出门了……"

"这……哎。"卢修和道,"我这突然有点急事,可能去不了了。哎这都什么事……对不起啊小延,你到哪儿了?"

喻延忙说:"没关系,我也突然有点事。"

"什么事啊?"卢修和一愣,"你那边还有车声。"

"嗯,家里来了客人,我去超市买点日用品。"喻延说:"你那儿发生什么事了,不要紧吧。"

放在平时,卢修和肯定要好奇地盘问一番,毕竟喻延朋友不多,哪有几个人会半夜去他家里。

但手边有事,他也顾不上多问了:"那就好。我这没什么事,就是我一朋友病了,没人照顾,我得去看看他。那改天如果有空,我们再把这顿补上。"

"好。"

待喻延出去后,易琛没急着进浴室。

他拿出手机,给助理拨了电话。

对面已经等了许久了,看到来电,连忙接了起来:"易总。"

"晚餐取消了没?"易琛把西装外套随手挂起,问。

助理看着包房里的人，小声道："取消是取消了，但如您所说，他们还是过来了。"

易琛今晚原本有个晚餐行程，如果是普通的工作行程倒还好，偏偏这是场亲戚聚餐，是易母千叮咛万嘱咐，易琛才同意他们过来的。

这场聚餐不为别的，正是那群远方亲戚想给前段时间一场车祸的肇事者求情。

就算不松口，这顿饭也还是得露面。这是易母的原话。

助理看着里面正在胡吃海喝的人，脸上的嫌恶掩都掩不住。

易家在多年前算是个大家族，天南地北都有亲戚旁支，但许多都是一代不如一代，直到现在，就属易琛这支发展得最好，其他亲戚想攀攀这个高枝儿也不足为奇。但这群人哪是攀枝啊，简直就是想吃老板肉、喝老板血，开口就是要一家分公司，权当他老板的钱是大风刮来的。

他看到的尚且还只是表面，内地里指不定更过分。

他问："那老板，这两天的会议需要取消吗？"

"不用，改成视频会议。"

"可是您不是没带电脑……"

易琛看了眼不远处的机子，道："我这儿有电脑。你把时间改一下，全部改成上午。"

"明白。"

挂了电话，易琛转身进了浴室。

浴室不小，因为没有浴缸，所以空间还不算拥挤。

易琛扫了眼置物架，拿起最大那瓶东西看了眼，上面是一个微笑着的小飞象。

牛奶味沐浴露？

他哂笑一声，把沐浴露放回原位，手指在开关处轻轻一勾，热水立刻从淋浴头里喷涌而出。

喻延一打开家门，就听见从浴室传来的水声。

他走到浴室门前敲了敲，然后小心拉开，把塑料袋递进去："我买回来了，还有牙刷。"

水声仍在响。

喻延举了半天都没反应，他下意识晃了晃手："易琛？"

塑料袋紧跟着被人接过："谢谢。"

喻延一愣，赶紧收回手来："……没关系。"

易琛出来时,带了一股子牛奶味。

喻延正在折腾另一床被子,他弯着腰,弓着身子。

听见动静,他回过身。

对上他的视线,易琛哂道:"我说平时你身上都是什么味道……这么大了,怎么还用婴儿牛奶沐浴露。"

第38章

人一旦维持在一个状态久了，就会养成一种习惯，喻延就是，这沐浴露，附近超市卖了几年，他就用了几年。

听到这个问题，他顿了顿："我用久了，一直没换，很难闻吗？"

易琛放下毛巾："不，很好闻。"

他这次来就带了一个小箱子，收拾的是办公室备着的衣服，以备出差等不时之需，还有一沓文件。

他换了身宽松的常服，比方才那套西装要舒服得多。他抬手随意擦了擦头发，朝电竞椅扬扬下巴，"我能坐那儿吗？"

"可以，你随便坐。"喻延说。

易琛毫无拘束地坐到电竞椅上，刚要说什么，就见喻延拿起衣服，丢下一句"我去冲个澡"就进了浴室。

浴室门发出一道声响。

易琛视线放回文件上，看了几眼，却难得看不下去。

于是他把文件夹合上，往后一靠，打量起眼前的电脑桌来。

这么一看，他没忍住，嘴角止不住上扬。

平时摄像头都对着喻延，大家看不到电脑桌上的情景。

只见他的屏幕左右两侧分别贴了两张打印纸。

上面写着几行大黑字——

"他人生气我不气，气出病来无人替。

我若气死谁如意？况且伤神又费力。"

喻延出来时，就见易琛拿着手机，正在拍他电脑桌后头贴着的两张大纸。

听见声响,易琛头也没回,说:"我让助理给我也打印一份,贴在办公室里。"

看清他在做什么,喻延脱口而出:"那……不太雅观吧。"

易琛挑眉:"我学你,贴在不显眼的位置。"

"我就是随便贴贴。"喻延低声解释:"有些水友,挺气人的。"

"有些员工更能气人。"易琛转过身,还准备说什么,话到嘴边,又被他收回去了。

在这种时候,他一点也不想提那几个令人头疼的员工。

易琛起身,拿起几份文件,随意找了个地方放好。

喻延坐到椅子上,拿出本子,余光不断扫着旁边。

易琛十分自然地躺到床上,他一边手撑着脑袋,问:"在写什么?"

"在记直播时长。"喻延老实道,"还有今天直播间的新老板ID,以后方便给他们插队。"

他的献星榜已经装不下老板们的ID了。

易琛扬眉:"上面也有我名字?"

"有。"喻延说,"第一个。"

易琛满意了,还想说什么,桌上的手机忽然响了。

他拿起一看,是易冉。

"哥,你怎么还没回家?"易冉在那头问:"我给你打包了小龙虾回来呢,蒜香的。"

易琛说:"我今晚不回家。"

易冉哦了声:"你出差去了啊?"

"没有。"易琛问:"还有事?"

易冉犹豫了下,还是硬着头皮说了:"哥,刚刚成哥给我打电话,说是他周末办派对,让我跟着你一块去呢。"

易冉不傻,方才莫南成一开口,他就知道这两人估计闹矛盾了,说来也奇怪,他哥跟成哥认识这么久了,从来没翻过脸,连意见不合都很少有,这回能吵起来,绝对是出了什么大事。

他本来不想来触这霉头的,奈何莫南成给出的报酬实在是太诱惑人。

身边突然没了声音,喻延笔尖一顿,好奇地看了过去,两人对上了视线。

易琛眼底暗沉,看不出来在想什么,见喻延瞧过来,他收回思绪,抬手,朝他勾了勾指头。

看他一脸不知所措的模样，易琛方才的情绪蓦地消失干净。

易冉没得到回答，又叫了一声："哥？"

易琛："你如果想去……"

易冉："想去！我特想去！"

易琛语气如常："就自己去，我不在，他也会放你进去。"

易冉："……"

相处久了，易冉知道他哥是块硬石头，只要说了"不"字，基本就不会松口，他索性也不浪费力气了："哥，你去哪儿出差了？

易琛没说自己在没出差，只是简单道："在满阳。"

"你怎么又去满阳了。"易冉道，"满阳那边天气是不是很好？我在晋城都快冻死了，哥，你住的哪个酒店？不然我去找你吧。"

易琛问："派对不去了？"

"我可以在周末前回来嘛。"易冉打开订酒店的软件，"哥你放心，我爸把卡还我了，我现在有钱，我自己订酒店就行。"

易琛没回答，只说："没事挂了。"

"哦对了还有。我今天逛微博的时候看到有个公司说要告小延，哥这事你知道吗？"说到这，易冉一顿，紧跟着发觉不对，"——哎等等，哥你在满阳？你该不会……"

易琛挂了电话。

他把手机丢到桌上，问椅子上的人："写完了？"

喻延嗯了声。

易琛问："那睡吗？"

喻延点两下头："睡。"

睡不着，他索性不睡，他小心撑起身子，快速从桌上拿过手机，再轻轻躺下去。调成静音，再把手机亮度调至最低，就能在网上冲浪了。

平时他睡不着，除了跟易琛视频之外，就是看电影。但他平日看电影都习惯外放，毕竟戴了一天的耳机，再戴实在遭罪。

电影 APP 旁边，就是微博的图标。

他正犹豫着，头上跳出一条消息来。

你卢大爷：知道你心情不好，给你看个沙雕合集。【微博链接：分享今日快乐……】

卢修和仿佛就跟知道似的，迅速帮他做了选择。

喻延回了个谢谢，点进了这条微博。

内容很搞笑，他看得嘴角疯狂上扬，得忍着才不笑出声，九张图全看完后，他还抬手点了个赞，再习惯性地往左边一划，微博就跳到了他的个人首页。

下面的信息栏还是有很多未读信息。

他的笑容立刻僵住了。

易琛来了之后，这些烦心事就都被他丢到了脑后，现在这消息数量再次把问题摆到了他的眼前。

他犹豫了许久，还是抬手点开了消息栏。

结果他还没来得及看清界面，就听见身后传来一阵翻动声。

易琛因为刚刚假寐了一阵，声音还带着些沙哑："半夜不睡，看这些做什么。"

喻延吓了一跳："就是有点睡不着。"

"看了这个，就睡得着了？"

"我就是想看看粉丝的留言。"黑暗中，喻延慢吞吞应，"或意见。"

"他们的意见有什么好看的？"

易琛手指头稍稍用力，手机锁屏声十分清脆，周围恢复一片黑暗，"要真想知道，可以问我，我也是粉丝。"

"……"

易琛饶有兴致地屈起手臂撑着脑袋："说啊。"

喻延问："那你有什么意见？"

"意见……"易琛想了想，说，"你性格太好了……"他顿了顿，继续道，"他们说要告你，你就该直接回复他，'不起诉，你是我小狗'。"

喻延没想到易琛会吐出一句这么接地气的话，一时间傻了眼，"……你这都哪儿学来的。"

"水友教的。"易琛说："还有那些无聊的人，他们在评论下面捣乱，你就把他们的回复删了，封了，再点他们名让他们出来，随便你怎么说他们，气死他们。"

喻延："……"

"微博号是你的，直播间也是你的，他们骂你，回击就行了，不要忍着让自己生闷气。横竖都有我给你撑着。"易琛表情散漫，语气却很认真。

喻延听得鼻头酸涩，他一向不爱哭，今天却两回差点绷不住，他把鼻腔中的酸意忍回去，突然问："易琛，我是不是看起来挺可怜？"

易琛挑眉，没太理解他的话。

"你也是心疼我吗？"

易琛看着他，沉默片刻，承认道："嗯。"

喻延看了他许久，然后也跟着轻轻嗯了声。

就算易琛只是心疼他可怜他才跟他做朋友，那也无所谓。

易琛看眼前的人突然一脸认真，也不知在想什么。

易琛语气自然："看到关系很好的朋友受委屈，谁都会心疼吧。"

第39章

喻延眨了眨眼。

不是因为可怜他才做朋友,而是因为是朋友才心疼他吗?

易琛看了一眼他细细的手臂,忽然道:"以后多吃一点。"

喻延回神:"都有按时吃。"

他自己也想不明白,他一天吃三顿,中餐、晚餐和夜宵,还不怎么爱运动,但不知道为什么就总是胖不起来。

哪怕是有小肚子的那种胖也好,还能减。

易琛说:"吃有营养的才行,以后外卖别吃了,我让人给你送过来。"

喻延一愣:"不用,哪用这么麻烦?"

在这方面,易琛没打算跟他商量,继续道:"还要健身,附近有没有什么健身房?"

喻延想了想:"前两个月开了一家。"

"在哪儿?"

"骗附近居民们办了健身卡后,就关店走人了。"

"……"

易琛说:"那买点健身器械。"

"屋子里哪装得下啊。"喻延原本还有些紧张,但一躺久了,困意就禁不住涌了上来,他打了个哈欠,"……我会出去慢跑的。"

易琛觉得满阳环境好是好,但就是不太方便。这座城市太小,发达程度跟晋城完全不能比,用来养老还好,不太适合正值盛年的年轻人在这儿过日子。

一个念头浮现上来,易琛叫了声:"喻延。"

喻延原本都要睡着了,听到这声,眼皮子立刻睁开:"怎么了?"

听出他的困意,易琛想说的话又被咽了回去。

突然让他离开一座生活了很久的城市,似乎有些冒昧。

于是他顿了两秒,道:"没事,睡了。"

"……嗯。"

喻延原以为自己会紧张得一夜都睡不着。

但他显然没有,他醒了后,先是看了看空荡荡的身侧,又拿起手机看了一眼,最终确定自己起码睡了十个小时,且一夜无梦,睡得极香。

已经临近开播时间,他立刻清醒,从床上坐了起来。

易琛呢?

他拿起手机,正准备找人,就听见左侧传来一道开门声,紧跟着,窗帘被人拉开,正午的阳光立刻钻着缝隙涌了进来。

"我这两天都不在晋城,与你们的合作,我们的项目组都在跟进……"对上喻延的视线,易琛笑了笑,继续道,"如果是工作上的问题要谈,你可以联系项目负责人。程叔,我不是这个意思,但我们最好是公事公办……当然,私底下等您有空,我回晋城后随时陪您吃饭。"

见到他,喻延心定下来了,怕打扰对方打电话,他轻手轻脚起身,用动作比画:"我去刷牙。"

易琛点头。

易琛的工作电话,来来回回接了好几个,说了将近半小时,里面掺着专业术语,易琛毫不避讳地在房里聊,喻延也没怎么用心听。

等挂了电话,易琛问他:"我吵醒你了?"

喻延开了电脑,闻言抬头:"没有,我自然醒的。"

他的窗户隔音似乎比想象中要好得多。

"嗯。"易琛问,"去吃饭?"

距离开播还剩一小时,足够他们吃顿午饭了。

"好,想吃什么?"

因为是在公司备的衣服,易琛带来的几乎都是白衬衣西装裤,他把最顶上的扣子扣好:"不是说带我去吃酸辣粉?"

酸辣粉店实则是一家早点店，他们去的时候，铺子都已经快关门了，老板娘见到他，收拾的动作一顿，笑了："小延，今天怎么跑过来了？平时不都是叫外卖的吗？"

"今天比较有空。"喻延问："酸辣粉还卖吗？"

"卖，我给你单独做。"

两人随便找了个位置。

两份酸辣粉端上来，老板娘满面笑容，不断打量着易琛。

毕竟他们这种小店铺，还真少见穿这么正经的，还长得又高又帅。

喻延道："老板娘，今天的酸辣粉好香。"

"是吧？"老板娘重点被转移，"我特地从老家带回来的辣椒，你如果喜欢，我再给你加一点。"

"不用了，这样刚好。"

易琛尝了一口，确实不错，就是太辣了些。

待老板娘走后，他问："你在这边住了多久？"

喻延说："出生到现在，一直住在这。"

易琛点头，怪不得他和老板娘这么熟稔。

一碗酸辣粉，两人很快便吃完了。

结账时，喻延抢在前头，他说："你来满阳，当然得我请。"

易琛拿钱包的动作顿了顿，由着他："好。"

老板娘边找收款二维码，边不断打量着易琛。她从对方之前的言行举止都能看出来，这是个极其有修养的人。

这种优质男人，成功唤起了女人潜藏着的媒婆心。

"小伙子。"于是她笑容亲切，决定来一次临场发挥，"你多大了？结婚了吗？"

两人皆是一顿。

易琛说："没有。"

"女朋友呢？"

"也没。"

"哦，那挺好，挺好的。"老板娘脑袋一转，改问喻延，"小延，你还记得梅梅姐姐吗？就是住在我家楼上的那个小姑娘。"

喻延没明白话题怎么到这儿来了，下意识道："记得。"

老板娘："梅梅呀，是学设计的，长得也不错……小延知道的，那是个好姑娘，对吧？"

这种问题，喻延自然不可能唱反调，其实他根本连那位梅梅长什么模样都不记得了。他说："对。"

老板娘说："我刚刚一看呀，就觉得梅梅和你这朋友如果站在一块，一定特别登对！"

喻延傻了："什么？"

易琛早就听出些苗头了，原本想遏制这个话题，谁想看到喻延这副呆滞的模样，他眉一挑，忍下了。

老板娘说："我意思是，既然两人都单着，那不如我做个中间人，给你这朋友和梅梅定个时间，两个人见见面？"

喻延恍然大悟："……"

易琛稍稍往他那边靠了靠，说："不用了。"

"别呀，别害羞，这种事很正常的。"那边刚付完钱，老板娘立刻关上二维码，眼见就在翻着那位梅梅的微信，"我给你看她照片，她头像就是，真的挺漂亮的……"

"不用了。"这回是喻延开了口，"老板娘，我们先走了。"

喻延回到家，刚好是开播时间。

"你播。"易琛拿着文件，搬了个椅子来坐在他旁边，"我不吵你打游戏。"

喻延应了声好，他打开视频，调整好角度，确定旁边的人不会入镜之后，准时在下午两点开了直播。

【今天也是爱延延的一天！】

【1老板居然就是星空TV的老板！】

【喜欢上小延真好，再也不用担心他被其他主播欺负了。】

【主播和易琛这么熟，也怪不得能在主播大赛能获奖了，老板给内部程序员打个电话，几十万热度还不是一串代码的事。】

【还仗势欺人，欺压别的主播，老鼠都被欺负成啥样了，太惨了吧。】

虽然昨天，大老板让他以后直播任性一点。但这种故意捣乱的粉丝，喻延还是选择直接踢出直播间。

他正要操作，就听见旁边的人冷冷地问："怎么，老板没有人权？老板就不能花钱支持自己喜欢的主播？"

喻延："……"

易琛对上他的眼神，眼底写着"我说了不打搅你打游戏，没说在你直播时不能说话。"。

【？】

【什么情况？我眼花了？这背景不是小延的家吗？】

【……老板有人权，老板可以支持自己喜欢的主播，但不代表老板可以去打扰主播哦！】

【这后门开得，太夸张了吧。】

【你在我弟弟家干什么？】

"谁能找到任何我给他开后门的证据，我奖励他十万人民币。"易琛一脸正经地胡说八道，"我在他家做什么……你们不总说这小主播开挂、开透视吗？我很重视这件事，所以亲自上门检查。"

这下不止水友们，就连喻延都是满头问号。

他忍不住闭麦，说："……你别瞎说了。"

【闭麦了？！】

【OK。】

【你想怎么检查？】

房管知道这回她自己兜不住了，赶紧在管理群里一吆喝，直播间迅速涌进一大批房管，战战兢兢地开始封号。

没多久，弹幕终于平静下来，虽然还在讨论，但捣乱的明显少了，偶尔几条掺杂在中间并不显眼。

喻延打开吃鸡客户端，今天自然是不能抽水友了，他第一局开了随机四排。

易琛饶有兴致地放下文件。

虽然喻延之前也在他家玩过游戏，但都在书房工作，两人隔着一堵墙，他从没这么近看他玩游戏过。

喻延背脊挺直，戴着耳机，一脸认真。

他跳在P城，落地之后迅速开门找枪。

易琛没戴耳机，光看他用个红点（游戏中瞄准镜的一种）疯狂开镜杀人了。

因为需要压枪，喻延的鼠标不断往下，中间还时有运动轨迹的些许改变。他用的是AKM，压枪压到最后，易琛一度觉得鼠标快掉了。

易琛想起自己那飞上天的枪头,身子往前一靠,专注地看了起来。

喻延清理完城头的队伍,打开盒子开始舔包。

易琛还没看清盒子里是什么东西,就听见鼠标唰唰唰几声,喻延已经舔完包走了。

喻延:"这盒子里有扩容、SCAR-L 和一个四倍镜,要的过来拿。"

易琛:"……"

他拧起眉,又凑近了一点。

清理完 P 城,几人又搜了一会,开始跑圈。

跑着跑着,喻延突然说:"N 方向有人。"

易琛一顿,往他说的方向看去。

什么也没看见。

这时,又听喻延道:"两个。"

易琛做了个深呼吸,再次凑近仔细看,N 方向仍旧空空如也。

哪来的人?

喻延找了块石头躲着,开镜对着很远很远的山头上一块不起眼的石头。

十来秒后,石头后面小心翼翼地露出了一个人头。

易琛:"……"

砰——

喻延干脆一枪。

【yanxyan 以 M24 爆头击倒了 XXXXS01。】

喻延说:"还有一个。"

话音刚落,他再次开镜,又是一枪。

砰——

屏幕上跳出 10 个击杀的消息,喻延说:"都消灭了。"

易琛:"……"

他们看的是同一个画面?

玩的是同一个游戏?

两人一个打得认真,一个看得认真,浑然没发觉易琛因为不断向前,此时半边脸已经暴露在了镜头中。

【易琛真人比百科上的照片帅一万倍!】

【这两个人长得也太好看了吧!这还剪什么直播回放啊,直接开剪真人啊!】

给大神递鼠标！】
　　【1老板表情竟然跟我同步了……】
　　【哈哈哈哈1老板这蒙脸我笑昏了。】
　　【老板内心想：打完了？啊敌人在哪儿？怎么死光了？】

第40章

易琛率先发现上面的弹幕助手正在飘关于他的弹幕。

但他丝毫没有往后退的意思,反而抬起一边手,搭在喻延坐着的电竞椅上。

起初平台盛宴的时候,他就有些搞不明白,工作人员为什么非往他脸上打马赛克?

当时这马赛克的热度还不小,水友们在微博都传遍了,是助理先发觉报告上来,他才让人去把热度消下去的。

他如果真顶着个马赛克上了那什么微博热搜……

易琛现在光想想都忍不住皱眉头。

游戏中的毒圈已经很小了,放在平时的这个时间已经是半决赛圈。

但这一局,目前的存活人数竟然还有小几十人,喻延几乎走两步就得打一场,打完都还没来得及打急救包就能听见附近的枪声。

这时候,弹幕里突然刷出了一些易琛看不懂的内容。

【?】

【水友可以啊,这都能狙击到,把队友杀掉再自杀。】

喻延的表情也瞬间变得微妙,只听他轻咳一声,然后按住了游戏里的语音键:"……你好,谢谢喜欢。"

易琛皱了眉头,盯着他的耳机看了几秒,忽然起身离开。

喻延下意识看了他一眼,想问他是不是觉得无聊了,但开着麦又不方便,最后忍了忍,把注意力放回游戏。

谁知半分钟后,对方就回来了。

易琛手里拿着耳机,往手机上一插,恢复原来的姿势,大摇大摆进了直播间。

水友们看了眼头顶上的进房提示，又看了看屏幕边角处坐着的人。

【……1老板你这是？】

【哈哈哈我忘了老板一直听不到声音，讲道理玩这个游戏听不见声音还有什么意思？】

【1老板您听听，这狙击小延的水友像话吗？！】

易琛刚戴上耳机，就听见里面有个陌生的声音在说话。

他看了看电脑左下角，确定这声音不属于喻延这一局的队友，应该是附近玩家开了全屏麦克风。

"延神，你还缺什么配件吗？我这里有八倍镜、快扩还有狙消音。"是个男生的声音，热情的语气中，似乎还掺杂着一丝紧张。

易琛虽然玩得不好，但也知道这三个是吃鸡游戏里的极品配件。

而且……延神？这是什么称呼？

"不用，你拿着吧。"喻延说，"……你不去找你的队友吗？"

"我队友就是我室友，跟我开黑的。"那男生说，"我刚刚看了下，你没有狙消音吧？我还有三级头可以给你！你放心过来拿，他们绝对不打你。"

易琛闻言，微不可见地挑了挑眉。

以前喻延也被水友狙击过，水友们几乎都会跟他跳同一个地方，然后开麦跟他聊两句，再正常被击杀。

也偶尔遇到过跟他告白的，但大多都是带有调侃意味的告白，当着直播间这么多水友面只敢说非常喜欢他的直播，而且告白的都是女生。

从没遇到过兢兢业业一路打到半决赛圈，就为了把身上的好东西给他的，男水友。

喻延还以为对方是开玩笑，他道："不用，你就正常玩吧。"

易琛听那男生沉默了几秒，紧接着道："我就是为了你，才攒了这么多好东西啊。

"我还怕你队友不够用，多背了好多配件。"

喻延："……"

易琛听完，什么也没说，只是轻笑了声。

收音设备把这声笑准确地传到了直播间里。

水友们还没来得及意会这声笑的意思呢，一条气泡框花里胡哨、十分浮夸的弹幕出现在公屏聊天里，是直播间守护才拥有的弹幕样式。

【延延他爸：这人之前说什么了？】

大家立刻化身成给老师打小报告的坏孩子。

【小延刚跑进圈里，这男生就突然出了声，还说"延神我崇拜你特别久了"！】

【前面的没说清楚啊！这男生还说"我一天不看你直播就难受"和"等我有钱了，我一定给你刷守护"！】

【别的不说，小延从来不在低分段玩，回回玩的都是大号。这男的能在这种游戏局打进半决赛圈，应该也挺厉害的，希望主播能让他上车。】

喻延这回注意到弹幕了，因为易琛的账号发言在弹幕助手里字体颜色都和其他人不一样，特别显眼。

他一愣，转过头摘下耳机："……你怎么进直播间了？"

易琛对上他的视线，道："我听不见游戏音效。"

喻延啊了声："我忘了。"

他有外放音响，但外放音响和耳机的听觉效果完全不同，根本无法判断脚步声或枪声来自哪个方位，所以他基本都不用。

"那你这么听着会别扭吗？"直播画面是有延迟的，虽然只有几秒，但也算是音画不同步了。

"不会，你玩。"易琛顿了顿，忽而道，"你的粉丝正在叫你。"

耳机里，男生没得到回复，在催促："延神，延神？我东西都丢了。你要是不放心，我跑远一点，你再过来捡？"

喻延把注意力放回游戏，他打开地图看了眼，圈又缩小了，他们不在圈里，得跑毒："真的不用，你好好玩吧。这一回我先放过你，决赛圈见吧。"

他的语气，跟平时带水友吃鸡时完全无异。

"延神，别啊。"男生急了，他看看不远处穿一身系统赠送衣服的黑肤女人，像是突然想起什么似的，"延神！你等等！"

喻延不打算浪费时间，他已经开始往回跑了，没有再应。

男生立马跟上他，控制在对方听得见语音的范围："延神，你等等，我把我身上的衣服给你吧？我这外套好几千块，眼镜和围巾都要好几百呢。"

喻延有些蒙。

是什么让这位水友会有他喜欢换装的错觉啊。

吃鸡里的衣服说便宜不便宜，说贵也不贵，许多件都是花几百块购买就能永久使用，喻延常年把时间花在游戏上，要是真想买，他也不会舍不得。

喻延说:"不了,我不想做决赛圈里最花里胡哨的活靶子。"

易琛也觉得衣服是这游戏里最不需要花心思的设置,尤其有的衣服颜色太鲜艳,往草里一趴,那基本等于把自己往敌人枪口上送。

但他低头看了眼手机上的弹幕,发现其他人好像并不是这么想的。

【天,这男生是不是太贴心了?】

【我也纳闷……小延为啥不给自己买几件时装?别的主播要么一身五颜六色绚烂夺目,要么穿得特少奔放大胆,第一次见小延这种穿原始衣服玩游戏的。他开播了几个月啊!这身衣服基本没有换过!】

【哇,我弟弟不能受这种委屈,我要给我弟弟买时装!】

喻延看了眼弹幕,笑了:"大家别闹,专心看我打决赛圈。"

喻延的队友从刚刚的聊天里已经听出了些苗头,现在已经完全把他当作是队伍里的老大了,喻延指哪儿他们打哪儿,顺利地清完周边两个"缺胳膊少腿"队,满编四人打进了决赛圈。

他刚进到圈内,就看到了不远处穿得五颜六色的人,正是刚刚那位水友。

这时,那水友也说话了:"哎?!延神!你来了!"

说话期间,对方的游戏人物一动不动。

在游戏里,如果视角往左右看的话,人物角色会随着视线转动脑袋。而且喻延是从石头后边偷偷进圈的,从对方的角度绝对看不到他。

……这是光明正大的窥屏(偷看)啊。

只要是主播,都不喜欢自己被窥屏的,喻延也是。尤其这局他和队友们还打进了决赛圈,突然冒出来一个窥屏的水友,那他们的游戏体验将会很差。

毕竟这游戏最忌讳的就是暴露自己的位置。

这时,其他队伍也发现了那个水友的存在,两个队伍在下面打了起来。

喻延没有应他,只是打开设置,直接把全屏语音关闭了。

队友问:"一号,你粉丝好像跟人打起来了,我们怎么说啊……堵他们吗?"

喻延说:"堵。"

毕竟是四个人一块进的决赛圈,总不能让其他三位队友之前的努力付诸东流。

几分钟后,喻延把下面两个队伍清光,其中包括那位水友所在的队伍。

他正在舔包,突然听见队友说:"一号,你把全屏麦闭了吗?你那粉丝正在给你……坦露心迹呢。"

"闭了。"喻延舔完包,转身就跑,看都没看一眼那个水友的盒子,"走,山背两个队伍在打，我们去'劝架'。"

从半决赛圈的存活人数就能看出来，这一局游戏没什么"神仙"。

舔了这么多个盒子，喻延队伍里的人个个物资充足，吃鸡吃得顺理成章。

结束游戏，他正打算与水友们互动，就发现刚才那位水友居然在直播间里朝他喊话。

【寒：延神对不起啊，我不是故意要窥屏的，我就是忍不住想看看你的视角。】

【寒：延神能加你微信吗？】

喻延之所以能在这么多条弹幕里发现他，是因为对方在几分钟前给他刷了几千块的热度，也拥有了尊贵的气泡，虽然没易琛那个浮夸，但仍显眼。

他原本想跟平时一样，感谢一下这个水友的礼物，再礼貌地拒绝好友请求。

谁知他还没说话，旁边的人先开了口。

易琛问："想加他微信？"

【寒：想！想！】

易琛说："也不是不行。"

喻延一愣。

【寒：啊！谢谢老板哥哥！大恩大德永世不忘！】

易琛顿了顿，突然话锋一转："你用的电脑还是手机？"

【寒：啊？用的电脑。】

"嗯，你抬头看看。"易琛语调慵懒，问，"看到右上角的献星榜没有？"

【寒：……看到了，怎么啦？】

易琛笑了声，嘲讽意味明显。他说："等你在上面的排名超过我，再来找他要微信。"

第41章

如果肉眼能看到人内心中的想法，那么此时，喻延头顶上一定飘着上千个大写加粗的黑色问号。

【那么请问怎么样才能去小延家里做客。】

【前面问的不是废话吗？等你抢了1老板的公司就行了。】

【了解。】

"……他是跟大家开玩笑的。"喻延十分坦诚，"刷到第一，也不会加微信的。"

弹幕里立刻又沸腾了，他忙补充："但是可以加直播间好友。"

星空TV有专属的内嵌聊天软件，一是方便主播和管理员沟通，二就是方便水友上车。

喻延之前不知道这个软件能加水友，起先的几个水友都是加的微信，后来在团团那儿了解了这方面的操作后，微信就再也没加过其他人。

倒不是别的，就是有些水友会拿主播的联系方式去出售，男主播还好，女主播那每天都能收到许多好友请求，所以直播间那头就想出了这个办法。

那位叫寒的水友已经消失了，想来应该是被打击到了，但弹幕的数量仍旧只增不减，原因无他——在刚刚短短的一局游戏时间里，喻延的直播间热度一路一直升，压过了乖秀。

压过乖秀是什么概念？要知道像团团、露露这种高人气女主播，直播了好几年了也没追上过乖秀，在热度上面通常都被乖秀拉出了一条街的距离。

有些乖秀的粉丝抱着"我要看看又是哪个主播在作妖"的心思进来，在弹幕上了解清楚情况后，又抱着"算了这人惹不起"的想法出去了。

喻延正打算开第二局游戏，就收到了乖秀的消息。

225

乖秀：小延牛啊，不过易老板这样真的没关系吗？我记得之前直播的时候，节目组还很谨慎地给他打了一晚上的马赛克。

喻延这才惊觉，旁边的人半边脸居然也出了镜！

他就说弹幕上的话他怎么看不懂呢！

他赶紧把视频和麦克风关掉。

易琛侧目："怎么关了？"

"……你半边脸入了镜。"喻延说："怎么办？会有影响吗？不然我重新开一次直播，再去把刚刚的直播回放删了？"

易琛盯着他片刻："我见不得人？"

喻延瞪眼："当然不是。"

几分钟后，直播间恢复如常，视频里仍然是两个人。

喻延解锁手机，打开外卖软件，然后递给易琛："要喝咖啡吗？"

外卖上的咖啡大多都是速溶的，就算是现磨的，咖啡豆也不见得好，易琛就从来没点过饮料这类的外卖。

他看着喻延手上那款黑色手机，很自然地接过来："喝。"

两人正拾掇着点外卖，谁也没注意到献星榜上某个名字突然变亮了，成了在线状态。

另一头。莫南成拿着手机，脸上的表情特别精彩。

"这是你哥没错吧。"他不可置信地问旁边的人。

"是啊。就是我哥。"易冉说，"成哥你看完没有啊，手机可以还我了吧，你要真想看，自己创建个号也成啊。"

莫南成这段时间挺烦的。

他冷静下来之后，都不敢相信，自己居然因为一点小事朝易琛发火了。

"算了，我不看了。"莫南成把手机还回去，"你说服他了吗，他周末来吗？"

"不来。"易冉忍不住，问，"成哥，你和我哥到底咋了？"

"没怎么。"莫南成说："小孩子别问这么多。"

易冉喊了一声，他接过手机，自己看起直播来，嘴里还在碎碎念："真没想到，我哥居然跟一个网友关系这么好。"

莫南成闻言又看了眼直播画面："是很惊奇。"

他认识易琛这么多年，也是头一回见到对方这么鲜活的模样，跟以前那个冰冰冷冷的人大相径庭。

到了晚饭时间，喻延暂停直播，再次打开外卖软件。

他难得在晚饭上阔绰一回，平时如果只有他一个人，订的外卖基本就是起送价的价格。

易琛看着外卖列表，问："怎么不是你平时吃的那家店？"

喻延愣了愣："你怎么知道不是……"

"你直播时说过，那家店量大味美，二十块钱管饱。"易琛说，"这家外卖，一份套餐48。"

"那家就是大锅饭，你可能吃不惯。"喻延说。

虽然是48一份套餐，但往包装盒里一放，看起来跟二十块的没什么区别。

喻延的饭桌是一个懒人桌，四个架子支撑着，不用的时候随时叠起来往旁边一放的那种，完全不占位置。

此时桌上都被放满了盒子。

易琛穿着白衬衣黑裤子，盘坐在懒人桌旁，捧着个外卖盒，姿态极其放松。

这场景如果被认识他的人瞧见了，估计都能惊掉下巴。

直播到晚上，大家伙都下班回家了，直播间的流量到达了高峰期，涌入直播间的人越来越多，弹幕数量也在以肉眼可见的速度增加。

弹幕多到了几秒刷新一整页聊天区的程度，就是再多的房管都没法把捣乱的人全部封禁。

快到下播时间，最后一局游戏结束后，喻延照惯例关上游戏，想跟水友们聊几分钟的天。平时如果没有急事，他也经常这么做，仓促下播总觉得不太礼貌。

他刚关掉游戏，就见弹幕上飘过两条弹幕。

【所以违约的事到底是什么情况？到现在还不给个说法吗？该不会想借着卖惨，大事化小，小事化了吧。】

【大家散了吧，星空老板都出面了，就算真违约，也会拿钱平息的。没看之前那个跳得很厉害的官博突然间不说话了吗？不过既然老板今天在这儿，我必须说一句啊，这种没有契约精神的员工，有了第一回就会有第二回的，小心你把他捧起来了，后面他带着人气流量跳槽咯。】

易琛此时在阳台外打电话。

喻延说："我说了，我没有违约。也不会大事化小，等官司打完，我会把判决书放出来。"

这算是正面回应了，粉丝们登时像是被打了鸡血，礼物立刻刷满了屏幕。

关掉电脑,喻延正打算起身,桌面上的手机突然响了起来。

是个陌生号码,归属地满阳。

他随手接起来。

"喂?"那头的人语气小心翼翼,"是小延吗?"

这声音,喻延恐怕一辈子都不会忘记。

见喻延没说话,另一头的冯雄赶紧道:"小延,我这是来给你道歉的。"

喻延拿起桌上的水杯,喝了口水,没有吭声,打算看看对方想做什么。

"哎呀!小延,这次微博上的事完全是意外,我是这两天才知情的。这段时间公司搬家,刚好赶上整理合同呢,那负责人看了你的合同原件,还以为你是违约了,没跟我说一声就自己跑去发了微博,实在是可恶。"冯雄想了好几天,也就想到这么一个法子,"你放心,我绝对不会起诉你的,你的难处我最清楚了!"

喻延实在觉得好笑,他说:"那负责人是谁?"

"那负责人啊……是你离开之后才入职的,我说了你一定也不认得,我已经把他开除了。"冯雄说,"小延你还在满阳吧?不如我们出来一起吃顿饭,我当面给你道个歉。"

喻延沉默半响,突然问:"星空 TV 那边已经和你联系了?"

不然他实在想不到冯雄为什么会突然登门道歉,他这还没收到周米的起诉书,喻闵洋那头也还没整理完证据,冯雄这个道歉来得莫名其妙。

听到这个,冯雄的两条眉毛都快皱到一块了。

那天易琛给他打了电话之后,他就觉得自己头顶上悬着一把刀,不知道何时才能掉下来。这种感觉实在是太折磨人了,他这两天因为焦虑,直接瘦了一圈,整个人的脸色都憔悴了许多。

他刚刚在直播间里看到易琛正跟喻延在一块,立刻坐不住了,翻出了今天才拿到手的电话号码。

"是,是跟我联系了,也是易总联系我之后,我才知道这件事的。小延,我好歹也算是你的伯乐……"

喻延打断他:"……是易琛跟你联系的?"

易琛进屋时,刚好听见这句话。

他挑起眉,走过去,用眼神表达疑问。

喻延没吭声。电话里的人不知道说了什么,喻延满脸地不耐烦,他道:"我说了,这事跟星空 TV 一点关系都没有……你想见易琛?不可能。见我可以,你带上你的律师，我们约一家咖啡厅见。"

冯雄蒙了："带律师……做什么？"

喻延说："你不是要起诉我吗？"

冯雄忙说："不起诉，不起诉……"

"那也是要找律师的。"喻延语气很强硬，他说，"这次你们公司在网上的操作已经给我的声誉带来了很大的影响，不可能就这么算了。我会把我律师的联系方式发给你，你如果还有什么事，别给我打电话了，直接联系他就好，需要我出面的时候，我会去的。"

说完，他无视掉对面的求饶，直接挂了电话。

易琛问："冯雄？"

"嗯。"喻延有许多话想说，到了最后，只剩下一句，"是我之前没处理好，麻烦到你了。"

"你的事，不麻烦。"易琛笑了笑，不大想在这个时候提冯雄。他想起方才电话里助理为难的语气，沉默片刻，道，"我快回晋城了。"

喻延一愣："这么快……也是，年底了，公司应该都很忙。什么时候啊？"

易琛说："后天。"

"好，我送你去机场。"喻延不太好意思，"不过我没车，我们只能打车去。"

易琛说："到时候再说。"

喻延点头，他想起什么，突然笑了："我上次去晋城，什么景点也没去成。这次你来满阳，还是什么景点也没去……不过你之前来过满阳，也应该玩腻了，这座城市挺小的，时间紧凑一些，景点一天就能逛完……"

易琛道："上次只是去了趟海边，其他地方还没来得及去。"

喻延一愣："那不然明天……"

"一天不够。"易琛说，"所以我们该商量一下。"

喻延问："商量什么？"

易琛道："下次去晋城的时间。"

第42章

易琛看到面前摆着一本日历。

这本日历被喻延放在一边从来没翻过,今天终于得以见天日。

易琛先动笔,画掉后面一大串日子。

"这几天都有会议,还得出差。"

喻延紧跟着,也画掉了几天:"我跟那位律师约了这几天……"

只是寥寥两笔,这个月剩下的日子就所剩无几了,唯一空着的数字还断断续续的,接连不到一起去。

那就只能下个月了。

两人沉默了一下。

"其实我可以跟那边说一下,改一下见面时间。"喻延拿起笔,把其中一个日子重新写出来,笑道,"这样就能连上三天了。"

易琛没说话是在心底掂量。

这些单个空着的日子他都想过来,就算当天来回也行,不过几个小时的飞机。

但如果他来,喻延一定会去接他,这里去机场得坐近一个小时的车,那喻延一天的时间就都只能浪费在车程和直播上了。

正想着,他冷不防对上喻延的笑眼。

他收回视线,把那三天用笔画出来。

"好,到时你不用去机场,我自己认路。"

果然,喻延想也不想便道:"我会去接你的。"

于是这事就这么定了下来,喻延拿着日历起身,准备放回到边上去。

就在他起身的那一刻,桌上突然响起了一道短促的手机提示声。

两人的手机是同款，于是易琛下意识看过去，是手机的初始壁纸。

他还以为是自己的手机，便顺手拿了起来。

【推送】D站：你的特别关注"DILI米"更新了一则视频"英大新广播剧更新！恋爱类，英大首次挑战腹黑男！！"。

易琛眯起眼来。

英大，新番，腹黑男？

这都是什么？

而且他也没有订阅过一个叫"DILI米"的人。他突然想到什么，伸手点亮桌上另一个手机的屏幕，果然，同样是初始壁纸。

喻延坐在床边，手机就被递了过来。

易琛道："有个推送。"

喻延哦了一声，随手接过，扫了一眼，然后立刻僵立不动了。

屏幕随着时间变暗，他立刻点下按键，瞪着眼，不可置信地紧紧盯着手机。

来来回回把推送读了三遍之后，他倒吸了一口气。

易琛把他的表情变化收进眼底，挑眉："怎么……"

话还没说完，就见身边的人腾地站了起来，并迅速打开抽屉，从里头拿出了耳机。

喻延插上耳机，转身道："我去趟厕所！"

丢下这句话，他便急急忙忙进了浴室，并快速把门关上。

易琛："？"

明明刚从厕所出来，怎么又去？还戴着耳机？

喻延一进浴室，便急不可耐地打开了D站，点进了刚才那条推送里的内容。

英大是谁？

英大正是喻延前几年最喜欢的配音演员，后来转行去配大叔音的那一位。当然，自那以后，英大还尝试了各种不同角色，爷爷、老妖精甚至小孩子他都尝试过，独独没再正经配过年轻男人。

没想到这次英大居然捡起了青叔（青年偏大叔）音！

这简直就罕见啊！

果然，这条视频刚发出来没几分钟，评论就已经破了百，D站不同于微博、论坛，看视频的人原本就不怎么爱发评论，几分钟破百已经很火了。

喻延想都不想，先收藏投币后评论，做好一系列粉丝该做的事，这才点开这

231

条视频。

……

易琛拿起手机看了眼。

两分钟了,厕所里毫无动静。

他点开 D 站,打开搜索框,凭着记忆搜索着刚刚看见的几个关键字,很快跳出一系列视频来。

"英大:今天也要狙击你们的心!"

"英大:十大经典片段。"

他忽略掉这些,选择最新发布,成功找到了方才那条视频。

他把手机音量调小,点开了这条视频。视频起初是一片黑暗,一个低沉磁性的男声传了出来。

易琛能听懂,不需要看字幕,所以他边听边点开了评论区。

"啊啊啊瞧我刷到了什么!!英大牛了!"

"英大声音好好听我死了。"

他划了两下,很快停了下来。

他看到了一个眼熟的 ID。

"Yan01111:英大太厉害了!感谢分享,双手奉上硬币,期待下一集。"

发表时间一分钟前。

这世上叫 yan 的网友千千万,他能认出来这是喻延,是因为喻延喝醉那次,他在喻延的手机上见过这个 ID。

易琛沉思两秒,把注意力放到了视频里的剧情上。

喻延握着手机,把整段剪辑播放完了。

他十分激动,只注意听声音,毕竟他只喜欢莫大,对恋爱类剧情其实没什么特别大的兴趣。

听完后,他心满意足地关掉软件,再打开门。

同一时间,易琛把手机锁上,随手丢到一旁。

这时,喻延的手机冷不防又响了一声。两人同时低下头。

【推送】D 站:你的特别关注"DILI 米"更新了一则视频"英大新剧更新!恋爱剧剪辑第二弹!"

喻延眼底一亮，作势就要拿起手机，却突然被人拍了一下。

易琛皱着眉："还要看？还睡不睡了。"

既然被发现了，喻延也没再避着，他说："很短的，就几分钟，我看完再睡。"

"……"易琛挑了下眉，回忆了一下自己刚才看到的视频内容，"你很喜欢看这种……少女动漫？"

"少女……"喻延愣了一下才反应过来："不是，我不是为了看动漫。"

"我只是特别喜欢那个男配音员——他的每部作品我都会追，我只是喜欢听他的声音。"

第 43 章

两人诡异地沉默了一会儿。

喻延硬着头皮,说完:"他之前去配别的角色了,就是……老年角色,配了很多年,我还以为他再过几年就要退休了,今天突然发现他又回来配青叔音了,我太激动了,才会跑去厕所听的。"

易琛脸色并没有转好:"青叔音?"

喻延解释:"就是 17 岁到 25 岁的声音。"

已经脱离这个年龄段的易琛沉默了。

年轻人的兴趣爱好是不太好懂,但他能理解。

两天过得很快,易琛离开这天,喻延起了个大早。

没别的,他就想亲手做碗早餐面。

吃完早餐,收拾好后,他们打了辆的士前往机场。

两人在家里磨蹭了半天才出的门,所以易琛拿完机票后,就该过安检口了。

喻延道:"那你去吧,下飞机了给我打电话。"

"好。"

喻延这才放心,他点头:"去吧。"

易琛却站在原地,没动:"没有要说的了?"

"有。"喻延突然想起什么,"晋城那边这几天好像降温了?你就穿两件衣服会不会冷……"

易琛失笑:"不是这个。"

喻延顿了一下，道："下次见？"

易琛笑道："下次见。"

接下来的日子里，喻延几乎每天都能接到冯雄的电话。

最初几个他还会接，直到他明白对方完全没有要起诉他的打算之后，就直接把号码拖进了黑名单里。

他跟律师见了几次面，对方是喻闵洋的师弟，对他很客气。

听说喻延要起诉冯雄后，秦律师点点头，如实道："小延，其实我个人是不建议你起诉的。对方的散播范围并不大，就算胜诉，也只是在网上挂一个道歉函，赔偿的数额也不会太大。而且对方最近不是一直在联系你吗？你跟他聊一聊，我觉得私下和解也未尝不行。"

喻延摇头："我还是打算起诉，秦律师。"

这件事影响的不光是他自己，还有星空TV，他听乖秀说最近其他平台也暗里在搞事，抓着"星空TV维护毁约主播"这个话题在做文章。

秦律师点头，没再劝说。他把资料整理好，放回公文包："没问题。那你等我消息。"

跟律师道别后，喻延便出门拦了辆出租车。

刚上车，手机便响了。

卢修和那头说话慢吞吞的："那个，小延……你现在方便说话不？"

喻延说："方便，怎么了？"

"那个，"卢修和顿了顿，"我吧。我就是有点事儿找你。"

听他吞吞吐吐的，喻延道："什么事？你直接说。"

"我，"卢修和深吸一口气，"我想找你借点钱。"

卢修和说出这句话的时候觉得有点害臊，他活了二十年，还从没找人借过钱呢，他这人有钱就花，没有就不花，从不借钱。

他刚刚跟家里开口，结果他爸不给也就算了，还盘问了他大半个小时，吓得他应付几句就赶紧出了门。

卢修和抓抓头发，不等喻延说话，就继续道："我过年就能还你，当然，你要不方便就算了哈。"

喻延嗯了声："要借多少？"

卢修和声音又小了："两万。"

喻延有些意外，这数目说多不多，说少也不少。

他说:"好,两万够吗?"

"够,我就是送个生日礼物。"卢修和说,"谢谢你啊小延。"

喻延更意外了:"生日礼物……要买这么贵的吗?是叔叔阿姨要过生日了?"

"不是,我送给一朋友。"卢修和喻延这一向藏不住话,他吐槽道,"那人天天阴阳怪气的,说我连过生日都不肯送礼物给他,还说我小气。看我到时吓他一跳,把几万块的腰带甩到他脸上去!"

话说得糙,实际上……就是想给对方一个惊喜?

卢修和自己都不爱过生日,更不用说给朋友送生日礼物了,看来他已经从上一段失败的网恋走出来了。

喻延没说破,挂了电话后,他立刻把钱转了过去,然后抬头看向窗外,思绪随着车速飘啊飘的。

生日?惊喜?

许久,喻延收回神,点开微信置顶的对话框,敲敲打打几个字:"你生日是在几月……"

打到一半,他顿了顿,很快又嗖嗖嗖全删去。

要是问了,那就不是惊喜了。

那要怎么样才能知道呢?

他皱眉想了半天,突然眼前一亮。他迅速打开百度,写上易琛的名字,一连串信息立刻跳了出来。

首先看的就是百科旁边的照片。

居然是一张正儿八经的正面照,不知道是什么时候拍的,反正不是近期。

照片上的人眉眼未变,但整体看上去要比现在少几分成熟,多几分稚嫩,眼底还带着几分少年的傲气。

喻延看向旁边的详细资料。

几秒之后,他倏然睁大了眼。

这天,易琛工作到晚上十点。

真正到了年底,事情堆成了山,每天光是需要他批阅的文件就得花上他大半天的时间。

回到家,他揉揉眉心,第一件事就是给喻延发微信。

结果五分钟过去了,没有等来对方的回复。

他没耐心再等,直接抬手弹了视频过去——被拒绝了。

易琛微微眯起眼，没有再弹，只是抬手点开了微信旁边的直播平台图标。

喻延不回他的消息，只有一种可能。

果然，只见直播平台首页正飘着一个熟悉的直播间——"yanxyan：年底大酬宾！本周一至周三，直播间刷五百热度即可上马甲，随时插队。"

他一进去，就见他的朋友正边装弹边跟水友说话："梦老板要睡了？好的，对，下次有空位可以随时上车。还有水友要来吗？刷五百热度就可以上车……下播时间？没关系，只要有老板想上车，我就接着带，接着播。"

易琛黑着脸，眼也不眨就丢出一个星海礼物（直播间礼物名称）。

喻延见了，先是一愣，半天才反应过来。他语气心疼："谢谢1老板的大礼。"然后私底下立刻回复他。

小主播：你在干吗！

小主播：别刷了！

1：谁让你不理我。

1：约好的直播时间，怎么，耍赖了？还鼓舞水友继续刷热度上车？

小主播：我就偶尔一回，就这几天。

1：不行。

小主播：……那我再带两个水友就下播！我已经收了他们的礼物了。

两个？

易琛拧眉，这人难不成原先还打算带一个晚上？

1：让他们改天再来，或者把礼物退回去。

小主播：不行不行，带两个就是500呢。

这串数字在易琛眼里根本算不上什么。

看到这语气，他失笑，回复。

1：怎么突然变成财迷了？

视频里，喻延表情十分为难。

半晌，一条消息跳出来。

小主播：……你不懂。

小主播：我要养家糊口，很辛苦的。

第44章

临近年底,网友们都在微博上晒出了自己的年终总结,一个名为"年终报告"的话题热度直冲而上,很快成了话题第一。

许多大 V 为了蹭热度,纷纷效仿。

【XX 电器:年终报告——回望 2018,我们一共售出了 X 件电器,收到了 X 条回馈,好评率高达 X%……】

【XX 视频:年终报告——2018,XX 视频给大家带来了 X 部自制剧,其中《XX》播放量已破 X 亿……】

……

而在这些大 V 中脱颖而出的,不是全网播放量最高的视频平台,也不是旗下艺人最大牌的经纪公司,而是一家直播平台。

要说这直播平台虽然在业内稳坐龙头,但放在众多大 V 里还是不算什么的。

那为什么火了呢?

因为直播平台发布的内容是这样的。

【星空 TV 官博:年终报告,又是一年过去了,小星星来给大家交年终报告啦。今年,本平台共有 XXX 位签约主播,新用户数量高达 X 亿!

其中,人气最高的男主播为"乖秀"微博账号"XKTV 乖秀",共有 X 千万位粉丝。

人气最高的女主播为"团呀么团"微博账号"XKTV 团团",共有 X 千万位粉丝。

而本年度,平台里贡献值最高的水友为"延延他爸"微博账号易琛,在 2018 年累计赠送了 XXX 的热度!】

这条微博起初只在电竞界小小地火了一把,结果被电竞圈的大 V 轮着转发了一遍后,蹿红了。

网友们本来还不明所以,后来点进官博点名的微博博主主页后,才恍然大悟。

【感谢水友易某为自家企业做出的巨大贡献,感谢这位水友!】

【这位真大佬,是易达老板,星空TV在他眼里估计就是根毫毛。关键是,他未婚,照片自己百度。】

【搜索回来了。"我可以"这句话,姐姐我都说倦了。】

【姐姐可以,妹妹也可以。】

助理硬着头皮,看着自家老板正拿着iPad翻微博评论。

"易总,星空TV那边说您的名字就挂在直播间……土豪榜第一位,问您需不需要撤下。"

"不用。"易琛随手一翻,看到了许多陌生的词语。

助理点头:"那微博那边,需要让他们撤热度吗?"

易琛终于从iPad中抬头。

他问:"你最近很闲吗?"

助理心上一跳,忙道:"没有……"

"那怎么天天还有空想着去折腾这些小事?"易琛道,"上次让人给我打马赛克,也是你的主意。"

助理简直有苦说不出,他小声提醒道:"易总……您三年前不是说过,不上镜的吗?"

易琛皱了皱眉。

三年前?

助理补了句:"那次颁奖晚会。"

易琛想起来了。

三年前某场颁奖晚会上,他被一个明星缠了一路,烦不胜烦,因为镜头就在跟前,他也不好当众发火。

晚会结束之后,他吩咐下去,让对方把他的镜头全部剪掉。

主办方非常懂事,在把他的内容剪掉的同时,还把那位明星的镜头也剪得一干二净。这事很快传了出去,在那之后,再没有人敢在公共场合明着攀附他了。

易琛问:"那我今天说不吃饭,以后是不是都不用吃饭了?"

意思就是,土豪榜不用撤下,微博也不用重新编辑了。

239

助理道："我明白了，易总。"

助理说完，把桌上那些需要拿去打印发下去的文件拿起来，顺便瞥了瞥文件旁边的小物件。

他老板办公一向喜欢干净整洁的桌面，桌上除了必要的电脑和纸笔外，几乎没有什么别的东西，就连装饰的花或相框都没有，最近却多了件东西。

一本小小的日历。

从他这个角度看去，还能看到对方在某个日期上画了个圈。

他上一周才帮老板订了一张这个日期的机票，去满阳的。

易琛抬眼："还有事？"

助理回过神来，忙道："是的。易总，那位刘先生这几天一直试图向前台预约跟您的见面时间，今天他说，再见不到您……就要直接联系易夫人了。"

这种事放在平时还好办，他们拒绝的预约多了去了。但这位不同，这位是老板的远方亲戚，他们哪敢推，只能一天天找借口拖着。

提起那几个人，易琛的表情都冷淡了几分。

许久，他道："明天下午，腾出十分钟给他。"

"易琛，你可不能一把公司做大，就六亲不认啊。"一个秃了顶的中年男人站在办公桌前，表情不悦，正是易琛那位远方表叔。

"大家都是亲戚，何必闹到这一步？你是非要置他于死地吗？"

易琛看着他，语气讽刺："我置他于死地？"

中年男人理直气壮道："当然！虽然是他撞了你，他不对在先，但他都被关在里面这么久了，也该罚够了吧。你还真打算让他蹲个一年半载不成？！而且他还小，要是判罚真下来了，那他人生可就算是有污点了！"

"被学校劝退，险些进少管所，几年前还差点被起诉……"易琛语气轻飘飘的，"我觉得他的人生，多这一点倒也不算什么。"

中年男人深吸一口气："那些都是他被陷害的！他是个好孩子，只是有的时候容易冲动。"

见易琛没有要松口的意思，他又道："这样吧。易琛，只要你放过他这一次……我把西郊那一套房子给你，就当是表叔送给你的新年礼物了。"

"一套房子？"易琛转着笔，"你这儿子还挺值钱。"

"你也不要太贪心了,那套房子可值好几百万!我知道对你来说不算什么,但这已经是我们这边最大的诚意了。而且说到底,也不需要你做什么,只要你写一纸谅解书,你如果觉得麻烦,我叫人打印一份出来,你照着抄都行……"

易琛看了眼时间。

十分钟马上到了。

他不再废话,把笔往桌上一丢:"这样吧。"

中年男人挺直背脊:"什么?"

"我给你两套房子。"易琛语气如常,仿佛是真的在跟他商量似的,"你给我个清净,别再来烦我。不然到时保安把你轰走,怕你面上不好看。"

男人气得青筋直跳,血压骤然变高:"你!!"

"不。"易琛抬手,比了个三,"我多加一套。换你儿子在里面多待一年,怎么样?"

"易琛!你别欺人太甚!"男人腾地站起来,脸色涨红,"你真以为有钱就能随便欺负人了?我告诉你,没这个道理!"

要不是他清楚自己打不过易琛,此时恐怕都要动手了。

易琛往后一靠:"慢走不送。"

"今天这事,我非闹得所有亲戚知道不可!"中年男人做了几个深呼吸,"我要让他们知道,你这人浑身上下,包括身体里的血,统统都是冷的!"

"怪不得你父母前几年还在商量着要领养一个孩子,到处走访福利院,我当时还觉得奇怪,现在我明白了。换作是我,我也得重新给自己找个儿子,才敢放心养老啊!"

易琛一脸平静地看着他,等到他没了声,才问:"说完了?"

男人离开的时候,把办公室大门关得震天响,响声回荡在整层楼间。

助理见状,匆忙进来:"易总,您没事吧……"

易琛把文件拿到面前,淡淡道:"以后他再来,让保安直接赶走。"

"好的。"

助理再次把门轻柔地带上,办公室立刻恢复了安静。

易琛盯着面前的文件,只觉得文字数字密密麻麻堆在一块,看得他头疼。

领养吗?

明明亲儿子都快三十岁了,身体无碍,事业平顺。夫妇两人也年近六十了,却突然想要重新领养一个孩子?

太可笑了。

虽然知道那位远方表叔的话不能全信,但他听到这件事之后,第一念头不是质疑,而是"原来如此"。

前几年他刚接手公司的时候,父母就常常在他耳边念叨,尤其是易母,总让他别把所有时间都放在工作上,多回家,多陪陪他们。

但是近两年,这些话渐渐变少了。

他们天南地北地飞,今天去巴黎看秀,后天去纽约看展,一个月下来连电话都少打。

原来是已经想好要领养另一个孩子了。

办公室外,秘书先是看了眼紧闭的办公室大门,然后小声问:"陈助理,刚刚里面闹得这么厉害,一会的会议我还要不要进去提醒易总啊?"

"当然要去。"助理道,"你是第一天认识易总吗?什么事能阻挡他工作的脚步?"

秘书刚要点头,就听见啪的一声,办公室大门突然开了。

易琛只穿了一件白色衬衣,西装搭在手臂上,从里面走了出来。

"今天的会议取消。"

待人走远之后,秘书才回过神来:"你刚刚不是说……"

助理也震惊了,半晌才收回视线,他道:"完了完了……这几天夹着尾巴做人吧,千万别惹到老板。"

到了车上,易琛紧绷的表情终于有了一丝松动。

他皱着眉,抬手扯开襟前的领带,因为力道太大,衣领也被弄乱了。

几分钟后,一辆黑色轿车从停车场疾驰而出。

回到家,易琛把车钥匙往客厅桌上一丢,直接往沙发上一躺。

易冉今天去参加莫南成的派对了,家里没人。他正打算闭眼小憩,就觉得腿上蓦地一沉。

小傻跳到他身上来,因为饥饿,不住地蹭他。

易琛盯着它看了一会,眼底迅速恢复清明。他抬手揉了揉它的脑袋:"碗里的吃完了?"

小傻:"喵。"

易琛把猫抱起来,去往盆里倒了点猫粮。

小傻立刻跳了下去,大口吃了起来。

易琛坐在它身边,看了一会儿,没忍住,拿出手机拍了张照片,发给了喻延。

许久没接到回复,他后知后觉,想起现在还是喻延的直播时间。

他正要打开直播平台,手机屏幕一闪,一个电话接了进来。

看到来电显示,易琛揉猫的动作顿了顿,片刻才接起来。

"易琛。"莫南成声音有些弱,"你还在气我啊?"

易琛道:"我没气。"

"那天我说话就是一时急了,你别跟我计较了,我给你道歉,对不起啊。"莫南成既然已经想好了要道歉,说起话来干脆利落,"你要不过来一趟?我们见面谈谈。"

易琛沉默着,没应。

莫南成喂了一声:"听得见吗?我这边有点吵……"

"那群人不是在聚会上笑话你吗?"半晌,易琛问:"为什么还来找我?"

莫南成一下就哑巴了。

他那天跟易琛发火不是没原因的。

就在他们吵架的前几天,朋友聚会,一群人喝大了,一开口就笑莫南成是易琛养的狗,一天天忠心护主地巴结着他,偏偏还得不到易琛一点儿好处。

后来莫南成跟那群人闹翻了,动静不小,易琛随便一查就能查出来。

莫南成想了半天,才道:"不是,他们的话我没放在心上……"

说到这儿,他自己就消了音。

没放在心上?明明那天两人才吵了一架,现在说这话,换谁都不信。

莫南成挠挠脑袋,急了,"我当时是有点气,但是我这几天想了想……"

"行了。"易琛打断他,"我不过去了,你们慢慢玩。"

说完,他没再听对方说什么,径直挂了电话。

周围又寂静下来。

看着空荡荡的屏幕,他突然觉得有些寂寞。

公司职位较高的人,一般都有两个电话号码,一个工作号码,一个私人号码。但易琛只办了一张电话卡。

因为他用不上私人号码。

除了工作之外,会给他打电话的人只有易父易母和莫南成。短信什么的就更用不上了。

而现在,他的父母即将要领养一个新孩子,和好友也闹掰了。

易琛长长吐出一口气，突然觉得身心俱疲。

易母问过他最多的问题，便是赚钱到底有什么意义。

他原本对这种问题不屑一顾，但现在，他不禁在心底问自己一句。

赚钱到底有什么意义？

他没日没夜地工作，是错的吗？

不爱泡夜店，不爱浪费时间在赛车高尔夫上，所以常常拒绝朋友的邀请，是错的？

他听从爷爷的遗嘱，把公司一步步做大，想让父母过上不愁吃喝玩乐的日子，也是错的？

易琛回顾了一下这几个月发生的事情。

他现在的情况，说是众叛亲离也不为过。

易琛往后一仰，脑袋抵在墙上，第一次有了茫然无措的情绪。

"喵。"小傻突然凑过来，用猫尾轻轻绕了绕他的手臂，把易琛叫回了神。

他看着小傻漆黑灵动的眸子，突然想到另一双眼。

他坐直身，把猫往旁边赶了赶，从它脚底下拿出自己的手机来，轻车熟路地点进直播间。

里面黑漆漆的，连弹幕都没有。

易琛皱眉，抬眼一看，只见直播间上面是一行大字——"yanxyan：今天请假一天"。

请假？

他怎么没听说？

他找出通讯录，刚想打对方电话，突然听见几声清脆的嘀嘀声。

是房门输入密码的声音。

他下意识侧目望去，只听六道嘀嘀声后，一道旋律响起，是门被成功解锁的提示声。

门被打开，男生用脚往前一顶，一边手拎着大大的蛋糕盒子，另一边手提着行李箱，吃力又笨拙地挤了进来。

男生进屋后没抬头，他先是轻轻松了口气，把行李箱往旁边一放，关上门，这才慢吞吞转过身。

跟坐在猫窝旁的人打了个照面。

易琛难得地怔住，喻延也是一脸的震惊。

喻延看了眼墙上的钟表，又看了看坐在地上的人，然后放下手中的东西，边问边朝他走去："你……你怎么下班了？"

许久，易琛才哑声问："你怎么在这里？"

"……来给你惊喜的。"喻延朝他笑了一下，"生日快乐，易琛。"

第45章

易琛觉得他此时就像是一个即将被溺亡的人，突然被用力拉出水面，只知道大口呼吸。

察觉出他的不对，喻延愣了愣，问道："怎么了？"

"没有。过来怎么也不说一声？我让人去接你。"

"说了就不是惊喜了啊。"喻延笑了声，"你怎么这么早就下班了？"

他都算好了，五点前过来，易琛一定不在家。他前几天还有意无意试探了一下，知道对方今天没有饭局。

原本想着天时地利人和，结果还是有些搞砸了。

不过没关系，他就是想给易琛过个生日，惊不惊喜，其实也没那么重要。

易琛这才反应过来他刚刚说了什么。

他皱眉："生日？"

"对啊。"喻延问，"你今天这么早下班，吃饭了吗？"

"还没。"易琛顿了顿，"你怎么知道今天是我的生日？"

喻延嘿嘿笑了声，特别骄傲："我网上查的。"

易琛挑眉，没有多说什么，只问："坐飞机累不累？"

"才多久啊，我没那么金贵。"喻延拿起那个大蛋糕，说，"我借用一下冰箱。"

易琛抬手解开领带，方才的疲态消了大半："怎么买这么大的蛋糕？一路从满阳搬来的？"

"没有，我提前在晋城的蛋糕店挑好的。"喻延道，"最近易冉不是住你家吗？我怕太小了会不够吃。"

喻延打开冰箱后先是一愣。

他不太会下厨,但因为常年在家,他会在冰箱里放一些速冻熟食。易琛家里的冰箱却十分空,里面除了两瓶酒,再没其他了。

看出他的疑惑,易琛道:"阿姨每天会买好食材过来,剩下的我都让她带回去了。你一路过来,有没有吃东西?"

"吃了一点飞机餐。"喻延道。

易琛走到身后:"走。"

喻延回过头:"去哪儿?"

"餐馆。"易琛对上他的眼睛,道:"或者超市?"

喻延很快明白他的意思:"……可我只会做面条。"

"面条也很好吃。"

喻延和小傻玩了一会儿,两人就出了门。

刚好撞上下班时间,路上有些堵车,到超市已经是半个小时后了。

进了超市,两人先是直奔食品区。

"这次待多久?"易琛随手拿起一个购物篮。超市为了应景,连篮子都换成了红色,殊不知这颜色拎在手上像极了在集市买菜的菜篮。但被易琛这么一拎,往T台上走都行。

"还不知道,我还没订票。"喻延找出常煮的面条牌子,放进篮子里,拿出手机边说边开了一家订票软件。

易琛以为他要看机票,直接把手机抢过来,道:"别回去了。"

"不是。"喻延当然也舍不得这么早回去,他道,"……我给忘了,之前那个房间,现在该是易冉在住吧?我想看看附近有没有酒店空房。"

"那是你的房间,他住什么?他住在另一间客房。"易琛说完,眉一皱,"不,他没房间。"

喻延笑了下:"那我不看了。"

喻延原本只想买点能现煮放调料不用折腾的食材,结果他们一路走一路拿,购物篮被装满了。

第46章

回到家，喻延脱下大衣道："我去洗菜！"

他拎着袋子准备开始做晚饭。刚进厨房，易琛就跟了进来。

喻延正在百度菜谱的手指一顿："你怎么进来了？"

"一起做。"易琛把衬衣袖口往上提了几分，"先做哪一道？"

两人一阵收拾后，第一道菜下锅。

喻延拿起手机，一脸为难，终于忍不住往易琛那边凑了凑。

"易琛。"他声音不大，"……这上面说要放调料3克，3克大概是多少？"

易琛扫了眼菜谱，上面所有物品都精确到克，看起来详细，却并不实用。

他从喻延手上接过手机，换了一份菜谱，这次终于不是，而是用"勺"来度量。

易琛淡淡道："以后不要看这种菜谱。你把写菜谱的人叫过来，他或许都不知道3克是多少。"

喻延原先是有些沮丧的。

虽然是迫不得已，但最近他在各方面都发现，自己的知识量还是太小了。

旁边的人细心地给他铺了个台阶。喻延抿唇不语，只是点了点头。

他刚拿起铲子把菜翻了个身，手上蓦地一空。

"你的手留着握鼠标。"易琛道，"我来，你去洗菜。"

这顿晚饭的味道虽然赶不上外头的餐馆，但两人都吃得很香。

吃完晚饭，喻延把蛋糕从冰箱里拿出来："易冉什么时候回来？我们要等他吗？"

易琛道："不用，给他留一份放冰箱就行。"

易琛不知道多少年没见过生日蛋糕这种东西了。

他看着喻延从袋子里拿出一根蜡烛，微微皱眉，问："……不是有数字蜡烛吗？"

"没有数字蜡烛了。"喻延说得很委婉，"普通的，又怕插着不好看。"

易琛："……"

蜡烛插得密密麻麻，当然不好看。

喻延点了蜡烛关了灯，然后侧目："要不要唱生日歌？"

易琛突然问他："你生日都是怎么过的？"

喻延一愣，随口道："我……给自己点一份大餐吧。"

他这还是往好了说，他前几年日子过得捉襟见肘，哪还管得了什么生日不生日。要不是通信公司每年都给他发祝福短信，他自己都差点忘了。

易琛敛目："不唱了。"

喻延问："那许个愿？"

易琛依言闭了闭眼，心里什么也没想。

蜡烛吹灭，灯光亮起的一瞬间，喻延从身后拿出一个黑色的盒子。

"生日快乐。"他眼底闪着光，笑得一颗小虎牙特别晃眼，"这是礼物。"

易琛挑起眉，接过盒子，打开。

是一款腕表，银黑交错，款式精致大方，看得出来做工精细，价格不菲。

盒子上的牌子易琛知道，七位数的款式不少，就是最低价，也要五位数，这一款看起来像是牌子里的中档款式。

大多男人对表和鞋都有特殊的喜爱，易琛也是，他从没觉得哪块表比这一块要讨他喜欢。

他没急着拿出来，问："怎么买这么贵的？不是说要养家糊口吗？"

喻延眼巴巴看着，催他："戴上看看吗？"

易琛解开手上价值七位数的表，随手丢在桌上，再小心翼翼地把新腕表戴上。

易琛的手骨节分明，每根手指都十分修长，就算戴一块百元的腕表也是好看的。

喻延盯着易琛腕上的表。

这表明明不是戴在自己手上，他却觉得十分满足，比自己戴着还要令他高兴。

喻延问："喜欢吗？我不太会挑这些……"

"喜欢。"易琛道，"很喜欢。"

"那就好。"他看了眼桌上的表，问，"那这一块，要不要拿去放好？"

易琛把表放到旁边的架子上："放高点就不碍事了。"

喻延怎么说也是花了几个小时泡在高档钟表店面里的，他一看这表就知道绝对不便宜："不然先放好……"

易琛道:"还不切蛋糕吗?"

喻延说:"……要切。你切吧,蛋糕第一刀都得寿星来切。"

第47章

吃完蛋糕，易琛帮喻延收拾完便起身去了厕所，准备给自己也洗一洗。

忙碌奔波了一整天，喻延虽然很累，但压根睡不着。

他忍着酸疼翻了个身，发现桌上的手机亮着。拿起看了眼，是讨论组有人找他。

团团她们瞧见喻延人气压了乖秀，在群里发了恭喜的话语。喻延看了眼时间，已经是两小时前了，他忙点开聊天框，回复几句感谢的话。

已经是半夜，团团和露露两个女生是不熬夜的，只有群里另一位男主播羊羊还醒着。

羊羊：兄弟，你怎么这么晚了才冒泡？她们都睡了。

喻延：我之前在忙……你还在直播吗？

羊羊：没有，刚下播。我在吃夜宵呢。

羊羊发了一张夜宵的图片。

喻延原本还不觉得什么，但一看到图里的烧烤海鲜，他就忍不住咽口水。

晚上那半碗拌菜拌肉的面条早被他消化光了，蛋糕太甜，他也没吃多少。

他看了看时间，大半夜的，叫外卖还得等半天，又懒得自己做……

想到冰箱里的蛋糕，喻延打开了某个对话框。

喻延：易冉，你睡了吗？

那头回得飞快。

易冉：没呢啊，我还没回家，怎么了？

喻延：没怎么，就是跟你说一声，冰箱里有蛋糕，饿了可以吃一点。还剩挺多的。

易冉：？

易冉：！

易冉：你来晋城了？！你在我哥家里呢？

易冉：我就说。咳，我之前还去你直播间想给你送点小玩意，我在平台里还有挺多余额的，星空 TV 还每月都给我发一大堆乱七八糟的礼物，我攒了好久想给你呢，才发现你没开播。

喻延：别破费，礼物钱一半要扣给平台，我只能拿一半。

易冉：没关系，那一半也是我哥的。

喻延：……

喻延：！

对啊，他之前怎么就没想到呢？

上周他半开玩笑，说自己要养家糊口，谁知易琛直接丢了大笔礼物给他，直接上了平台的年度土豪榜。

他本来心疼得不行，现在一想……好像也还能接受。

易冉：我马上到家了。怎么你很喜欢吃蛋糕吗？我知道有家蛋糕店特别好吃，明天我去给你买点？

喻延：不用，蛋糕太甜了，我不常吃。

易冉：那你好端端买蛋糕做什么，我哥也不爱吃甜的啊。

喻延：啊。因为昨天是易琛生日，所以买来给他庆祝一下。

易冉：啊？

喻延：……怎么了？

易冉：不是。我看了眼日历，昨儿不是我哥生日啊！

这下轮到喻延发问号了。

易冉：我哥生日在五月份还是六月份来着？你等等，我再看看。

喻延：不啊，百度百科上写的是昨天……

易冉：哈哈哈哈哈。延延你太可爱了吧，那东西怎么能当真啊，上面九成九全是写假的。谁会把自己出生年月日直接写在网络上啊。

喻延：……

易冉：等等，你到现在都还以为昨儿是我哥生日？怎么我哥没告诉你吗？

喻延：……

喻延：没有。

重新冲了个澡，易琛只觉得身心舒畅。

他随便套了件睡衣，出来时，就见喻延正趴着在玩手机。

"怎么还没睡，不是累了？"

"……你怎么骗人啊？"

易琛挑眉，被踢了还笑着："我骗你什么了？"

"你还笑。"闹出这么一个大乌龙，喻延都快尴尬死了，"昨天明明不是你生日，你为什么不说？"

他擅自买了蛋糕，点了蜡烛，还送了礼物！

幸亏没唱生日歌，不然他得被自己尴尬死！

"……"易琛无奈，"这么快就被发现了？谁告诉你的？"

喻延倒不是生气，就是觉得太丢人了。他兴冲冲地准备了这么久，自以为给了对方一个惊喜，没想到到头来居然是搞错了日期。

百度太不靠谱了，早知道他就该问易冉。

"我睡觉了。"

易琛道："生气了？"

"没气。"喻延低声道，"就是有点丢人，你昨天肯定在心里笑话我了。"

"没有，我怎么会笑话你。"易琛道："昨天就是我生日，我提前过都不行？"

喻延憋着笑问他："提前五个月过生日？"

易琛想了想："那就算是我占你便宜，白拿了你一个手表。我明天也还你一个生日。"

喻延本来就没生气，听他这么一说，忍不住笑出了声："这是什么话啊。"

易琛叹了声气："那……我去年没过生日，你就当补给我。"

这回喻延有了动作。

他稍稍翻了个身，问："去年为什么没过？"

"忙，很久没过了。"易琛道，"而且这么大了，哪还有人过生日。"

喻延原本也觉得生日是件小事。

但他真的挺想给易琛过生日的。

他问："你哪几年没过啊？我都补给你。"

易琛声音轻了几分："补给我？"

喻延嗯了声："对啊。"

易琛嘴角带着笑："一个礼物这么贵，不养家糊口了？"

"那话是我开玩笑的。"喻延认真道，"就是不能每次都送这么贵的礼物……蛋糕可以天天订。"

易琛听他说着，也不打断。

"……而且家里有电脑，我暂时不回去也行。"喻延说完了，问他，"好不好？"

"别闹，又不是小孩子了，不过生日了。"易琛问，"你这次能不能在晋城住久一点？"

喻延说久了，眼皮子有点沉，打了个哈欠："但是律师那边可能还要见几次面……"

"没关系，视频就行了。"易琛道，"真有文件要签，你就当天飞去，再当天回来，我给你买机票，送你去机场……我陪你回去一趟也行。"

喻延闭着眼，沉浸在睡意里，迷糊地说："好。"

莫南成那头的派对其实早早就结束了，但易冉这次好不容易在他哥那借到了车库里最拉风的那辆超跑，当然得多溜达一阵子。

他约了几个狐朋狗友，兜兜转转玩了好几家夜店。

又转了一次场，朋友问："你怎么回事，平时不嚷嚷着家里有门禁，每次还没到十点就跟屁股后面有鬼追你似的往家里跑，今儿都快三点了，还在外面晃悠？"

易冉啧了声："你懂什么，我哥比鬼恐怖多了。"

"那你现在还不回去？"

易冉说："不是，那也得看情况啊。"

好友问："什么情况？"

易冉道："我哥在和朋友玩吃鸡呢！"

易冉在外头疯到凌晨四点才踏上回家的旅程。

他停好车子，轻轻拉开家里的门，小心翼翼放慢步子，准备回房间。

回家这么晚，要是还把他哥吵醒了，那他得被打包赶出家门。

走到客厅时，他发现客厅书架上有一样东西，在昏暗中散发着淡淡的银色光芒。

他顺手打开灯，走过去一看，登时倒吸了一口凉气——这不是某大牌的限量腕表吗？

他在他爸面前求了半个月都没能拿下来的款式，现在正被人随随便便放在书架上！

那可恶的有钱人连张纸都没有给它铺！

易冉忍不住把表放到手腕上比了比，一转身就看见他哥就站在卧室门口，手里拿着水杯，正面无表情地看着他。

第48章

"哥……"易冉才刚开口说了一个字,易琛就先动了。

易冉吓了一跳,下意识往后退了退,眼睁睁看着他哥一路朝他走来,然后……擦过他的肩走向厨房。

易琛声音淡淡的,有些哑:"下次再这么晚,就睡在车库。"

"哦……好。"易冉有些蒙,顺着应了一句。

厨房里传出水声,半晌,还飘出一道咖啡香气。

易冉跑到厨房门前站着:"哥,喻延是不是来了啊?"

易琛头也没回,继续泡着咖啡。他今天回来得匆忙,很多文件都没来得及处理,这会反正睡不着,打算用电脑先看一些:"嗯,干什么?"

"没,他之前给我发信息,说昨儿是你生日。"易冉打开冰箱看了眼,里面真有个大蛋糕,而且这么一眼看去,好像根本没怎么吃,"哥,你难道也没提醒他……两人就这么把蛋糕切了?"

易琛终于回头扫了他一眼:"是你跟他说,昨天不是我生日的?"

"是啊……"易冉顿了顿,"怎么了哥,我不该说啊?我当时就是下意识顺手就发过去了,你不会怪我吧?"

易琛不答反问:"你怎么知道我生日是什么时候?"

"我怎么不知道,我不是每年都给你送礼物吗?"

"礼物?"易琛有些意外,"送哪儿去了?"

"你公司啊。前两年五月份我不都趁着劳动节假期去旅游了嘛,就让人买了送你公司去的,怕你不在家,不方便签收……等等,你该不会没收到吧?"易冉瞪大眼,"被前台吞了?"

前台当然不敢私拿东西。

他这么一提，易琛想起来了。

前两年确实有礼物送到他办公室来，上面没署名，打电话过去也是卖家接的，因为来路不明，他压根没拆，随手就放在办公室某处了。

"没有。"他回神，应道，"收到了。"

易冉这才放心。他拿起叉子，吃了两口蛋糕，然后把冰箱合上："那哥，我去睡了。明天你去公司吗？要不要我陪延延去吃个早餐？"

"不用。"

易冉哦了声，刚要走出厨房。

"等等。"易琛叫住他。

他用勺子搅了搅杯中的咖啡，道："手里的表放下来。"

"……"

易冉不舍地看了那块腕表几眼，心里悲痛，往桌上一放。

"我让人拿了下一季的新款。"易琛拿起表，捏着杯子走出厨房，"到时候你联系马助理。"

易冉一愣："啊？"

"哥？啥意思？"易冉瞪大眼睛，连忙追上去，"哥，是我想的那个意思吗？哥！你是我亲堂哥！哥！"

易琛道："你声音再大点，就什么都别要了。"

易冉立刻闭了嘴，隔空朝易琛丢了几个飞吻。

易琛没理他，怕吵着房里的人，一去书房就把门关上。

喻延醒来的时候，听见传来一阵敲键盘的声音。

能听出对方已经在尽量控制音量了，但他对这类声音比较敏感，一听就能听出来。

他刚动了动，敲键盘声就停了。易琛问："醒了？"

"没有。"喻延没睁眼，"没醒，我还要再睡一会……"

易琛由着他："好。"

旁边没了声音，易琛像是怕吵醒他，没再动键盘，只是用一边指尖往下划着。

身边安静下来，喻延反而睡不下去了。他的眼半眯着，抬头问："你怎么起这么早？"

"习惯。"

喻延刚想说什么,就听见易琛的电脑突然响了一声。

"易琛,你电脑响了。"喻延往被子里钻了钻,再次闭眼,"好像是消息提示音。"

"不用管。"易琛道。

那头像是感应了似的,又响了一声。

喻延道:"看看吧,或许有什么急事呢?"

易琛听他的,重新打开电脑。

他原本以为是公司的事,没想到居然是他妈发来的消息。

"我和你爸临时有点事,或许能在春节之前回国。"

"一块过个年吧?"

"这是……你妈吗?"喻延脱口问出声后,才想起解释,"我不是故意偷看的,一睁眼就不小心看见了。"

易琛嗯了一声,敲键盘回复。

不用。

这两个字还没发送出去,就被喻延抓住了手。

喻延清醒了不少,问他:"为什么拒绝啊?"

易琛侧目:"我们不是说好了,今年一起过年?"

"那是我以为你父母没法回国……"喻延声音有点哑,他咳了声,"春节当然是跟家里人过最好了。"

易琛不自觉皱起眉:"那你呢?"

"我?"喻延愣了愣,"我没关系,过年也没几天……"

"不用,按照原先计划的,我们一起过。"易琛道,"放心,他们不会说什么。"

"怎么不会?"喻延觉得奇怪。

没多少事能让他爸妈丢下国外的活动临时回国。

想起上次在办公室听到的消息,易琛闭了闭眼。

"再说吧。还睡不睡了?不睡就起来吃早餐。"

"吃早餐?"喻延问,"你不上班吗?"

"上,在家里吃完再去。"

喻延原本还想再赖一会儿床,听他这么说,立刻就坐起了身。

喻延这一趟来得突然,但易琛早早就准备好了他的洗漱用品,一应俱全,就连电动剃须刀都多了个新的。

257

因为上午还有个大型会议要开，迟不得，易琛早早就叫了阿姨过来，原先是想着让阿姨在这儿等着，喻延醒了再给他做些吃的。结果两人都起了床，刚好能一块吃个早餐。

谁知喻延才刚坐下喝了口牛奶，外头就传来一阵引擎声，易琛的司机已经到了。

易琛站起身，抽出纸擦了擦嘴边："电脑房还是那一间，有什么事就给我打电话。"

"这就走了？你还没吃多少。"喻延看了看餐桌上的食物，"不然带个面包去公司吃吧，我用塑料袋给你装一个？"

司机一进来就听见这句话。

他和生活助理关系好，对方昨儿半夜特地来对他千叮咛万嘱咐，说老板在接待一位贵客，让他小心一些别得罪人。司机原先还想着谁这么尊贵，能让他老板亲自接待。

结果这贵客，让易总……打包块面包带去公司？

易琛看了眼那面包，面色如常，点头道："好。"

司机："……"

易琛前脚刚走，易冉后脚就从房间出来了。

看清客厅坐着的人，他的睡意瞬间跑得无影无踪："延延，你起这么早？我哥呢？"

"去公司了。"

"你专程来找他玩，他居然丢下你去公司了？"

喻延道："当然是工作要紧。"

"……行吧。那你今天打算做什么去？不然我带你出去玩吧，景点没什么好去的，我带你去别的地方见识见识，怎么样？"

"不行。"喻延道，"我得开直播。"

这话一出，就意味着今天的吃鸡之旅注定要带上一个拖油瓶。

下午两点，喻延准时开播，水友们一进房间，就瞧见游戏界面里已经站了个队友。

当然，这不是重点。

【等等，直播背景怎么变成1老板家了？我卡了？还是这是直播回放？】

【我这儿也是……】

"不是直播回放。"喻延没打算解释，跟大家打了招呼后就直接开了游戏。

易冉就坐在他旁边，正用着手提："延延，我们跳哪儿啊？"

喻延在P城上方标了个点："去我家。"

【主播身边是谁啊？】

【这ID好像是直播间的另一个老板，意思是小延现在和另一个老板在1老板家？怎么这么混乱……】

喻延刚跟队友们沟通好跳P城，就听见一道粗犷的男声响起。

"飞机上所有人听好了——胆大的跳P城，不跳P城不是男人，有本事你们就跳P城把我陆遥珩杀了！不然你们全都是尿货！"

又一个人道："兄弟，你很嚣张啊？"

那人明显是在恶搞自己朋友，笑得乐不可支："对，我陆遥珩就是这么嚣张！"

喻延心道不好，刚想跟队友沟通换个地方跳，就见队友已经率先跳了伞。

喻延没办法，只能跟着跳下去。

他操控着鼠标往四周看去，看清周围的情景后，弹幕上立刻刷出了一堆问号。

只见天上满满当当全是人，如同年夜饭里刚下锅的饺子，数量多得惊人。

"……现在的年轻人就是太浮躁了，经不住激。"十九岁的少年这般感慨道。

这一局，喻延的"带妹"光环仍旧高高挂起，队伍里的三号是个声音很温柔的小姑娘。

"天啊，好多人，怎么办呀？"三号急道，"我周围都是枪声。"

易冉闻言，立刻开了麦："没事儿小妹妹！一号很厉害的，他说P城是他家……"

"快跑！"喻延开了麦，问，"你们怎么还在P城？"

易冉愣了愣，打开地图一看——一号图标已经离他们十万八千里，往隔壁的野区去了。

易冉："你不是说这是你家吗？你连家都不要了？"

喻延道："男人，就要在外头闯一番事业。"

易冉："……"

三号见状，溜得贼快，易冉和四号因为飞在了P城中央，没法跑，给两个队伍当了夹心，光荣牺牲，到了最后，队伍只有喻延和三号小姐姐还存活着。

第一局就落地成盒，易冉一脸郁闷，直接给喻延点了个观战，还顺手开了直播间看水友聊天。

还好，周边的野区资源比较多，喻延搜了几个房区后装备也算是见得了人了。

259

这时，三号突然开了麦："完了呀，我这就一把喷子，我不会用的。小哥哥你那边有没有多的枪？"

喻延打开装备看了眼。

"手枪要吗？"

【？】

【你一把M4一把AKM，给妹子一把怎么了！】

三号沉默了一下："算了，我用喷子就行。"

"给了她我没法打，我5.56和7.62子弹各30发，存量不够。"喻延一脸正直，"我得给你们的竞猜负责。"

又过了一会。

"小哥哥，你那有没有药？"三号说完，忙补充，"绷带也行，我身上就五个绷带，我玩得不太安心……"

喻延看了眼自己身上的十个绷带包。

"我也不多。"他语气随和，激励队友，"没事，相信你自己，你一定可以搜到的。"

三号："………"

【……我服了。】

【延延，知道你为什么这么帅却还是"单身狗"了吗？你知不知道你刚刚和小姐姐的微信，就差了那五个破绷带！】

第49章

易琛回到公司,第一件事就是找礼物。

他办公室一向整洁,所以就算年代久远,还是能轻轻松松把东西找出来。

易冉的礼物被他随手放在了书架最底层的柜子里。

他把两个礼盒拿出来,拆开。

里头分别是一根皮带和一条领带。

虽然价格都不贵,但从款式能看出来,对方是用心去挑的,不是烂大街的大众款,看起来比较简约大方,是易琛一向喜欢用的风格。

秘书敲门而入:"易总,会议马上开始了。"

易琛嗯了一声,把东西放回去,重新盖好:"有没有袋子?"

秘书愣了愣:"袋子?"

"嗯。"他扬了扬手上的两个礼盒,"装东西用的。"

"啊,有的。"秘书反应过来,"我帮您拿。"

喻延在晋城玩了一周。

这一周,他除了周边的超市外哪儿也没去,他站起身,问:"房间里有剪刀吗?"

易琛道:"床头柜第二层。"

喻延一打开柜子,就被里面的相框吸引去了目光。

相框里是一家三口的照片,易琛看起来还在上初高中,他脸上带笑地坐在正中央,身后站着一对夫妇。

从五官就能看得出来,后面两位应该是易琛的父母。

里头不只有相框,他还能隐隐约约看到相框底下,还压着好几张照片。

他还没来得及看清,一只大手突然闯入他的视线。

易琛不知何时站到了身边,他拿出剪刀,顺手把柜子给关上。

他们刚坐下,易冉就忍不住开了口。

他表情古怪,掩饰般地打了个哈欠:"小延,你怎么起这么早啊?"

喻延看了眼时间:"早吗?平时不都是这个时间起床的?"

吃完早餐,易琛抿了口咖啡,站起身来,道:"下午等我。"

喻延应了声好。

司机就站在外头,自从上次老板带了块面包去上班之后,他都不敢进屋里来催了。

易琛往玄关走去,路过厨房门口时,他一个弯腰,指头轻轻一勾,把地上的黑色塑料袋拎了起来。

那是喻延刚刚从房间里拿出来的垃圾袋。

"老板,你等等,"喻延还没反应过来,厨房里的阿姨就先跑了出来,"这袋是垃圾。"

"我知道。"易琛语气自然,"我去丢。"

房里三个人都愣了愣。

阿姨吓了一跳:"别啊,我一会也是顺路走回去,能路过垃圾车……"

"没事。"易琛穿好鞋,不由分说地打开了门,回头对喻延道,"我去上班了。"

门关上,阿姨无处安放的双手举在半空,莫名有种自己即将失业的恐惧感。

两人吃到一半,易冉的手机蓦地响起。

"大清早的,谁会给我打电话……"易冉拿起来一看,紧跟着吓到了。

他瞪大眼,对喻延道,"是我婶婶!"

易冉的婶婶,也就是易琛母亲了。

喻延一愣,背脊不自觉坐直了些。

易冉手上拿着油条,他干脆把手机往桌上一放,接通之后径直开了扬声器。

喻延屏息听着。

易母的声音很柔和,一听就知道是个温柔的人:"小冉,这么早给你打电话,没打扰你吧?"

"没,我刚好在吃早餐。"易冉问:"怎么了婶婶,您找我有事儿?"

"是有点事。"易母顿了顿,道:"婶婶想找你帮个忙。"

"您说。"

"你现在是不是还住在易琛家里呢？"

"对。"

喻延耳朵都竖了起来。

那头欲言又止："……小琛现在应该去上班了吧？"

"对。"易冉随口扯谎，"现在就我和打扫阿姨在家呢，婶婶您有事就直说吧。"

喻延一愣，下意识看向易冉，对方立刻回了他一个眼神，示意他不要说话。

"行，其实就是件小事。"易母道，"我想让你帮我去试探试探，问问他，春节有没有工作应酬，人在不在晋城。你知道的，我和他有点时差，不方便打电话。我前几天发的讯息，他也一直没回。"

易冉一愣："啊？婶婶，你们今年回晋城过年吗？"

"对，我们机票已经订好了。"易母道："到时候一块吃年夜饭。"

"行，那我找机会问问我哥。"

易冉应了下来，两人客套了几句就挂了电话。

他正准备继续吃早餐，迎面就对上了喻延疑惑的目光。

"……怎么了？"

"刚刚打电话的，不是易琛的母亲吗？"喻延问。

易冉："是啊。"

"那怎么……"

这种一个电话就能解决的小事，为什么还需要让易冉去试探？

易冉反应过来了，他道："哦，我哥和我叔婶不是很亲。婶婶估计是怕打电话会吵到我哥休息，所以不方便问。"

如果是普通亲戚关系，彼此之间不亲近，喻延还能理解。

但这可是对亲母子。

而且因为时差而不打电话……也太奇怪了。

看到他复杂的表情，易冉擦了擦手，拍拍他的肩："我哥家里就是这样的。我哥可是刚成年就自己搬出来住了，我叔叔婶婶又常年在国外，他们一年见面的次数，没准还没我和我哥见的次数多呢。"

"常年在国外？"

"对啊。我叔叔婶婶都是艺术家，艺术家嘛，你懂的，就是喜欢天南地北地跑。这么说吧，一年三百六十五天，他们起码三百来天是在国外或者外省的。"

喻延听得眉头都不自觉皱了起来。

易冉从没跟别人说过这个话题，加上这话在他心里已经藏了很久，这会儿说起来停也停不住。

"其实我哥上学那会儿，和家里关系还挺好的。后来我爷爷去世，遗嘱里公司的股份就属我哥的最多，年纪轻轻就当了董事长，我叔叔婶婶都劝他把公司让给别人管，但我哥不肯，硬生生把公司接下来了。

"后来我哥公司越做越大，也挺忙的吧，很多事情顾不上，又不住在家里，关系就渐渐远了。"说到这儿，易冉捏了捏手中的水杯，像是想起什么来。

"而且我们家旁支很多，远方亲戚数都数不清，也不知道是从哪家开始传的……"

喻延问："传什么？"

"就传……说我哥眼里只有钱，连亲人都不放在眼里。反正挺难听的。"说到这，易冉啧了一声，"也真亏那些人还能说出这种话来，也不看看自己嘴脸。整天想办法占我哥便宜，占到了还在我叔叔婶婶面前告我哥的状，什么玩意儿，我呸！"

第50章

早上和易冉一番闲聊之后,直接影响了喻延一整天的心情。

比如现在,他正一脸认真地操作着手上的游戏人物,躲在桥上收过桥费。一辆车呼啸驶来,他卡位看清对方的方向之后,立刻开红点一阵扫射。

【yanxyan 以引爆载具淘汰了 WHOAMI007。】

右上角被他刷了屏,他收枪装弹,简洁地告诉队友:"打完了。"

强还是强的,就是不跟水友和队友互动了。这局游戏开始到现在,他就说了三句话,还都是看到了好东西,开麦问队友要不要。

撂下这句话,他便坐上摩托车,率先冲到另一头舔包,再自顾自回身进圈。

【看了这么多主播,没见过比你截车截得漂亮的。】

【有这技术当什么主播啊?求你进战队,CN7 考虑一下?】

【CN7 首发个个这么强,让我小延进去当替补吗?儿子我觉得 QM(战队名)不错,QM 最近刚走了好几个队员,你去了肯定能直接首发!】

【前面的烦不烦啊。别在小延面前提战队的事行不行?前段时间的事还不够糟心啊?】

直播间里水友多了,口角纷争自然也就多了,总是一言不合就能吵起来,最近管理员才给他这多分了一个房管来帮忙,但明显还不够。

感觉左上角的弹幕助手一时间刷屏速度变快了不少,喻延分神看了眼,这才跟回过神似的,开了口。

"这事怎么也能吵起来。"喻延道,"我不打算进战队,再说了,人家战队也看不上我呀。大家别讨论这种无意义的话题了。"

播了一会,一旁的易冉站起身来。

"小延,我不玩儿了,我朋友约我去按按脚。"易冉把电脑一关,问他,"你去吗?成天坐在电脑前,腰上肯定一堆毛病,走,我请你去按摩。"

"我不去了。"见他不来,喻延直接开了单排,"要让阿姨给你留些晚饭在微波炉里吗?"

"不用,我不回来吃饭。"易冉说完,突然用手指了指喻延的麦克风,用口型道,"你闭下麦。"

喻延愣了愣,依言闭了麦。

"我今早跟你说的事吧,就是随口唠唠嗑,你别往心里放,其实没什么大事。"易冉察觉到他心情低落,安慰他。

"我哥是个很独立的人,说不准他更不想我叔婶管着他呢。再说,那些个亲戚的闲言碎语,我哥也压根没有放在心上。"

喻延的心情并没因为这两句话而轻松下来。

是,谁都不想被父母管束着。但父母对儿女来说并不仅仅是一个监管者,更是一道港湾,一双臂膀。

喻延失去过,所以他很清楚,没有父母的爱护和陪伴是什么滋味。

而且谁也不是圣人,又怎么可能做到完全忽视身边人的闲言碎语?更何况那些人还是易琛的亲人。

"我知道。"喻延只是这么应,他笑了笑,"你去吧。"

下午的会议开完,易琛刚走出会议室,助理便跟上来,低声道:"易总,刚刚海鸣集团的陈总打电话来,说是想约您晚饭叙旧。"

"不去。"易琛道,"今晚我约了人谈事儿。"

"好的。"助理想起什么,"刘司机中午请了假,晚上我送您过去吧?再顺便等结束了,送您回去。"

易琛说:"不用,我自己开车。"

"我担心到时您喝了酒,没人送您……"

"我在家谈,不用送。"易琛顿了顿,"前几天辛苦你了,如果没事,你今天可以提前下班。"

丢下这句话,易琛径直大步进了办公室。

留下助理还在原地傻站着。

在家谈事……是个什么谈法?

易琛回到家,把电脑和文件全放在沙发上,便朝电脑房走去。

怕打扰到喻延,他动作很轻,一开门就看到男生就坐在电脑前,眉头轻拧,抿着唇,正一脸认真地盯着屏幕。

"楼上有三个人。"

队友不知道说了什么,喻延又道,"三个,我听见了……没事,我们不走,炮楼很好攻。你们谁会丢雷?……来,我给你三个。你只管往里面丢就是了,不讲究。"

队友很听话地接过雷,毫不吝啬地一个一个往炮楼里扔。楼上的人忍不住了,纷纷跳窗逃跑。

喻延举着枪,两把枪,六十发子弹尽出,成功收获三杀。

他松了口气:"死完,给我留点子弹……"

话刚说完,他才好似察觉到什么,猛地抬起头来,跟门口的人对上了视线。

他眼底几乎是瞬间就亮了:"你怎么这么早就回来了?"

易琛把门关上,兀自走到他旁边,半截身子入了镜。

"翘班了。"易琛笑了笑,睨了眼屏幕,"还多久下播?"

喻延把目光放回游戏里,快速舔完包:"还一个多小时。"

【1老板的声音!啊啊我要看1老板正脸!一个流星跪求小延抬摄像头!】

【这两人怎么天天在一块玩儿啊。】

【丢一颗流星,祝1老板和小延新的一年大吉大利!】

易琛看到弹幕,笑了声,低低问他:"那还有位置带我吗,大腿?"

"有。"喻延问:"但是你去书房玩吗?"

想到这儿,易琛挑了挑眉。

半晌,他道:"那我不玩了。"

他把易冉之前带进来的椅子搬来,跟在满阳那会儿一样,坐在喻延身边,镜头里只能看到他小半边身子,从进屋到现在都没露脸。

"我看着你玩。"

很快,水友们就发现,喻延的话变多了。

……不过不是对他们。

"平时你用连狙的时候,如果敌人在动,你可以稍稍抬一下镜,因为距离比较远,射击过程中子弹会下坠……像这样。"喻延说完,朝对面开了几枪,立刻收到了两次击中反馈,"不过不好打死,如果所处位置不好,就没必要开枪了,不然平白暴露位置,后面不好进圈。"

易琛若有所思地嗯了声，很捧场地夸他："你好厉害。"

【哈哈哈夸得非常好，敢问你看懂了吗，1老板？】

【1老板虽然只露了半边身子，但我完全能脑补出他西装革履的模样！】

易琛原本被弹幕逗得心情大好，但是后面的弹幕就开始变得奇奇怪怪了。

喻延正在打决赛圈，丝毫没察觉身边人变了脸。

他们满编队进的决赛圈，还在路上舔了两个空投，喻延手中一把M249，靠着一百发子弹，掀翻了最后剩下的三个对手，成功16杀吃鸡。

易琛道，"延延，送你个礼物。"

喻延问："什么？"

"手伸来，接着。"

喻延依言，把手伸到桌下。

易琛在他手心里放了一颗糖。

第51章

直到下播的时候,还有水友在刷屏,说是看不到那礼物就心头痒痒,今晚睡不好觉。

"那刚好明天周末,今晚睡不着明天还能补觉。"喻延关掉游戏,那颗虎牙若隐若现,"那我下播了,大家再见。"

关掉直播,他松了口气,这才慢吞吞地把开着的乱七八糟社交软件一一关上:"等得烦不烦?"

"不烦。"易琛起身,"走,出门。"

喻延愣了愣:"去哪儿?"

"吃饭。"

两人去了一家餐厅,餐厅安静高档,明明在市中心地段,外观却十分低调,走到里面才知档次很高。

服务员认识易琛,一见他便迎了上来。

"易总。"服务员笑道,"我帮您和这位先生把大衣挂起来吧。"

易琛正准备脱外套,就发现喻延眼珠子正四处转着,看起来不太自在。

他动作紧跟着顿了顿。

喻延没察觉到他的视线,抿唇正要脱衣服。

易琛停下动作:"不用了。"

喻延一脸蒙地被他带出了餐厅。

电梯里,喻延问:"怎么了?忘带东西了吗?"

"没有。"易琛说,"不在这家吃了。"

喻延啊了声:"为什么?"

"我觉得，你不太喜欢这家餐厅。"

喻延噤声。

没想到这都被他看出来了。

这家餐厅好是好，但他从餐厅内部格局就能看出来……这家店竟然没有散座。

也就是每一位客人都得进包厢。

那跟他们平时在家吃有什么区别，在家还没有服务生在一旁看着，更舒坦。

喻延道："也不是……"

电梯门打开，冷风钻了进来，易琛往他身边站了站，刚要问什么，迎面突然传来一道熟悉的声音。

"阿琛？"

这叫法有些新奇，喻延下意识抬头，就见电梯外正站着一个中年女人，穿着大方得体，表情微带诧异。

易琛挑了挑眉，打招呼道："伯母。"

女人正是易冉亲妈，她先是不经意地打量了一下喻延，这才笑着点头："你来跟朋友吃晚饭？"

"嗯。"易琛道，"我们现在走了，您上去吧，让秦经理记我账上。"

"不是，我不是来吃饭的。"说到这，中年女人犹豫了下，"我是来订年夜饭的。阿琛，你年三十……"

"我还有点事。"易琛打断她，帮她按了电梯，大步走了出来，挤出一个淡淡的笑，"下次再说吧，伯母。"

喻延从头至尾就在旁边站着，没有插嘴，只是在跟中年女人对视时礼貌地点了点头。

待电梯门关上，他们才朝停车场走去。

"想吃什么？"上了车，易琛系上安全带，面色如常。

"啊。"喻延一路都在想事情，这会儿才回过神来。他拿出手机，道，"那……我查查？"

"好。"

十分钟后，两人出现在了晋城最热闹的一条小吃街。

易琛里面穿着墨绿色高领毛衣，外面一套定制西装，站在人头攒动的街头，显得略微有些突兀。因为是周五，街上人很多，他时不时就会被路人撞到。

但他丝毫不在意，随着面前的男生一路往前。

"广式肠粉！"喻延眼睛都亮了，他手指头下意识往后探了探，问，"你吃吗？"

易琛看着算不上干净的小铺面，淡淡嗯了声："吃。"

他很少在这种小铺面用餐，不是嫌小，是觉得不干净，这种小铺面的油大多都有问题，他平常碰都不会碰。

这条街在晋城闻名多年，他身为晋城人，还是第一次来，以往倒是在易冉的朋友圈里见过。

因为是小吃街，店里的东西都不贵，量也不多。老板娘问他们："要吃什么？"

易琛刚要说话，喻延就抬手，伸出一根手指："要一份招牌肠粉，老板娘。"

老板娘见怪不怪，点头："好嘞。"

易琛挑眉："一份？"

"对啊。"喻延笑了，"这条小吃街这么长，我们这还在街头，吃多了，下面的小吃哪还有位置放？"

易琛点点头，他原以为他们吃完这碗肠粉就回去了。

一份肠粉很小，一人两口就差不多了。结账后，两人继续往街里走。

半晌，喻延停在了一家冰淇淋店面。

没什么比冬天的冰淇淋更美味。

他回头："易琛……"

"不行。"易琛道，"这么冷，想感冒？"

他们离店面不远，易琛的话被冰淇淋店的老板听见了，忍不住吆喝了一句："这位家长，他吃了不会感冒的，年轻人抵抗力好！"

家长？

易琛眼睛都眯了起来。

喻延眼疾手快，在他要说话之前，打断他。

"老板！他不是我家长！"

丢下这句话，他赶紧拽着易琛离开了。

易琛侧目，发现小男生的嘴角还在上扬，眼底的笑意藏都藏不住。

"你还笑？"易琛气乐了。

"我没笑。"喻延说完，又觉得自己这句话可能没什么说服力，于是他道，"我看起来比较小，所以老板才误会了。"

"你不老，一点儿都不，真的。"

易琛一点没被安慰到。

两人吃了一顿烧烤，直到晚上九点才回到家。

易琛把钥匙往桌上一丢："去洗澡。"

"你先洗吧，不然身上都是味道，挺难受的。"喻延想到什么，道，"对了……我有件事得跟你说。"

"嗯？"

"我今年春节，可能得回满阳过年。"

易琛："嗯，那我跟你回去。"

"……"喻延顿了下，道，"不是，我意思是，我可能得回我叔叔那过年。我婶婶那边有亲戚还要来串门的，可能……没时间陪你。"

易琛低头跟他对视，没说话，不知在想什么。

喻延道："所以今年可能没法一块过年了，等年过了，我再来找你，行吗？"

易琛默了半晌，才道："不行。"

"……"

易琛叹了声气，突然问："你不是想跟朋友一起过年吗？"

喻延一愣，忙说："不是……"

易琛接着问："那为什么骗人？"

喻延噤声，茫然地眨眨眼，不明白他在说什么。

"那天你跟你叔叔打电话的时候，我听见了。"易琛道。

喻延："……"

喻闵洋前几天确实给他打了电话，让他今年回去过年。喻延当时就在电话里拒绝了。

撒谎被抓了包，喻延有些不知所措，忙说："不是，我不是故意骗你。"

易琛静静看着他。

许久，喻延才道："……我是听说你父母今年会回家过年。"

易琛闻言，并不觉得意外。他其实早就猜了个大概。

"这两件事有什么关系？"他问。

喻延一愣："他们既然赶回来跟你过年，那我当然……"

"不是。"易琛打断他。

"……啊。"

易琛皱眉，语气如常："他们这次回来是因为别的事，我跟不跟他们过年，对他们来说并不是很重要。"

"怎么会。"喻延没明白，"伯母还特地给易冉打了电话……"

易琛道："那只是顺便。"

以往他身边围绕着那些白眼狼亲戚，生意场上也不少人盯着，导致他不愿意把心事和弱点分享给别人，就怕被人拿捏了什么软处。

但在喻延面前，他是完全放松的。

他用最平常的语气，告诉他："他们这次回来，是打算领养一个孩子。过年只是顺便而已。"

喻延愣住了。

易琛笑了声，里头说不出是什么意味："延延，我可能会有个弟弟……或者妹妹了。"

他原本想用最轻松的方式，向喻延分享这件事，以后那个弟弟妹妹冒出来的时候也不用再过多解释。

但他没想到，喻延听完后猛地抬起头来，眉头紧皱，连带着喉结都跟着滚动了好几回。

眼里满是心疼和不解。

喻延不傻，知道领养意味着什么，易琛和父母原本就不亲，再突然多一个孩子……

就算易琛试图轻描淡写，但喻延还是看出来了。

他从来没觉得这么委屈。

这种情绪，在他被那些水友辱骂、被冯雄发律师函时都不曾有过。

就跟他听见易冉说了那些吸血亲戚时，心里头止不住的怒意一般。

易琛表情只有一瞬的变化，很快恢复如常，他抬手揉着喻延的头发，失笑："怎么了？"

"没怎么。"

喻延安慰他，安静了许久，才跟发誓似的又开了口。

"易琛，我在呢。"

第52章

当夜，喻延睡着之后，易琛拿起手机去了阳台。

外面寒意很重，他把门关好，确认了一眼此时的时间，这才拨出电话。

电话响了两声，很快被接通了。

那边的人似是有些不敢置信，接通之后好半天才出声："小琛？"

易母看了眼时间，话里满是惊讶，"国内都已经半夜两点了吧，这个时间……你怎么还打电话来？不睡觉吗？"

话一出，易母就顿住了。

她这话说得也不对，就算国内此时是早上、中午、下午，她也几乎接不到易琛的电话。

易琛嗯了一声："吃午饭了吗？"

"吃了。"易母停下了手边的事，她想起什么来，话里带了些愧疚和小心翼翼，"小琛……你的伤，好点了吗？"

自从那起车祸之后，易母能明显感觉到自己和儿子之间的隔阂越来越深了。

那场车祸的肇事者是易母那边的亲戚，车祸发生之后，那几个人不知来她跟前求过多少次，她都没松过口，也没在易琛面前提过一个字。

她如果早知道纵容会让那群人危害到易琛的生命安全，她一开始就不会处处帮衬他们。

但是这世间没有早知道，伤害造成了，而她也不知道该怎么去弥补这一切。

"好了。"

易琛说完，沉默了会儿。

他原以为这个问句之后就是求情，他甚至已经在脑中想好要怎么驳回，谁知这个话题就这么带过去了。

"那就好，你要记得医生说的，每月回去复诊一次，别因为工作……"

说到这儿，易母也沉默了。

她知道易琛不喜欢她说这些。

通话时间在流逝，两人却谁也没说话。

又是一阵凉风吹过。

他率先打破沉默，说出这通电话的目的。

"领养的事，需要我帮忙吗？"他问。

易母一愣，像是没听清："……什么？"

"国内领养的要求是无子女，你们应该达不到条件。"易琛声音很淡，语气也十分平静，"如果你们想在国外领养，那边的要求也不低，可能还要通过家庭调查……"

"不是，你等等。"

易母不自觉站起身来，一旁的易父在画架前抬头，疑惑地看着她，用嘴型问她怎么了。

易母顾不上丈夫，语气惊讶，"领养？谁要领养？"

易琛顿了顿："你们不是打算领养孩子？"

"……"易母深吸了一口气，"你哪儿听来的胡话？一个你我都操心不过来了，怎么可能还去领养其他孩子？"

易琛握着手机，眉梢不自觉挑了挑。

易母紧跟着问："这话你从哪儿听来的？"

易琛抿唇，一下搞不清心里的情绪："你们上次回国，去了福利院。"

易母瞬间了然。

知道她去了福利院的，只有她那位资助了福利院的亲戚。

"你表叔找过你了？"她道，"他还找你做什么？又让你放了他儿子？我明明已经警告过他，不准再去骚扰你了……"

女人的声音又恼又急，易琛听得有些晃神。

易母先是絮絮叨叨，把亲戚数落了一顿，等到气消了一些，才说："是，我和你爸是去过福利院……不过我们是去取材的，不是什么领养。

"你爸心血来潮，跟朋友合办了一个画展，就在四月份，叫'眼睛'，他想画一双孩子的眼睛。

"我们不只去了福利院，前几个月还去了大山里，看了好多留守儿童。那些孩子……都太可怜了。"说到这儿，易母火气又上来了，"你那表叔更不是人，我和你爸去了才知道，他虽然面上是资助福利院的大善人，实际上借着捐助的名义，偷拿了好多油水。那里的孩子吃的都是些没营养的干面条，人瘦得跟细棍似的！"

易琛喉结轻轻动了动："……"

他在听到那位表叔说这件事时，竟然完全不曾怀疑过。

退一万步来说，就算怀疑，他也不会去查。

"小琛，你到底在想什么？"易母拧眉，"你刚刚还说要帮忙？你怎么帮忙？不要做傻事你知道吗？"

易琛靠在阳台的栏杆上，透过窗户，他低头，说不出内心是什么滋味。

他本以为自己已经不在乎了，尤其在刚刚喻延安慰他的那一瞬间，他忽然觉得领养这件事，其实也没那么重要。

但当他知道这件事是个乌龙时，不得不承认……他是感到高兴的。

易母揉揉眉心，许是觉得自己刚刚的语气重了，她放缓声音。

"领养这种事，我和你爸从来没有想过。"

易父终于听明白了他们的对话，他一下子站起来，手上的画笔都险些掉了："领养？胡说八道，什么领养！"

"你安静，画你的。"易母先把丈夫禁了言，她深吸了一口气，再继续道，"小琛，我觉得我们之间的问题有些大，已经到了不得不解决的地步。我和你爸订了机票，等回了家，我们好好谈一谈吧。"

易琛突然觉得喉间有些干涩，但不难受。

半晌，他轻轻嗯了一声："好。"

虽然只有一个字，但易母还是捕捉到了他的松动，她立刻趁热打铁："对了……我让你伯母订了年夜饭，到时候你会过来吧？"

易琛抬眼看向星空，半晌道："抱歉。那晚我已经跟别人约好了，去不了。"

第二天是周末，喻延刚醒来，易琛就把昨晚电话里的事儿告诉他了。

当然，只说了那个乌龙，其余的没说。

之前把这件事告诉喻延，是想着以后如果突然多了个弟弟妹妹，就不用再多做解释。

……现在则是要解释为什么不会多一位弟弟妹妹了。

喻延原本还困着,听完他说的,眼睛倏然清明。

"那太好了。"喻延揉揉眼睛,笑了,"我还担心……"

"担心我?"

喻延很坦诚地点了点头。

时间还早,今天周末,易琛不去公司。

喻延突然想起什么:"对了,伯母在电话里说,福利院的孩子吃的都很没有营养……是真的吗?"

易琛皱眉:"应该是。"

喻延犹豫了下:"你能不能问问伯母,那家福利院叫什么名字?"

"你想捐助他们?"

"嗯。"喻延不太好意思,"不过我现在手头没什么钱,能捐的不多,只能慢慢来,能帮一点是一点,量力而行吧。他们从小没父母,挺可怜的。"

说到最后,他声音低了很多。

易琛道:"好。"

喻延点头,又道:"虽然钱不多,但我想亲自去一趟。你表叔……我不太放心。"

"我知道。"提到那位亲戚,易琛的声音都冷了几分,"你安心捐,他不会再有干那些龌龊事的机会了。"

整个上午,两人就窝在客厅沙发上看影片,时不时聊聊剧情,惬意得很。

到了直播时间,"打工人"喻延起身:"那我去直播了。"

"带我。"

喻延愣了愣:"你今天不工作吗?"

易琛把电视关掉:"都处理得差不多了。"

喻延刚要说什么,易琛就先他一步进了电脑房。

喻延只得跟上。

结果刚进去,就见电脑房右侧多出了一台电脑,从外观上看,除了没有摄像头之外,跟他用的那台配置几乎一模一样。

他一愣:"这是什么时候安装的……"

"昨天,去吃晚饭的时候。"易琛道:"我让易冉安排好了才回去的。"

临近开播时间,直播间里已经有不少人在等着。喻延先把直播开了,才慢悠悠登录游戏。

"今天心情好,抽水友四排,两个位置……"

喻延说到一半,顿住了。

只见游戏界面中,他的人物穿着灰色短裤,红色运动鞋,红棕色围巾,全身散发着富贵味儿。

他顿了顿,关号,碎碎念道:"系统有 bug 了。"

再上去时,还是那套衣服。

喻延狐疑地打开自己的时装栏,这一看,吓了一跳——不止身上这套昂贵时装,他衣柜里满满当当,塞满了衣服。

"……我好像被盗号了?"

【哪个盗号的给你买衣服?你让他来盗我的。】

喻延正想去找客服,就听见身边的人道:"我买的。"

他这才想起来,自己的 Steam 账号是直接保存在这台电脑上的。

他顾不上满屏的弹幕了,转过头惊讶道:"为什么突然……这些衣服太贵了。"

这游戏上的衣服比那些以换装为卖点的游戏还要贵!

其实不突然,易琛早就想给他买了。结果 Steam 的异地登录保护把他拦了下来,到今天才开放购买权限。

【今天我终于见识到了什么叫有实力,我好酸。】

【前面的是今天刚来这个直播间吗?我已经麻木了。】

【贵?抱歉,1 老板字典里没有这个字。】

"还好。"易琛笑了声,"贵也没事……毕竟再苦不能苦朋友。"

第53章

喻延原本是想来给易琛过生日，然后赖上个三五天再走。

结果不知不觉，他就在晋城待了一个多月，眼看着易琛从年底修罗场慢慢磨到了临近年假。

这天，易琛说他每天坐在电脑前又不运动，不健康，把他带去了健身房。

喻延平日在家偶尔也会出门锻炼，但都是慢跑，时间也不长，绕着后面的湖跑了几圈就算运动了。正儿八经来健身房锻炼还是头一回。

他们去的是小区健身房，只有户主才能进，他们去的时候健身房空无一人，只有一位管理员在前台坐着。

为了方便，他们换了简单贴身的T恤。

喻延在跑步机上跑着，边擦汗边偷看旁边的人。

易琛的肌肉线条真的非常养眼，不是那种夸张的肌肉，每个起伏都恰到好处。

感觉到他的视线，易琛停下手上的动作："累了？"

才刚来没多久，喻延哪好意思这么快说累。他轻喘着气，摇头。

四十分钟后，喻延跑不动了。

他平时缺少锻炼，这会儿突然加大运动量，还真有些受不了。

反观旁边的易琛，正十分平静地前往下一个健身器械。

喻延腿已经有些发软，但他没停下来，才锻炼半小时就成这样，他总觉得有些丢人。

易琛察觉到他的疲累，抬头看了眼墙上的钟表，数足了五分钟，才过去给他"铺台阶"。

"我做会儿仰卧起坐，来给我数数？"

喻延一愣，忙不迭点下暂停键，喘着气："……好。"

喻延盘着腿坐在器械旁边，双手握着水杯，认真给他数着数。

过了一会儿，易琛躺下去后，没再继续起来。他躺在垫子上，喘气看着喻延："多少个了？"

喻延报出数字，忍不住道，"……你好厉害。"

他来晋城的这段时间，易琛明明也没怎么锻炼，怎么他们俩的体质一个天一个地？

"不厉害，太久没做了。"易琛转过头，"延延，拉我一把。太累，起不来。"

汗浸着衣服，没法穿大衣，这么走出去得冻死，两人洗了个澡才离开健身房。

两人边走边讨论着一会要吃什么，走到家门口，才发现那儿停了辆车。

一辆惹眼的蓝色跑车。

莫南成手上提着两个大袋子，正在门口东张西望，就是站了半天也没按门铃。

"……成哥？"见易琛没反应，喻延只得开口打了声招呼。

莫南成一愣，转过头来，瞧见他们后一脸尴尬："小延？你们这是去哪儿了？"

易琛声音如常，问他："你怎么在这儿？"

"哦，"莫南成回过神，举起手上的包装袋，"……我来请你们吃饭。"

莫南成知道喻延最近住在易琛家里，也正因为知道，才敢来这一趟。如果喻延不在，他觉得自己可能连门都进不来。

因为包装不严实，有些汤汁洒了出来。喻延接过袋子："给我吧，我去拿个盘子装着。"

易琛道："我帮你。"

"不用，洒得不多，我来弄就行。"

喻延进了厨房后，易琛转身便要回卧室，莫南成赶紧叫住他："易琛，你等等。"

易琛停下脚步，转过头，面色如常："什么事？"

"易琛，我，我就是来跟你道个歉。"莫南成一咬牙，说起话来气都不带喘的，"上一回我是心情不好，说话没把门的，你别跟我计较了。"

易琛闻言，只是淡淡地嗯了声。

莫南成蔫了，却没放弃："我当时说的话，也都是瞎说的，你别往心里去，你要真不高兴，你骂我呗。还不爽，大不了你揍我一顿，我绝对不还手。"

易琛皱起眉来，半天没说话。

许久，他才道："怎么，还没被人笑话够？"

"……我说了，他们说的话我没放心上。"莫南成道："就是刚开始那一会，是有些上头。"

易琛没应，转身准备离开。

"哎，你等等啊。"莫南成脱口道，"他们那天会这么说，其实就是因为他们嫉妒你！"

这说法倒是新奇，易琛停下脚步，挑眉："嫉妒我？"

"是啊，还嫉妒我呢。"莫南成说，"你在我们这群人中是最有出息的了，我们都还得在自己老子手下做事，就你不一样，你自己顶着个公司，还做得风生水起的……他们天天听父母夸你，心里当然不服了。"

"他们看我在你这儿学了不少东西，可不得嫉妒吗？就我蠢，还跑去冲你撒气……"

易琛听着，打断他："行了，别把自己也骂进去。"

莫南成道："没骂，我陈述事实呢。你就说吧，你怎么样才能消气，我们这兄弟，还能不能做下去了？"

易琛默了半响："我没生气。"

"啊？"

气是肯定气过，但这么久过去了，气早没了。

易琛认识莫南成这么多年，莫南成从来没跟他翻过脸，所以那件事之后，他也反思过自己。

话少，从不主动邀约，也甚少分享。

怎么看，他都不是一个合格的朋友。

易琛道："当我的朋友，没一点好处，还要被嘲笑，何必？"

莫南成一愣，立刻反驳："胡说！我刚进公司那会，那群人都看我是关系户，瞧不上我，多亏了你教我，虽然回回话都不多，但都说在点上，比我之前上的那些破课要管用多了。"

"当然，我跟你当朋友也不是为了这个。"莫南成挠挠头，"易琛，我一直都挺崇拜你的……真的。我就觉得你怎么这么厉害呢，大家学的东西都差不多，就数你最有头脑，这估计就是天赋。我一直觉得能跟你做朋友挺幸运的。"

易琛盯着他看了许久，问："到我跟前这么能说，怎么当时被笑话了没骂回去？"

"我怎么没骂回去？"莫南成道，"我还趁他上厕所的时候把他揍了一顿呢！"

"……"易琛狐疑道，"你打得过别人？"

"我又不傻，我打电话叫了人来的，刘震你记得吧？上回我生日时就坐在你旁边，他也特崇拜你，听说有人说你坏话，他夜宵都不吃就带朋友过来了……"

听到这种叫人、打架的手段，易琛还以为自己在上小学。

"叫什么人？"喻延端着盘子出来，刚好听到了最后几句。

"没什么。"怕教坏小孩子，易琛把话题截停，转身继续朝卧室走去。

莫南成看他的背影消失在卧室里，重重叹了声气，回头道："那小延，我就先回去了啊。"

喻延一愣："不留下来吃顿饭吗？"

莫南成苦笑着摇头："我不打扰你们了……"

"来都来了。"卧室里传来一道不冷不淡的声音，"一起吧。"

第54章

这段时间,喻闵洋给喻延打了好几个电话,内容都是案子的事情,还有让他回家过年。

"你堂妹刚好放假回家,你们这么久没见了,刚好过年见一面……"喻闵洋絮絮叨叨说了半天,没得到回应,又问,"小延?你在听吗?"

喻延这才回了神。

"……在听,您说。"

电话进行了十来分钟,喻闵洋最后还是没能把人劝动。

喻延挂了电话,忍不住又看了眼时间。

今天易父易母回国,易琛一大早就回了家,到现在还没回来。

知道他们家的情况,喻延有些担心,做事难以专注,具体表现在……打游戏时险些用手榴弹把自己炸死。

【小延怎么了,自己把自己炸了?你快醒醒!你还开着竞猜啊!】

"对不起,今天有点不在状态。"喻延道,"这局完了就不开竞猜了。"

这时,手机猝不及防响了一声,喻延一个激灵,立刻拿起一看。

1:嗯,现在回家。

易琛从家里出来,才发现手机上多了一条信息,是三个小时前的了。喻延发来问他情况还好吗,什么时候回去。

回复过去后,他坐上车,刚准备驶离老宅,车窗忽而被人敲了敲。

车窗外站着一位中年妇女,她穿着整洁普通,是在老宅里工作了二十来年的老人了,算是看着易琛长大的,见证了这家里发生的许多事情。

车窗拉下,妇女眼眶红红的,有些哽咽,把手上的东西从窗户里递过去:"小琛,这是我做的酱料,是你最喜欢的,你带几瓶回去。"

易琛接过来,笑了:"蔓姨,这也太多了。"

"听说你今天要回来,我就赶紧先舀这些出来了。"蔓姨想起易琛刚和家里人和解的场面,还有些动容,"……没事,你家里还有客人在,带多一些也没关系。吃完了告诉我,我再给你做,给你送过去都行。"

易琛把酱料安置好,才离开了老宅。

路上没怎么堵车,他一路驶回家,刚进车库,就看见站在车库小门处的喻延。

喻延刚下播就听见大门敞开的声音,电脑都没来得及关就噔噔跑过来了。

易琛停好车,刚打开车门,喻延就忍不住上前去。

"见到伯父伯母了吗?"

"见到了。"他问,"我不在,中午吃了什么?"

喻延哪还有心思说这个,他抬头,眼巴巴地问:"怎么样,没有吵架吧,那些事情……都说好了吗?"

易琛莞尔:"嗯。都说好了。"

喻延吊着的一颗心终于放了回去,他长舒一口气:"那就好。"

第55章

二月初，律师送来了消息，说是已经和冯雄那边接触了。

"对方不打算请律师，应该是已经放弃了，我们的胜率非常大，这你不需要担心。"

彼时喻延刚开始一局游戏，他操作着手上的人物："好，辛苦您了。"

"拿钱办事，不辛苦。"律师顿了顿，"不过对方找了我很多次，说是想跟你见一面。我听说，他同时收到好几个起诉，算下来，够呛。"

喻延抬头看了易琛一眼，对方正盯着物品栏，像是在考虑捡哪把枪。

察觉到他的目光，易琛抬眼："怎么了？"

喻延摇摇头，对电话里的人道："需要签字的时候，我会回去的。"

意思就是没得谈了，律师点头："明白。"

下播后，两人收拾一番便出了门。

自从易琛放年假，他们几乎每天都出门，不是去健身房就是去吃好吃的，一段时间下来，喻延的体重丝毫未变，但他能明显感觉到身体的免疫力变好了许多。

"去健身房吗？"喻延扣好安全带，问。

"今天不去。"易琛道。

直到周边忽然暗下来，喻延这才发现车子开进了地下停车库里。

他看了看周围，一愣："怎么来超市了，要买什么吗？"

"嗯。"易琛语气如常，"来买年货。"

这会儿已经临近过年，街上的年货市场早几年前就被取缔了，超市里的人流量堪称春运，人挤人，推个购物车比方才在大马路上开车还要堵，半天都挪不动一步。

两人被挤在人堆里，你看我、我看你，半天没动。

喻延问:"我们要买什么年货?"

易琛道:"不知道。"

于是他们流连每一个上头挂着"年货必备"的商区,每样都买了一些。到了最末,才发现商场在过道处摆了临时安装的货架,上面摆放着对联和红包,应有尽有。

看喻延一脸认真地在挑红包,易琛道:"你还小,不需要发红包。"

"我……"喻延一顿,"我家里有个小堂妹,我得给她准备着。我家附近还有好多街坊邻居家的小朋友,都得给。"

易琛挑眉,没再说什么,他背过身子,在红包货架上仔细挑了挑,最后挑了一个简约大方的款式,丢到了购物车里。

回到家,喻延就张罗着贴对联。

他小时候看父母贴过,自己动手还是头一回。易琛家是双层小别墅,里头贴多了不美观,两人一个商量,决定就贴在大门处。

喻延正贴着,突然听见一道清脆的咔嚓声。

他回过头,见易琛举着手机:"……在拍什么?"

"没什么。"易琛把手机收回去,镇定自若道,"留作纪念,应个景。"

到了大年三十,两人把饭菜搬到了电视桌前,喻延盘着腿,抱着平板,正在刷朋友圈和微博。

易琛洗完澡出来,把头发擦干,坐到他身边:"从下播到现在一直抓着手机,到底在看什么?"

是的,喻延大年三十还坚守岗位,两个小时前刚下播,被粉丝们夸作劳模。

喻延脑袋都没转,盯着手机屏幕,嘴边挂着笑:"在看粉丝的留言。"

自从冯雄那件事闹腾完之后,他的微博涌来了许多粉丝,里面甚至还有不打游戏的,每天都在他微博底下发一些操心话。

虽然只是微博上的评论留言,但他看了之后仍会觉得温暖,看微博的次数也渐渐多了起来。

【新的一年,就不抖机灵了。认认真真祝宝贝健健康康,开开心心赚大钱。】

【延延回家了没啊?过年过节的坏人特别多,你一个男孩子在外面太危险了,一定要注意安全呜呜!】

喻延刷了一会儿,就去折腾新年的祝福短信了。

这是他的习惯，他之前虽然不过年，但也想沾一沾年味，前几年的大年三十晚上，他都是一个人守在电视前边，亲手编辑短信再一条条发出去的。

电视上，春晚小品节目已经开始了，易琛的手机也开始嗡嗡响个不停，他只有一个手机号，每年春节都会被群发消息吵得烦不胜烦，偶尔还会关机。但听喻延这么说后，他就不觉得烦了，甚至坐起身后，还拿起手机看了几眼。

莫南成："猪年到，成成在这儿祝您事事顺心，万事大吉。"

易琛："谢谢。"

莫南成："换人了吧？"

莫南成："小贼，连我兄弟的手机都敢偷？知道手机主人是谁吗？明年不想过年了是吧？"

易琛捏着手机，心想大过年的，还是不骂人的好。

这顿火锅吃得很慢，电视上眼见都预备唱难忘今宵了，他们桌上还摆着许多没下锅的食材。

两人都已经吃不下了，喻延道："今年春晚的主持人换了好几个，之前那个看着很喜庆的女主持都不在了。"

"你每年都看？"易琛问。

"嗯，不然也没什么事情打发时间。"喻延道："你不看吗？"

"电视开着，不看，听个响。"

这时，外头突然传来一道烟花声。

两人皆是一怔，喻延猛地抬头看向窗外，刚好捕捉到这发烟花最后一抹亮色。

喻延刚应完，外头又是一道烟花升起，给黑漆漆的夜空增添了无数亮色，把每个人的眼底都染上了色彩。

电视上开始倒计时，他见喻延腾地站起身，像是想起什么似的，拖鞋都没顾着穿就跑回了房间。

短短几秒钟，他又风风火火地跑了出来。

主持人笑脸盈盈："3、2、1——"

"易琛！新年快乐！"

喻延跑到他面前坐下，刚准备把口袋里的东西拿出来。

"新年快乐。"易琛先他一步，拿出红包，失笑，"跑什么？拖鞋都不穿。"

喻延盯着他手中的红包："我今年都二十了，不收红包了。"

"你今年就是八十了，我都给。"

易琛的红包很大,撑得满满当当,红包背面还写着喻延的名字,字迹遒劲有力,非常好看。

钱倒不重要,喻延想把这红包收藏一辈子。

"那好。"他接过来,然后从口袋里拿出自己准备的红包,"那我们交换吧。"

易琛挑眉,刚准备拒绝,却发现他手上的红包似乎不太对劲。

不厚,因为被主人藏了许久,红包已经隐隐勾勒出了些形状,像是放了什么硬物在里头。

"之前去挑手表的时候看见了……觉得很好看,就一块买了。"见他不说话,喻延轻咳了一声,不太好意思地说,"买表花得有点多,所以买不起太好的……真的不贵。你如果不喜欢,不戴也可以……"

"我喜欢。"易琛顿了两秒,重复道,"我很喜欢。"

时钟走过十二点,迎来了新的一年,在二十三点五十九分到零点零二分,全国人民的情绪都达到了高潮,这三分钟过去后,便迅速恢复平静。

年味一年比一年淡,好在喜欢的人都还在身边。许多人跟亲朋好友互送祝福后,又打开了社交软件,继续自己的网上冲浪。

大年初一,凌晨二点三十九分,易琛突然更新了百年未动的朋友圈。

与此同时,关注直播圈的夜猫子水友们刷出了一条新微博。

【yanxyan:新年大吉。】

图片像是在拍电视机中的春晚,喻延的手放在镜头前,比了个"V"的手势。

——正文完——